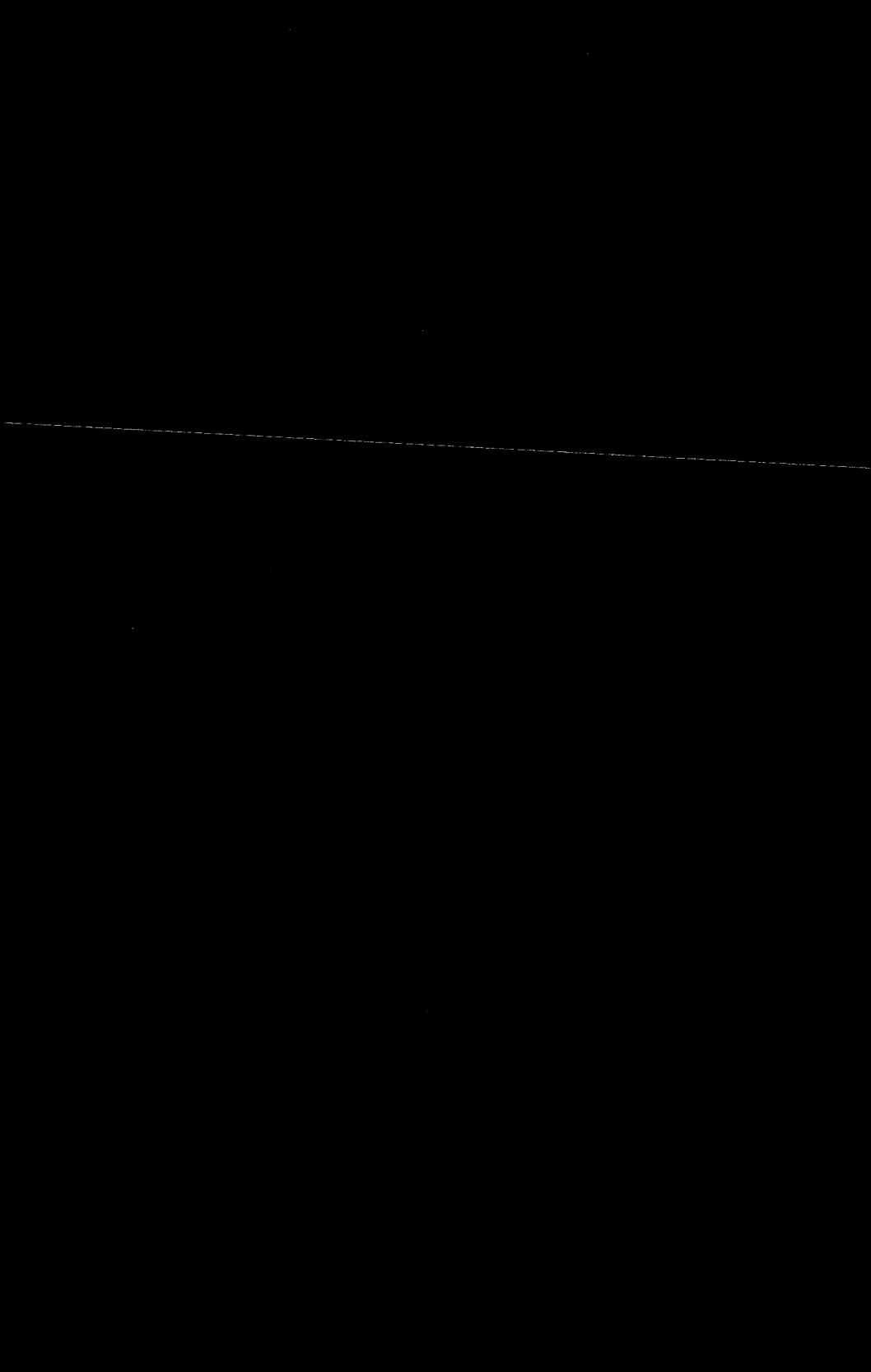

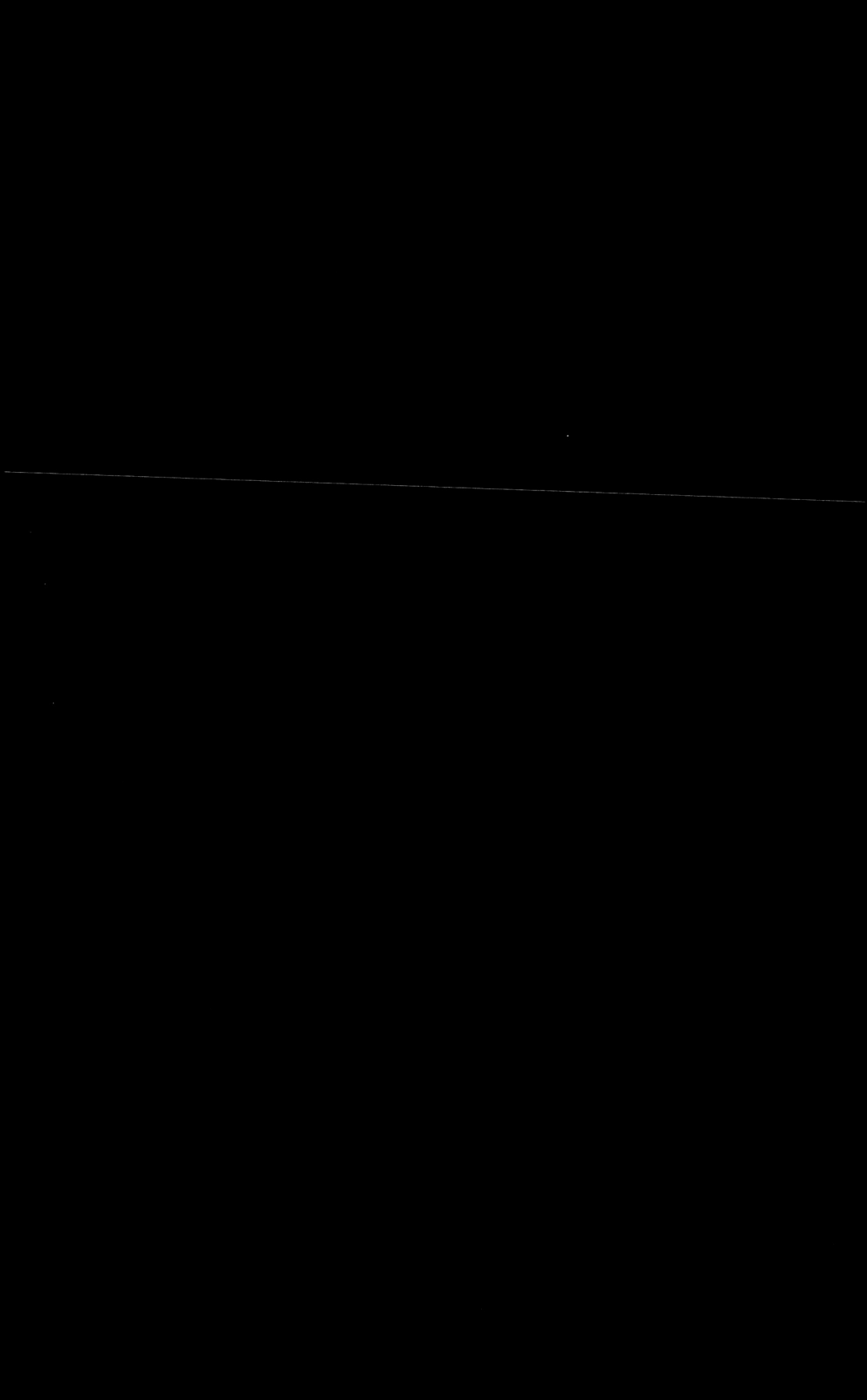

월인 新무협 판타지 소설

頭領

두령 3
월인 新무협 판타지 소설

초판 1쇄 찍은 날 § 2002년 4월 11일
초판 1쇄 펴낸 날 § 2002년 4월 21일

지은이 § 월인
펴낸이 § 서경석

편집장 § 문혜영
편집책임 § 장상수
편집 § 박영주 · 김회정 · 권민정 · 이종민
마케팅 § 정필 · 강양원 · 김규진 · 안진원

펴낸곳 § 도서출판 청어람
등록번호 § 제1081-1-89호
등록일자 § 1999. 5. 31
어람번호 § 제2-0078호

주소 § 경기도 부천시 원미구 심곡1동 350-1 남성B/D 3F (우) 420-011
전화 § 032-656-4452   팩스 § 032-656-4453
http://www.chungeoram.com
E-mail § eoram99@chollian.net

ⓒ 월인, 2002

값 7,500원

ISBN 89-5505-299-5 (SET)
ISBN 89-5505-302-9 04810

※ 파본은 본사나 구입하신 서점에서 교환하여 드립니다.
※ 저자와 협의하여 인지를 붙이지 않습니다.

3

장편(長篇)

월인 新무협 판타지 소설

두령
頭領

도서출판
청어람

□ 목차

제23장 파천대란(破天大亂) / 7
제24장 은원천리(恩怨千里) / 29
제25장 간자(間者) / 63
제26장 잠룡출해(潛龍出海) / 79
제27장 무당산(武當山)의 대접전(大接戰) / 99
제28장 통천문(通天門) / 151
제29장 악마의 최후 / 162
제30장 제왕성의 봉문 / 193
제31장 흑수채(黑首寨)의 겨울 / 238
제32장 철효민 / 260
제33장 아름다운 이별 / 276

제23장
파천대란(破天大亂)

 제왕성의 심처로 쏟아져 들어온 척마단과 단주 나백상은 정면에 도열해 있는 제왕성의 수호단 무사들을 보고 걸음을 멈추었다.
 "처음 뵙겠소, 수신오위(守身五衛)."
 나백상이 빙긋 미소를 지으며 제왕성주 단리운극과 함께 나타난 다섯 호법인 수신오위를 보며 포권을 지었다.
 "소인 척마단주라 하오."
 다시 한 번 미소 지은 나백상이 너불거렸지만 다섯 명의 호법은 미동도 하지 않고 서 있었다.
 "하하! 사람이 아니라 석상(石像)들이군!"
 너털웃음을 터뜨린 나백상이 제왕성주 단리운극을 쳐다보았다.
 지금 빚어진 일은 자신과는 아무 상관 없는 일인 듯 초연한 표정으로 서 있는 단리운극의 얼굴을 마주한 나백상이 흠칫 신형을 굳혔다.

'과연 중원의 주인이라 할 만하군!'
나백상이 조용히 숨을 들이켰다.
"이게 무슨 짓이오, 척마단주?"
단리운극의 차분한 음성이 온 제왕성 내에 울려 퍼졌다.
그 목소리를 들은 척마단원들의 몸이 폭풍을 맞은 듯 일제히 흔들렸다.
"하하하……!"
제왕성주의 그 태산 같은 기도에 맞서기라도 하듯 나백상이 광소를 터뜨렸다.
"이미 당신도 예상한 일이 아니었소?"
"감히!"
미동도 않고 서 있던 수신오위의 입에서 억양없는 목소리가 흘러나왔다.
"석상은 아니었군 그래."
나백상이 빈정거렸다.
"성주, 지금의 이 상황은 성주의 원대한 계획이 낳은 결과라오."
나백상의 말에 단리운극의 눈빛이 잠시 흔들렸다.
"정사일통을 넘어 온 무림의 영원한 지배! 그것이 성주의 계획이 아니었소?"
나백상의 외침에 주위에 있던 모든 사람들이 웅성거리다 잠시 후 조용해졌다.
"하지만 성주, 그런 일은 신만이 가능하다오."
나백상이 소리없이 웃음 지었다.
"내가 바로 신이다!"

단리운극의 한 치도 의심없는 음성이 다시 울렸다.
"난 그럴 능력이 있고도 남는다!"
말을 마친 단리운극이 굳게 입을 다물었다.
"크하하하……!"
나백상이 광소를 터뜨리자 주변에 있던 땅 껍질이 기파를 이기지 못하고 튀어 올랐다.
"성주, 성주의 그런 오만과 과욕이 율자춘 같은 괴물을 불러들이고 나 같은 사람을 탄생시킨 거요."
나백상의 말에 단리운극의 검미가 약간 치켜 올라갔다가 다시 원래의 평온한 모습을 되찾았다.
"난 그렇게 생각지 않는다. 언제나 흑과 백 두 쪽으로 갈라진 무림은 그로 인해 필요없는 희생을 너무 많이 치렀다. 그 두 개의 무림을 하나로 합치고 그것을 영원히 갈라지지 않게 한다면 무림은 더 이상 헛된 피를 흘리지 않게 될 것이다."
나백상이 한참 동안 아무 말도 못하고 멍하니 서 있었다.
"성주, 정말 명불허전이오! 왜 당신의 장남인 소성주가 이곳을 뛰쳐나갔는지 짐작이 가오!"
나백상의 입에서 단리웅천의 이름이 거론되자 단리운극의 볼이 경련을 일으켰다.
혹제 단리운극이 처음으로 감정의 동요를 일으킨 것이다.
"네놈이 감히 우리 가문을 능멸하려 드느냐?"
"능멸은 이미 일어난 것이오. 그러는 성주는 자신의 허욕을 실현시키기 위해 온 백도를 능멸하지 않았소?"
나백상이 얼굴 가득 비웃음을 띤 채 말했다.

"허약하기 짝이 없는 정파 나부랭이들! 내가 없었다면 이미 마도의 노예가 되었을 것 아니더냐!"

단리운극이 오만하게 외쳤다.

"허약하다는 말에는 전적으로 동의하오. 그래서 성주의 발 아래에서 오욕의 세월을 보내고 있는 것이기도 하고. 하지만 성주가 그들을 가축 사육하듯 길들일 권리는 없는 거요."

"가축이 되기 싫으면 우리를 뛰쳐나가 야생으로 돌아가면 될 것이거늘 아무도 그렇게 하지 않았다. 모두들 자파의 비전들을 남김없이 내게 보냈다. 그때부터 그들은 가축이 된 것이야!"

단리운극이 언성을 높였다.

"그때 상황은 그럴 수밖에……."

말을 이어가던 나백상이 부질없다는 듯 고개를 흔들었다. 자신 역시 허약한 무림을 정복하고 무림의 주인이 되고자 이처럼 광분하고 있는 것이다.

'우습군!'

나백상이 천천히 칼을 들어 올렸다.

"성주, 더 이상 긴말이 무슨 필요가 있겠소? 당신 말대로 무림에는 칼이 법이지요. 나 역시 내 법을 전파시키려 이곳에 온 것이고!"

단리운극이 천천히 고개를 끄덕였다.

"애초에 그 말 한마디면 모든 설명이 필요없는 일이었지."

쨍!

나백상이 칼을 뽑았다. 그와 함께 단리운극이 쌍장을 모았다.

쌔액─

나백상이 잠마혈경의 검초를 펼치며 단리운극에게 짓쳐들었다.

우웅—

단리운극의 쌍장에서 푸른 빛이 쏘아져 나갔다.

"어헉!"

옆에 늘어선 모든 사람들의 입에서 감탄성과 경악성이 터져 나왔다.

펑—

폭음과 함께 나백상의 검기가 단리운극의 쌍장에서 뻗어 나온 푸른 빛을 가닥 내었다.

"후후!"

단리웅호가 비릿한 웃음을 흘렸다.

잠마혈경의 무학이 제왕성의 무학을 눌러가고 있는 것이다.

하늘 같았던 부친의 무학! 그리고 언젠가부터 알아차린 형제들 중 가장 뒤떨어진 자신의 자질! 이젠 그런 것이 잠마혈경을 통해 말끔히 씻겨져 나가고 있는 것이다.

"이놈이 감히!"

단리운극이 마침내 칼을 뽑아 들었다.

"하앗—"

번천참마, 운룡파천, 풍운격퇴… 제왕성의 절기들이 단리운극의 칼을 통해 펼쳐졌다.

"안됐지만 성주, 그건 이미 견식한 적이 있는 무공이오."

나백상이 조소를 흘리며 마주해 갔다.

단리장영과는 비교할 수 없는 내력이 깃든 검결이었지만 이미 경험하고 그 검로마저 충분히 분석한 칼이었다.

슈숙—

믿기지 않는 일이 벌어졌다.

하늘 한쪽이 서서히 금이 가기 시작하고 있는 것이다.

"도대체 어디서 이런 사술을!"

단리운극의 얼굴이 붉어졌다.

"하하! 사술로 보이시오, 이것이?"

나백상이 희열 가득한 얼굴로 칼을 늘어뜨렸고 그 순간의 자만이 화를 불렀다.

퍼엉!

뒤에서 지켜보던 단리웅호가 쌍장을 휘둘렀고 방심하고 있던 나백상이 그 귀기 어린 장력에 격중되어 울컥 피를 토했다.

"이런 죽일 놈!"

나백상이 등을 돌려 단리웅호의 얼굴을 쳐다보았다.

"후후, 방심은 금물이란 걸 잊었나, 영감?"

단리웅호가 득의에 찬 표정으로 대치하고 있던 수호단과 거의 괴멸되고 몇 명 남지 않은 비영단을 돌아보았다.

"모두 척살해라!"

단리웅호의 말에 몸을 움직이려던 수호단과 비영단을 단리운극이 제지했다.

"건방지구나, 이놈!"

단리운극의 수염이 폭풍을 맞은 듯 떨렸다.

"강한 자가 이기는 것이 아니라 이긴 자가 강한 것입니다, 아버님!"

단리운극이 할 말을 잊고 자신의 차남을 쳐다보았다.

"어서 쳐라!"

단리웅호가 재차 외치자 수호단과 비영단 무리들과 척마단이 격돌하기 시작했다.

"영감! 다시 한 번 겨뤄보자!"

단리웅호가 나백상에게로 달려들었고 심적 충격을 받은 단리운극이 수신오위의 비호를 받으며 넋이 나간 듯 서 있었다.

"독사보다 교활한 놈!"

나백상이 단리운극의 칼을 마주치며 잇새로 소리를 질렀다.

"하앗—"

단리운극은 단리웅호의 칼에서 조금 전 자신과 대결한 나백상이 보여준 것과 똑같은 검초들이 쏟아져 나오는 광경을 보았다.

"저, 저건……!"

단리운극이 두 눈을 부릅떴다.

천하의 주인인 자신에게 치욕을 안겨준 그 검초들이 자신의 차남에게서 다시 쏟아지고 있었다.

"도대체… 도대체 이게 어찌 된 일인가……!"

머리에 손을 짚으며 휘청거리는 단리운극을 수신오위가 부축했다.

"영감! 서서히 힘이 빠질 때가 됐는데?"

단리웅호가 내상을 입고 제 실력을 발휘하지 못하는 나백상을 조금씩 밀어붙였다.

나백상은 현저히 둔한 움직임으로 단리웅호의 칼을 막기에 급급했다.

"제기랄!"

가슴 어림에 상처를 입은 나백상이 나직이 비명을 토해냈다.

'어서 등에 격중당한 내상을 치료하지 않으면 등뼈 아래는 못 쓰게 된다!'

나백상이 염두를 굴리며 상황을 살폈다. 율자춘의 말대로 비영단이 거의 괴멸되고 수호단이 반 이상 베어 넘겨지며 척마단이 사라지고 있었다.

"우욱—"

잠시 한눈판 사이 다시 단리웅호의 칼이 허리를 길게 베고 지나갔다.

비틀거리며 뒤로 물러난 나백상이 큰 소리로 외쳤다.

"모두 멈추어라!"

나백상이 소리치자 혈전 속에서 몇 남지 않은 척마단원들이 풀쩍 뒤로 뛰어나왔다.

"성주, 협상을 하는 게 어떻소?"

서서히 냉정을 되찾은 단리운극이 비틀거리는 나백상을 향해 걸어왔다.

"네놈이 과연 나하고 협상할 건덕지가 있을까?"

단리운극이 냉정히 내뱉었다.

"비키십시오, 아버님! 이 영감쟁이는 제가 처치하겠습니다!"

"후후후……."

나백상이 음소를 흘리며 품속에서 잘려진 단리장영의 옷자락을 꺼냈다.

"이게 누구 건지 기억하시겠소?"

단리운극의 눈이 가늘어졌다.

자신의 장녀인 단리장영이 항상 즐겨 입던 목련꽃 무늬의 비단 옷자락이었다.

"그럼 네놈이?"

단리운극이 분노로 온몸을 부르르 떨었다.

이틀 전부터 행방이 묘연한 단리장영 때문에 제왕성 안채에서는 난리가 났다. 한 번도 그런 적이 없는 아이였기에 비영단을 풀고 수색에 나섰지만 아직까지 소식이 없던 중이었다.

"감히 네놈이 내 딸을 납치했단 말이냐!"

단리운극이 온몸에 살기를 띠며 태산이라도 부술 듯한 기세로 나백상을 찢어 죽이겠다는 듯 쳐다보았다.

"이런 교활하기 짝이 없는 영감쟁이!"

단리웅호도 뱀을 보듯 나백상을 쳐다보았다.

"애송이, 네놈만이 남의 뒤통수를 칠 줄 안다고 생각했느냐? 흐흐흐……."

나백상이 들고 있던 천 조각을 공중으로 던졌다.

"죽어!"

단리웅호의 칼이 나백상의 목을 향해 무섭게 그어갔다.

동생의 안위는 눈곱만큼도 신경 쓰지 않고 자신의 최대 적수인 나백상의 숨통을 어떻게든 끊어놓고야 말겠다는 생각뿐이었다.

"멈춰라!"

단리운극이 단리웅호를 향해 장력을 날리자 단리웅호가 내려치던 칼을 거두고는 단리운극의 장력을 피했다. 그러나 이내 다시 거머리처럼 나백상의 목을 향해 칼을 날렸다.

"멈추라고 하지 않았더냐, 이 독사 같은 놈!"

단리운극이 다시 칼을 뽑아 들고 자신의 차남을 향해 칼을 휘둘렀다.

단리웅호가 부친의 칼을 막으며 아수라 같은 얼굴로 소리쳤다.

"저 영감쟁이를 죽여야 후환이 없어집니다!"

"장영이 죽어도 좋단 말이냐?"

얼음처럼 차가운 눈으로 단리운극이 자신의 차남을 응시하자 뱀 같은 눈빛이 그 눈을 마주해 왔다.
 "그깟 계집애 하나 때문에 천추의 한을 남길 순 없습니다!"
 단리웅호가 칼을 크게 휘둘러 왔다. 부친마저 해치우고 어서 나백상을 죽이겠다는 듯 부친을 마주하는 손속에 추호의 사정도 없었다.
 "이놈! 이 패륜무도한 놈!"
 이성을 잃은 단리운극이 사력을 다해 단리웅호를 쳐 나갔다.
 "으윽!"
 "크윽!"
 답답한 신음과 함께 똑같이 깊은 상처를 입은 두 부자가 휘청거리며 뒤로 물러났고 수신오위가 단리운극 주위로 몰려들어 호위했다.
 "저놈! 저놈을 죽여 버려라!"
 단리운극이 손가락으로 단리웅호를 가리키며 고함을 질렀다.
 "성주, 고정하십시오! 이래서는 안 됩니다. 냉정을 되찾으셔야 큰아가씨를 구할 수 있습니다!"
 단리장영에 대한 언급이 나오자 단리운극이 이성을 되찾아갔다.
 "저놈을 제압하여 가두거라!"
 수신오위가 비틀거리는 단리웅호를 제압하여 묶었다.
 "나백상! 내 딸은 어떻게 했느냐?"
 "후후, 눈물겨운 부정이오. 큰아가씨는 내가 잘 모셔두었으니 당분간은 아무 염려 할 것 없소."
 나백상이 고통을 참으며 억지로 미소 지었다.
 "하지만 수일 내로 내가 그곳으로 가지 않으면 큰아가씨는 죽고 말 거요. 그것도 아주 고통스럽게!"
 "어떻게 하면 내 딸을 돌려보내겠느냐?"

단리운극이 처참한 얼굴로 나백상을 바라보았다.

"우릴 여기서 무사히 빠져나가게 해주면 큰아가씨는 돌려드리겠소."

나백상이 찡그린 얼굴로 대답했다.

"네놈을 어찌 믿으란 말이냐?"

"성주의 선택은 그 길밖에 없소. 내가 한시 바삐 여길 빠져나가서 요양하지 못하면 큰아가씨는 죽을 수밖에 없소."

단리운극의 얼굴에 고뇌의 빛이 줄줄 흘러내렸다.

"좋다! 가거라."

단리운극이 고개를 끄덕이자 몇 남지 않은 척마단원들이 나백상을 부축하여 제왕성의 성문을 향해 사라지기 시작했다.

"후후, 큰 실수를 하신 겁니다, 아버님."

단리웅호가 핏기없는 얼굴로 단리운극을 쳐다보며 사악한 웃음을 흘렸다.

"다시는 아버지라고 부르지 말거라! 네놈과의 인연은 오늘로 끝이다!"

말을 마친 단리운극이 수신오위를 바라보았다.

"저놈을 가두거라!"

비틀거리며 안으로 사라지는 흑제의 모습이 하룻밤 만에 십 년은 더 늙어 보였다.

*   *   *

중원제일성이자 무림의 주인이라 불리는 흑제가 거주하는 제왕성에서 대란이 일어난 그 시점, 하남의 남궁세가에서 일어난 대란도 막바지로 치닫고 있었다.
"가주는 애초에 내 상대가 아니었소."
눈을 부릅뜨고 온몸을 부르르 떨고 있는 남궁세가의 가주 앞에 막염석이 비릿한 웃음을 흘리며 칼을 들고 서 있었다.
이미 한차례 격돌이 있은 듯 남궁혁의 상의가 너덜해져 있었고 막염석의 이마에도 땀방울이 맺혀 있었다.
옆에서 놀란 눈으로 지켜보고 있는 유씨 부인도 벌린 입을 다물지 못하고 있었다.
"이놈! 네놈이 어떻게 이럴 수가 있는 것이냐?!"
남궁혁이 핏발 선 눈으로 막염석을 쳐다보았다.
"후후, 가주! 난 어릴 때부터 가주의 칼을 훔쳐보았소. 그리고 내 처소로 돌아와서는 아무도 모르게 그것을 연습해 보았소. 내 자질이 뛰어난 건지, 아니면 가주의 자질이 모자란 건지 정식으로 수련을 받은 가주의 검결보다 훔쳐 배운 내 검결이 훨씬 날카롭다는 것을 느낄 수 있었소."
남궁혁이 믿을 수 없다는 표정으로 막염석을 쳐다보았다.
"방금 증명되지 않았소. 비록 가주가 십 년 동안이나 술독에 빠져 퇴락해서이긴 하지만 객관적인 평가는 부인께서도 할 수 있을 것이오."
막염석이 슬쩍 유씨 부인을 쳐다보았고, 유씨 부인의 파랗게 질린 입술은 분노로 꽉 다물린 채 떨리고 있었다.
"하지만 그것은 희열이 아니라 나에겐 크나큰 고통이었소!"
씁쓸한 미소를 머금은 막염석이 다시 입을 열었다.
"어째서 그런지 아시오? 내 칼이 아무리 남궁가 가주의 칼보다 뛰어나다 해도 막씨는 남궁가의 가신일 뿐이기 때문이오. 그 미칠 듯한 심정을 이해하겠소?"

막염석의 깨문 입술에서 피가 흘렀다.

"대성을 이루고 호연지기를 가득 담아야 할 피 끓는 청년의 가슴에 처절한 한계와 자학을 담아야 했던 그 굴욕적인 심정을 이해하겠냔 말이오!"

막염석의 입술에서 흐르는 선혈이 더 굵어졌다.

"혼기에 이르러 가주 당신이 명문가의 규수들과 무림의 절세미인들의 이름을 놓고 짝을 고를 때 난 종자들의 여식 몇 명의 이름을 앞에 놓고 피눈물을 삼켜야 했소."

"……."

"후후, 한번 상상해 보시오, 그 젊은 청년의 심정을! 온 세상을 물어뜯어 갈기갈기 찢어놓아도 분이 풀리지 않을 것이오."

놀란 눈으로 막염석의 말을 듣고 있던 유씨 부인이 나섰다.

"그렇게 한이 맺혔다면 이곳을 뛰쳐나가 절세의 고수가 될 수도 있지 않았나요? 당신의 능력이라면 충분히 가능했을 텐데?"

유씨 부인의 말이 끝나자 막염석이 목을 젖히고 대소했다.

"크하하— 부인! 정말 명문가의 후손다운 발상이오. 소위 배부른 자의 여유로운 생각이라는 거요!"

막염석이 그렇게 한참을 더 웃었다.

"생각해 보시오, 부인! 그런다고 남궁세가의 가신 집안인 막씨의 꼬리표가 깨끗이 떨어져 나갈 것 같소? 내가 만약 그렇게 고수가 되어 돌아온다면 당신의 딸을 내 아들에게 시집보낼 수 있소?"

막염석의 말에 유씨 부인의 표정이 굳어졌다.

"후후! 도저히, 도저히 될 수 없는 일이지 않소?"

막염석의 입꼬리가 일그러지며 올라갔다.

"난 말이오, 도저히 될 수 없는 그 근본적인 사실을 깨부수고 싶었던 거요!"

막염석의 목소리가 피를 토하는 듯했다.

"그래서 어떻게 하겠다는 거냐?"

남궁혁의 목소리가 약간 떨려 나왔다.

"세상 전체를 뒤집어놓으면 그것이 가능할 수도 있겠지! 백색이 온통 흑색으로 바뀌고 남궁가가 뿌리째 뽑혀 사라지고 그곳에 막씨세가가 뿌리를 내린다면 가능하지!"

유씨 부인의 눈이 더 커졌다.

"무슨 괴변이냐? 그런 허무맹랑한 생각이 이루어질 수 있다고 보는 거냐?"

"두고 보면 알 일이지만 애석하게도 가주, 당신은 그럴 수가 없겠구려!"

막염석의 눈빛이 천천히 가라앉았다.

"자, 이건 부인의 칼이오. 같이 상대하겠소?"

막염석이 옆에 있던 칼을 잡아 유씨 부인에게 던졌다.

"우리 막씨가 자유로워질 수 있는 방법은 이 세상에서 남궁씨가 사라지는 것이오. 읍참마속의 심정으로 당신들을 제거할 수밖에 없소. 부디 잘 가시오."

막염석의 손에서 제왕성의 칼이 춤을 추었다.

"종복의 자식이 감히!"

남궁혁이 야차 같은 눈빛으로 막염석을 향해 칼을 마주쳐 갔고 유씨 부인도 오랫동안 잊고 지냈던 초식을 떠올리며 막염석의 허리를 잘라갔다.

"아악!"

이십 년 가깝게 칼을 놓았던 유씨 부인이 막염석의 검을 받아내지 못하고는 팔뚝에 뼈가 드러날 정도로 깊은 상처를 입으며 들고 있던 칼을 떨어뜨렸다.

"부인!"

놀란 얼굴의 남궁혁이 유씨 부인에게로 뛰어들었다.

섬뜩한 눈빛을 한 막염석의 칼이 남궁혁의 목을 향해 떨어져 내렸다.

"가주! 위험해요!"

유씨 부인이 비명을 지르며 눈을 질끈 감았다.

째쟁!

날카로운 금속성이 울리며 남궁혁의 목을 잘라가던 막염석의 칼이 한 자루 넓은 도에 막혀 남궁혁의 목 한 치 앞에서 멈춰져 있었다.

"사, 삼월아!"

유씨 부인이 놀란 가슴을 진정치 못하고 비명처럼 삼월의 이름을 불렀다.

"아버님, 어머님, 어서 비켜나세요! 이자는 제가 맡겠어요!"

도진화가 부수고 들어온 문짝을 걷어차 내며 남궁혁 부부의 앞을 가로막고 섰다.

"너는……?"

막염석의 눈이 치켜떠졌다.

며칠 전 처음 왔다며 다른 아이와 함께 집 안을 구경하던 그 아이였다.

"어린 계집이 감히!"

막염석이 노기를 이기지 못하고 칼을 휘둘렀다.

"허억!"

도진화의 무지막지하면서도 현란하기 짝이 없는 칼을 마주한 막염석이 단말마를 지르며 훌쩍 뒤로 물러나 고개를 숙였다. 제법 길게 기른 수염이 싹둑 잘려져 흩날렸다. 도진화의 칼이 세 치만 더 밀고 들어왔다면 잘려진 것은 자신의 목이었을 것이다.

"도대체 네년은 누구냐?"

"네놈 조상을 만나거든 가르쳐 달라고 해라!"

야멸차게 받아친 도진화의 도에서 다시 한 번 바람이 일었다.

씨잉—

"크윽—"

막염석의 어깻죽지에서 피보라가 터져 나왔다.

"이런 말도 안 되는……."

막염석이 부르르 떨며 방문 밖으로 몸을 날려 장원 가운데로 내려섰고 한 치의 빈틈도 주지 않고 도진화도 몸을 날려 따라 내려섰다.

'도대체 이건!'

율자춘에게서 받은 비급으로 자신의 칼은 예전과 비교할 수 없을 만치 날카로워져 있었다. 예전이었다 해도 남궁가의 칼쯤은 우습게 여길 정도로 숨기고 있던 실력이었다.

그런데 아직 솜털도 가시지 않은 어린 계집애에게서 이런 상처를 입다니!

막염석의 입에서 허탈한 웃음이 흘러나왔다.

"괜찮소, 부인?"

얼이 빠진 듯 도진화를 쳐다보는 유씨 부인의 팔뚝을 지혈시키며 낭궁혁이 부인을 부축했다.

"저 아이… 서정이가 데려다 놓은 저 아이, 무슨 목적이 있는 아이였구나!"

유씨 부인이 상처의 통증도 잊고 도진화를 쳐다보았다.

자신들을 아버님, 어머님으로 부르며 저승의 문턱에서 구해낸 사람이 저 어린아이라니!

유씨 부인은 현재 상황이 처음부터 끝까지 현실 같지가 않았다.

곤한 새벽잠을 깨우며 느닷없이 들이닥친 막염석과 그의 칼에 죽음의 문턱까지 갔다가 어리디어린 소녀의 칼에 목숨을 구한 현재 상황이 영락없는 악몽 같았다. 그러나 악몽은 깨어나지 않고 계속되고 있었다.

"하앗!"

"하잇!"

막염석이 이를 악물며 도진화에게로 달려들었고 도진화 또한 꼭 다문 입술 사이로 기합을 넣으며 마주해 갔다.

쌔액—

제왕성의 칼의 궤적을 끊은 도진화의 칼이 막염석의 상처 입은 왼팔을 완전히 분리시켰다.

"으흑!"

야수 같은 비명과 함께 막염석의 신형이 휘청거렸다.

도진화의 칼이 다시 한 번 떨어져 내리자 막염석의 목이 허공에 솟구쳤다.

잠시 막염석의 주검을 응시한 도진화가 급히 남궁 부부에게 뛰어갔다.

"삼월아, 도대체 넌……?"

"두 분 도련님도 위험해요! 인사는 나중에 드릴게요!"

도진화가 급히 등을 돌려 마당으로 내려서자 남궁우현이 유자추, 정휴, 모진성, 그리고 자신의 두 동생들과 함께 뛰어들었다.

"괜찮소, 진화?"

남궁우현이 긴장된 시선으로 도진화와 장내의 상황을 살피다 '후'하고 어깨의 힘을 뺐다.

"우, 우현아!"

남궁 부부가 귀신을 본 듯한 얼굴로 남궁우현을 쳐다보았다.

"혀, 현아⋯⋯."

"이놈! 우현아⋯⋯."

남궁 부부는 아들 남궁우현을 바라보며 두 눈만 크게 뜨고 꼼짝도 하지 못하고 앉아 있었다.

"그동안 별래무양하셨습니까? 아버님, 어머님."

남궁우현이 깊숙이 허리를 숙였다.

"정말, 정말 네가 우현이 맞느냐?"

유씨 부인이 선혈 가득한 팔을 들어 올리며 주춤주춤 남궁우현에게로 다가갔다.

"이게 꿈은 아니겠지? 오! 천지신명이시여⋯⋯!"

유씨 부인이 와락 남궁우현에게 달려들어 오열을 터뜨렸다.

남궁우현이 으스러져라 어머님을 껴안았다가 얼른 몸을 떼내고는 어머님의 상처를 살폈다.

"이놈! 도대체 어찌 된 일이냐?"

남궁혁이 핼쑥한 얼굴로 아들 우현에게로 다가갔다.

"진화, 어머님의 상처를 좀 살펴주시오!"

남궁우현이 어머니를 도진화에게 맡기고 부친 앞에 무릎을 꿇었다.
"아버님! 이 불효자식을 용서하십시오!"
남궁우현이 고개를 숙이며 석고대죄의 자세를 취했다.
"이게 무슨 짓이냐?"
남궁혁이 허리를 굽히며 아들의 어깨를 잡았다.
"소자 아버님의 고통이 어떤 것인지 눈곱만큼도 헤아리지 못하고 오랫동안 아버님을 속으로 원망했습니다. 어떤 때는 술독에 빠진 아버님을 못난 사람이라 경멸하기까지 했습니다. 소자 감히 아버님 앞에 얼굴을 들 수가 없습니다."
남궁혁의 얼굴에 의문이 떠올랐다. 지금 자신의 아들이 하는 말은 자신이 십 년 동안 가슴에 품고, 그래서 그 가슴을 온통 썩혀 버린 비밀을 안다는 말투였다.
'그럴 리가 없을 텐데!'
남궁혁이 고개를 저었다.
"도대체 지금 무슨 말을 하는 게냐?"
남궁우현이 천천히 일어섰다.
"아버님, 잠시만 뒤로 물러서 계십시오."
남궁 부부가 의아해하며 천천히 뒤로 물러섰고 남궁우현이 들고 있던 도를 뽑아 들었다.
슈슈슉—
악마의 칼이 어지럽게 춤을 추었다.
칼바람이 멈추고 나자 남궁 부부 처소 한쪽 벽에 화천옥이 가지고 있던 양피지에 그려진 검흔과 똑같은 칼자국이 새겨져 있었다.
"이것이… 이것이 어떻게!"

남궁혁이 부들부들 떨리는 손으로 검흔을 확인하였다.

십 년 가까이 자신을 폐인으로 몰아넣은 그 악마의 발톱 자국이었다.

도저히 뛰어넘을 수 없는 벽에 부딪쳐 허구한 날 술독에 빠져 죽음보다 더 비참한 오욕의 삶을 강요한 그 검결이 이 년이 넘게 실종되었다 돌아온 아들의 칼에서 되살아난 것이다.

"저것을 지우는 일은 진화, 당신이 하시오!"

남궁우현의 말을 들은 도진화가 조용히 고개를 끄덕이고 칼을 잡았다.

쌔액―

손으로 움직이는 칼끝을 눈이 쫓아갈 수 없었다.

믿어지지 않는 사실에 남궁 부부와 차남, 삼남이 멍하니 입만 벌리고 시선을 집중한 곳에서는 남궁우현이 그려놓은 악마의 검흔을 그보다 더 악마적인 도진화의 칼자국이 가닥가닥 끊어놓았다.

"아버님의 고뇌는 이제 저희들이 짊어지겠습니다."

남궁혁의 눈에 굵은 눈물이 흘렀다.

"크흐흐흑……!"

지옥 같았던 십 년의 세월을 토해내는 듯 남궁혁이 짐승 같은 울음을 토했다.

영문을 모르는 유씨 부인이 부군을 부축하려는 듯 다가서려 하자 남궁우현이 조용히 저지했다.

'이젠 다 컸구나!'

장남의 몸에서 풍기는 기운이 부군의 그것보다 훨씬 더 강하다는 것을 느낀 유씨 부인의 온몸에 긴장이 풀렸다.

'비로소 휴식을 취할 수 있겠구나.'

남편의 빈자리를 억척같이 지켜온 유씨 부인이 장남 우현과 도진화를 바라보며 스르르 무너져 내렸다.

"비록 네 어미 젊었을 때만큼은 못하지만 무척 예쁘구나."
남궁우현이 정식으로 도진화를 소개해 올리자 남궁혁이 한없이 인자한 미소를 머금은 채 옥용을 발갛게 물들인 도진화를 쳐다보았다.
"그래, 아버님 함자는?"
유씨 부인이 어서 도진화의 손이라도 한번 잡아보고 싶어 못 견디겠다는 듯 몸을 들썩거리며 도진화에게 질문을 하였다.
"윤(閏) 자 학(鶴) 자 쓰십니다."
"유리검(琉璃劍) 도윤학 대협 말이더냐?"
남궁혁이 외치듯 소리를 질렀다.
"그러하옵니다."
"허어, 그 친구라면 젊었을 적 호형호제하며 말술을 마다하지 않고 지낸 사이건만. 내 이 모양이 되고 나서는 인간의 도리를 다하지 못했거늘 이젠 그 여식에게 목숨까지 빚지고 말았구나! 그 친구를 어이 볼꼬!"
남궁혁이 장탄식을 했다.
"얘야, 이리, 이리 와보거라."
유씨 부인이 남자들의 형식적인 넋두리에는 관심없다는 듯 뚫어지게 도진화의 얼굴만 응시하다 더 참지 못하고 도진화를 가까이 불러 손을 잡았다.
"삼월이라며 처음 와서 나를 쳐다보던 눈빛이 예사롭지 않다 하였더니 결국 이런 사연이 있었구나."

"죄송스럽습니다."

도진화가 쑥스러워하며 얼굴을 붉혔다.

"천부당만부당한 얘기구나. 난 아직도 이게 꿈인지 생시인지 구별이 가지 않는단다. 그동안 어떻게 지냈는지, 도대체 무슨 사연이 있었는지 궁금한 게 한두 가지가 아니란다. 어서 내 처소로 가서 그동안의 사연을 들어보자꾸나."

유씨 부인이 도진화를 안을 듯이 끌어당겼다.

"어허, 부인. 밤새 동정을 살피며 신경을 곤두세웠을 아이요. 아무리 궁금한 게 많더라도 좀 쉬게 한 다음 하시구려."

남궁혁이 웃음 띤 눈으로 조용히 말하자 유씨 부인이 깜빡했다는 듯 손을 놓았다.

"그래, 그렇구나! 며칠 동안 제대로 잠을 이루지 못했겠구나. 내 처소에 자리를 깔아줄 테니 어서 한숨 자려무나."

유씨 부인이 서둘렀다.

"자꾸 왜 이러시오, 부인. 딸도 장성하면 어미 처소에선 불편한 법이오. 하물며 며느리……."

"아이구, 내가 착각을 했구나. 꼭 내 딸 같아서 그만……."

잃었다고 생각했던 아들과 며느릿감을 함께 얻은 유씨 부인이 평소와는 전혀 다른 모습으로 허둥댔다.

제24장

은원천리(恩怨千里)

"이것 봐, 소문 들었어?"

"무슨 소문?"

"마도가 창궐했다는군."

"이 인간이 미쳤나! 십수 년 전에 씨가 말라 사라진 마도가 어떻게 창궐했다는 거냐? 설사 그렇다 하더라도 제왕성이 가만있겠는가?"

"어허, 그게 더 기막힐 노릇 아니겠나!"

"무슨 말인가?"

"그 마도가 발현한 곳이 제왕성 깊은 곳 율자춘의 처소라 하지 않나, 글쎄!"

"자네 정말 제정신인가? 행여 그런 소리 또 떠벌리지 말게. 제왕성의 눈과 귀는 세상천지에 없는 곳이 없다네."

"허허! 그런데 이젠 그렇지도 못하다네."

"왜?"

"율자춘의 사주에 의해 척마단이 비영단을 괴멸시키고 수호단도 거의 반 이상 척살해 버렸다네. 그리고 척마단주 나백상이 제왕성주 단리운극을 꺾을 만한 무공을 익혔다네."

"허어—"

"제왕성주가 나백상에게 꺾이기 직전 제왕성의 차남 단리웅호가 나백상을 뒤에서 암습하여 가까스로 위기는 넘겼지만 끝까지 갔다면 나백상의 칼에 고혼이 됐을 거라더군."

"허어—"

"그리고 더 기가 막힌 건 말일세, 근 삼 년 전에 사라진 열네 명의 백도 후기지수들을 제왕성 척마단이 그렇게 만들었다는군."

"허어—"

"왜 그런지 아는가?"

"허어—"

"이런, 이 친구 완전히 얼이 빠졌군!"

찰싹—

"정신 차려, 이 친구야!"

"응, 응… 내가 왜 이러지……?"

"그래, 왜 척마단이 백도 후기지수 열네 명을 없앴는가?"

"그게 또 기가 막힌단 말일세! 글쎄, 백도의 수호신인 줄 알았던 제왕성이 척마대전 후 영원한 무림 지배의 야욕을 품고 모든 정파의 장문인에게 비전절기를 제왕성에 바치라고 했다는군. 안 그러면 척마단을 이끌고 멸문을 시키겠다고 협박하면서 말일세."

"아니, 어떻게 그런……."

"그러게 말일세! 각 파의 비전절기라는 게 어떤 것인가. 각 문파의 존재 기반이 아니겠나? 그것을 빼앗겨 만천하에 공개되고 나면 그 문파는 하오문이나 마찬가지가 되지 않겠는가 말일세."

"그, 그렇지."

"하지만 제왕성에 대항할 여력이 없었던 각 파는 치욕을 무릅쓴 모양이야."

"어찌 그럴 수가? 죽기 살기로 싸우지 않고?"

"나 한 사람이면 왜 그러지 않겠나. 하지만 친자식 같은 제자나 모든 문도들을 다 죽일 수는 없지 않겠나? 그 심정을 헤아려 보게."

"그렇겠군. 그래서 각 파 장문인들이 갑자기 그렇게 한꺼번에 타락하거나 폐관했군."

"그렇지, 그렇게 된 것이지!"

"허허― 세상에 무슨 이런 변고가… 그럼 이제 이빨 빠진 호랑이가 된 제왕성을 구파일방이 가만 안 두겠군?"

"그렇지! 그동안 얼마나 이를 갈았겠나. 얼마 후 봉기하여 제왕성을 치러 간다는군."

"어허, 난세로세! 또 피바람이 일겠군."

　　　　　　　　＊　　　　＊　　　　＊

"빨라도 너무 빨라. 누군가 의도적으로 소문을 퍼뜨리고 있어."

임무열이 긴장된 음성으로 설명하고 있었다.

"단 이틀 새 모든 상황과 심지어 아무도 모르고 있던 비밀까지 속속들이 만천하에 공개됐어."

은원천리(恩怨千里) 31

"율자춘 그놈 짓이군. 그놈이 온 무림을 분란시키고 있어!"

신도기문이 입술을 깨물었다.

"백도의 치욕적인 비밀까지 공개하여 백도가 제왕성에 대항하지 않고는 견딜 수가 없게 만들어놨어."

화천옥도 이가 갈린다는 표정으로 말했다.

"그렇게 무림이 일어나고 제왕성과 전쟁을 하는 혼란을 틈타 혈영이 무림을 장악할 속셈이야."

한동안 긴장이 흘렀다.

"우선은 백도의 봉기를 멈추는 게 급선무요."

임무열이 생각에 잠긴 채 의견을 말했다.

"쉽지 않을 거요. 율자춘이 포섭한 첩자들이 온갖 이간질을 하여 준동시킬 테니."

형일비가 혈영에서 들은 정보를 떠올리며 대답했다.

"먼저 그들부터 처치해야 할 것 같소."

"젠장! 중놈 짓하다 산적에서 이젠 살수까지 되어야 하겠군."

임무열의 말에 정휴가 투덜거렸다.

"한영 대협, 수박 겉핥기 식이나마 잠입, 은둔, 추적술 등을 급히 가르쳐 주시오."

"알겠소, 부두령."

한영이 빙그레 웃으며 대답했다.

＊　　　＊　　　＊

하룻밤 새 경천동지할 일이 발생한 제왕성의 소문은 온 중원 구석구석에 퍼져 나갔고 이젠 삼척동자도 다 아는 사실이 되었다.

그리고 그 소문은 점령한 산채를 순회하고 있던 철도정, 조대경 등의 귀에도 들렸다. 그 얘기를 들은 정사청이 사제 이가송에게 모든 일을 맡기고 황급히 흑수채로 발길을 돌리려 했다.

"사형, 갑자기 왜 돌아간다는 겁니까?"

이가송이 정사청의 얘기를 듣고 동그란 눈으로 이유를 물었다.

"이건 내 개인적인 일이다. 그러니 넌 아무 말 말고 철 공자, 조 공자와 함께 녹림을 순회하며 군진합공을 연습시키거라. 그리고 그동안 내 곁에서 강궁을 쓰는 요체는 터득했을 테니 그것 또한 네가 가르치거라. 녹림이 얼마나 더 강해질지는 이젠 모두 네 손에 달렸다. 하루빨리 군진합공과 강궁으로 무장하여 녹림이 강해져야만 혈영의 마수로부터 무림을 구하고 그것이 무당을 구하는 길이기도 하다. 또한 그것은 사부를 구하는 길이기도 하고."

정사청의 입에서 사부의 말을 들은 이가송의 표정이 서서히 굳어갔다.

"알겠어요, 사형. 사형의 깊은 속을 아는 바이니 더 묻지 않겠어요. 하지만 어딜 가든 조심하세요. 만약 사형이 잘못된다면 난 악마가 될 것이오. 그리고 매일 피로 목욕을 할 겁니다!"

이가송이 등을 돌려 뚜벅뚜벅 걸어갔다.

석상처럼 걸어가는 이가송의 뒷모습이 정사청의 눈에 태산처럼 확대되어 쏟아져 왔다.

"두령, 돈이 좀 필요하오!"

갑자기 흑수채로 들이닥친 정사청의 모습에 한참 한영으로부터 살

수 수업을 쌓고 있던 이들이 의아한 표정을 지었다.

"갑자기 무슨 일이냐?"

임무열이 반갑고도 의문스런 표정으로 정사청을 바라보았다.

"알겠소. 안으로 들어갑시다."

천호가 궁금해하는 시선들을 뒤로한 채 정사청과 함께 방으로 들어갔다.

"이것을 은하전장 장주에게 보이면 오십만 냥 내에서는 얼마든지 내줄 것이오."

천호가 소개장을 봉서에 넣어 정사청에게 내밀었다.

"오십만 냥이라고 했습니까?"

정사청이 놀란 얼굴로 천호를 쳐다보았다.

"그렇소. 소혜의 부친인 진 대인께서 내게 준 것이고 그것을 은하전장에 맡겨두었소. 정 공자가 필요하다면 한 푼도 남기지 말고 찾아 쓰시오."

정사청이 한참 동안 말없이 손에 든 봉서를 내려다보았다.

"척마단주의 행적을 찾거든 절대로 혼자 행동하지 말고 바로 연락 주시오. 정 공자가 나를 두령이라 부른다면 이건 두령의 명령이오!"

'짐작하고 있었구나!'

정사청이 묵묵히 방문을 나서는 천호의 등을 바라보았다. 그리고 천천히 고개를 숙였다.

* * *

경삼(警三)은 그 어느 때보다 날렵하게 산을 오르고 있었다.

땅꾼 생활 이십 년 만에 이런 해괴한 행운은 없었기 때문이다.

이십 년이면 결코 짧지 않은 세월이다. 그 긴 세월 동안 희귀한 뱀을 찾아 온 산천을 돌아다니다 낭떠러지 아래로 굴러 천운으로 목숨을 건지고 몇 달 간을 누워 지낸 적도 있었고 독사에게 물려 사경을 헤맨 적도 있었다.

그렇다고 그 길고 긴 이십여 년 동안 그런 불행만 있었던 것은 아니다. 때때로 희귀종의 뱀을 잡아 목돈을 만져 보기도 했지만 그런 행운은 일 년에 한 번 갖기 힘들었다.

전설에 나오는 독각교룡(獨角蛟龍)이니, 인면거망(人面巨蟒)이니 하는 놈들은 한 마리만 잡아도 평생을 놀고 먹을 수 있겠지만 그건 무공의 고수들이나 가능한 얘기고 경삼 자신으로서는 제발 그런 영사들과는 만나지 않기를 바랄 뿐이었다.

무공이라고는 무 자도 모르는 자신이 그런 영물들과 만난다면 단번에 그 영물들의 한 끼 식삿감이 되고 말 것이기 때문이었다. 그래서 정말 그런 영사들이 있음 직한 깊고 음습한 계곡에는 얼씬도 하지 않았고 한 마리에 한 끼 식사 정도의 값어치밖에 안 나가는 그런 뱀들만 주로 잡았다.

그마저도 일 년 내내 잡을 수 있다면 끼니 걱정은 하지 않아도 될 것이나 뱀이란 놈은 찬바람이 불기 시작하면 모두 땅속으로 기어 들어가 똬리를 틀고 다음 해 봄까지는 꼼짝도 하지 않으니 그 긴 겨울 동안은 조금 벌었던 돈마저 다 까먹고 초봄이 되면 끼니를 거를 정도까지 되는 것이다.

올해도 서서히 찬바람이 불고 발길에 채일 정도로 많던 뱀들도 이젠 하루에 몇 마리 보기 힘들었다.

이틀 전에도 바빠지는 마음으로 부지런히 산속을 헤집고 있을 때 한 젊은이가 자신을 불렀다.

산속에서 만난 동물 중에서 가장 무서운 동물은 바로 사람이었다.

오랜 경험을 통해 뼈저리게 그 사실을 알고 있는 경삼은 잔뜩 경계 어린 눈초리로 그 청년을 바라보았다. 그리고 여차하면 산 아래쪽으로 질풍같이 도망갈 준비를 하였다.

마침 해를 등지고 서 있는 그 청년을 바라보기 위해 한 손을 이마 위에 대고 눈을 찌푸리며 쳐다보았지만 역광을 받은 그 청년의 얼굴은 정확히 눈에 들어오지 않았다.

잠시 그렇게 청년의 동태를 살핀 경삼은 비록 얼굴은 제대로 보지 못하였지만 결코 자신에게 해를 입힐 사람이 아니라는 것을 느낄 수 있었다.

일 년의 반 이상을, 그리고 자신이 살아온 날의 반 이상을 산에서 보낸 경삼은 상대가 짐승이든 사람이든 그가 현재 자신을 공격할지 그렇지 않을지는 동물적으로 느낄 수 있었다.

자신을 부른 그 청년은 오랫동안 그곳에 자리 잡고 서 있던 노송처럼 조용히 서 있었다. 그리고 경삼 자신이 다가오기를 기다리고 있었다.

만약 자신을 해하고 자신이 가진 무엇인가를 빼앗을 사람들이라면 결코 그렇게 텅 빈 모습으로 서 있지 않는다. 그런 인간들은 당장이라도 뛰쳐나올 듯 자신도 모르게 어깨가 치켜 올라가고 허리가 약간 앞으로 굽어지기 마련이다.

경삼은 천천히 그 청년에게로 다가갔다.

경삼은 순간적으로 흠칫 놀랐다.

맑고 깊은 눈빛을 한 영준한 청년이었다.

그 눈빛은 어쩌면 이글거리는 늑대의 눈빛 같기도 했고 또 어찌 보면 맹수에게 쫓기고만 살아온 사슴의 눈빛 같기도 했다.

눈을 한 번 껌벅거린 후 다시 마주한 청년의 눈빛은 이번에는 세상을 다 살아버린 노인의 눈빛 같기도 했다.

잠시 그렇게 마주 서 있던 청년은 품속으로 손을 넣어 경삼에게 뭔가를 건네주었다. 그것은 자신이 평생 세 번도 제대로 손에 쥐어보지 못한 은화였다. 그 은화 한 냥이면 올 겨울은 처자식들과 별 걱정 없이 지낼 수 있을 것이다.

"이걸 왜 날 주는 거요?"

청년은 잠시 경삼을 쳐다보다 조용히 말했다.

"이곳에서 이틀을 벗어나지 않는 거리 내에서 몇 명의 사람들이 감쪽같이 숨어 있을 수 있는 곳이 어딘지 알 수 있겠습니까? 혹시 최근에 그런 사람들을 보았다면 더 바랄 게 없겠지만……."

"그 사람들을 찾아달라는 대가로 이 돈을 주는 것이오?"

경삼의 물음에 청년은 천천히 고개를 끄덕였다. 그리고 다시 품속으로 손을 넣어 묵직해 보이는 전낭을 꺼내 들었다.

"여긴 삼십 냥의 금화가 들어 있소. 그렇게 숨어 지내는 사람이 있는 곳을 찾아준다면 모두 다 드리겠소."

청년이 간절한 눈빛으로 경삼을 바라보았다.

금화 삼십 냥이면 욕심없이 살아가면 평생 끼니 걱정은 안 해도 되는 액수이다.

"찾으면 어디로 연락하면 되겠소?"

이번에는 경삼의 눈빛이 앞에 선 청년보다 수십 배는 더 간절해졌다.

청년은 자신의 거처를 가르쳐 주고 나서 절대로 그들이 눈치 채지 않게 찾아내야 한다고 신신당부했다. 그리고 만약 그들에게 발각되면 결코 살아 돌아올 수 없을 것이라는 말도 함께 당부했다.

청년이 떠나간 후 경삼은 그 청년의 말을 되새기며 빠르게 기억을 더듬었다.

이 근처에는 그럴 만한 곳이 제법 많았다. 그중에서 숨어 지내려면 물이 가까이 있어야 한다. 그리고 남의 눈에 띄지 않아야 하는 곳이겠고.

그런 조건을 갖다 댄다면 범위가 반 정도로 좁혀진다.

또 숨어 지내는 사람들이기에 유사시에 도망치기 용이한 장소를 택한다면 세 손가락 안에 꼽을 수 있다.

경삼의 눈이 번쩍 뜨였다.

그중에서도 유독 자신의 마음이 쏠리는 곳이 있었다.

경삼은 벌겋게 상기된 얼굴로 그 자리에 앉았다. 그리고 두근거리는 가슴을 진정시키며 한참 동안 생각에 잠겼다.

'우선 집으로 돌아가서 그 근처에서 며칠 동안 숨어서 그곳을 감시할 준비를 하고 와야겠다!'

그 동굴 속으로 바로 들어가 보면 오늘 안에라도 확인이 가능하겠지만 그랬다간 청년의 말대로 살아 오지 못할 것이고 그렇게 되면 그 빛나는 황금 삼십 냥이 너무도 애석하여 자신은 저승의 명부에도 들지 못하고 구천을 떠도는 원귀가 되고 말 것이다.

경삼은 그 길로 집으로 향했고 모든 준비를 마치고 이상하게도 자신의 뇌리를 강하게 자극했던 그곳을 향해 조심스럽게 걸음을 옮기고 있는 것이다.

'지금부터는 각별히 조심해서 접근해야 한다!'
 그런 생각을 하며 몸을 숙이던 경삼은 갑자기 뭔가에 얻어맞은 듯 그 자리에 주저앉았다.
 이틀 전에 만난 그 청년이 상상도 못할 거금을 주고 찾고 있는 사람들이라면 보통 사람들이 아닐 것이고 또 자신들을 발견한 사람을 죽일 정도의 사람들이라면 무림인일 것이다. 그렇다면 그들 중 한 명쯤은 근처 어딘가에서 망을 보고 있을 것이다.
 '조심스럽게 행동하면 오히려 저승행이다!'
 경삼은 자신도 모르게 흐르는 식은땀을 닦으며 지금까지의 약간 조심스러웠던 행동을 완전히 버리고 평소에 뱀을 찾듯이 거침없이 수풀 속에 몽둥이를 두들기고 발길질을 해대며 뱀을 찾았다.
 고맙게도 뱀 한 마리가 뛰쳐나왔고 얼른 그놈을 잡아보란 듯이 두 손을 들고 환호했다.
 그렇게 한참을 더 소란을 피운 경삼은 행장을 꾸리고 천천히 하산하기 시작했다. 그리고 자신이 짐작하는 그곳에서 완전히 시야가 가린 바위 뒤에 숨었다.
 '어쩐지 저곳이 느낌이 이상해. 내 예감이 맞는다면 망을 보던 놈이 저녁때쯤에는 교대를 할 것이고 그놈만 확인하면 되는 것이야!'
 경삼은 건량을 한 줌 입에 넣고 천천히 씹었다.

 다음날 아침 일찍 경삼이 청년에게 어제저녁 무렵 자신의 예상대로 망을 보다 교대를 하던 그 사내들의 옷차림과 그들이 있는 장소를 소상히 말하자 청년은 확인도 하지 않고 금화 삼십 냥이 든 전낭을 경삼의 손에 건넸다. 그리고 강철로 된 큰 활과 한 자루의 칼을 차고 바람처럼 사라졌다.

한참 동안 경삼은 그 청년이 묵고 있던 숙소에서 실성한 듯 히죽거리다 술 취한 사람처럼 비틀거리며 자기 집으로 돌아갔다.

'저곳이다!'

정사청은 경삼이 가르쳐 준 장소 근처에서 은밀히 주위를 살폈다.

경삼이 말한 그곳에 오늘도 한 인영이 나뭇가지로 온몸을 위장한 채 망을 보고 있었다.

정사청은 자신도 모르게 맥박이 빨라져 옴을 느끼며 심호흡을 하고 심신이 안정되기를 기다렸다.

오늘 아침 자신에게 이곳을 알려준 그 땅꾼은 정말 영리한 사람이라는 생각이 들었다. 만약 그 사람이 누군가 망을 보고 있을 것이라는 생각을 하지 않았다면 은밀히 행동하다 망을 보던 척마단 무사에게 죽임을 당했을 것이고 그들은 밤 동안 다른 곳으로 숨어버렸을 것이다.

자신마저도 미처 생각지 못했던 것을 생각해 내고 이런 상황을 안겨준 그 땅꾼에게 고마움이 사무쳐 왔다.

잠시 딴생각이 든 자신을 발견하고 머리를 흔든 정사청이 다시 앞을 응시했다.

망을 보던 사내는 정말 나무토막이기라도 한 듯 꼼짝도 않고 그렇게 앉아 있었다. 고도의 훈련을 받은 저런 자들이 스스로 붕괴되지 않았다면 감히 어떤 세력이 저런 자들을 무너뜨릴 수 있었을까 하는 생각에 정사청은 천변만화(千變萬化)하는 세상사의 예측 불허함에 또 한 번 고개를 흔들었다.

저 안에 제왕성에서 탈출한 몇 명의 척마단원과 척마단주 나백상,

그리고 단리장영이 있을 것이다.

단리장영을 생각하자 정사청의 가슴에 무서운 회오리가 일었다.

원수가 될 수도 있는 제왕성의 장녀이면서 한시도 그의 가슴을 떠나지 않았던 그녀!

백목련같이 환한 미소로 좌설연과 다정하게 지내는 그녀를 보면서 만약 이가송이 제왕성의 손에 죽임을 당했다면 형산을 떠나오기 전 형산의 장문인 좌무양 앞에서 맹세했던 대로 제일 먼저 그녀를 죽일 수 있었을까?

수색조의 같은 조원으로서 얼마간 같이 행동하던 어느 순간부터 그녀의 눈빛은 자신의 눈빛을 얽어매려 했었고 그런 그녀의 눈빛을 애써 외면하며 도저히 불가능하다고 무의식 중에 소리쳤다. 지금에 와 생각하니 그때는 무공 실력으로도 그녀의 십초지적이 되지 못했을 것이다.

언제나 온유한 그녀였기에 그것을 느끼지 못했지만 자신의 허리에 큰 상처를 남긴 비영단 무사에게서 그것을 철저히 확인했었다. 그리고 그 자리에서 그녀에게 목숨을 빚졌다.

그녀가 원수의 딸이든 원수이든 간에 정사청 자신에게는 그 사실에 우선하여 생명의 은인인 것이다. 그 생명의 빚을 갚지 않고서는 자신은 그녀의 원수일 수도, 적일 수도, 나아가서는 인간일 수도 없는 것이다. 그것이 정사청 자신이 살아온 방식이고 존재의 방식이었다.

서서히 손 마디에 힘이 들어갔다.

강궁을 날린다면 저 앞에서 망을 보는 자는 쉽게 처치할 수 있을 것이다. 그리고 자신이 대신 그 자리에서 나뭇가지를 둘러쓰고 앉아 있다 보면 교대하러 온 한 놈을 더 소리없이 처치할 수 있을 것이다.

정사청은 천천히 강궁을 들어 올렸다. 그리고 손톱 끝으로 시위를 아주 미약하게 튕겨보았다.

 핑—

강궁이 최고조의 기분으로 울었다.

그 소리와 함께 억양없는 목소리가 들려왔다.

"척마단주를 발견하는 즉시 달려오시오! 이건 두령의 명령이오!"

자신에게 봉서를 건네주며 하던 두령의 목소리였다.

 '두령……!'

정사청이 속으로 조용히 두령을 불렀다.

"미안하오, 두령. 두령을 무시해서 이러는 것은 절대 아니오. 두령과 마찬가지로 나라는 놈은 빚을 지고는 한시도 편히 숨을 쉬며 살아갈 수 없는 인간이라오. 그리고 내가 진 빚은 꼭 내 손으로 갚아야 살아갈 의미를 찾는 사람이기도 하고."

 피융—

빛살보다 더 빠른 한 개의 화살이 시위를 떠나는 순간과 거의 때를 같이하여 망을 보던 사내가 목이 꿰뚫린 채 튕기듯이 뒤로 넘어졌다.

정사청이 천천히 강궁과 전통을 벗어 수풀 속에 숨기고는 칼을 들고 신형을 날렸다.

"이것 보시오, 큰아가씨! 뭘 먹어야 살아 나가서 복수도 할 수 있을 것 아니오?"

척마단 복장을 한 한 사내가 양팔과 양다리가 긴 줄에 각각 결박당한 채 앉아 있는 단리장영에게 먹을 것을 들이밀며 답답하다는 듯 소리를 질렀다. 나백상에게 납치되어 혈도를 봉쇄당한 상태로 이곳에 있은 지 열흘이 지나가고 있지만 단리장영은 그동안 물 한 모금 마시지 않고 눈을 감은 채 그 자리에서 꼼짝 않고 앉아 있었다.

어차피 혈도가 점해진 상태라 움직일 수도 없었지만 부분적으로 혈을 틔워 음식을 주어도 소용없는 일이었다.

상승의 무공을 익혀 보통 사람들보다 훨씬 강한 사람들이 무인이라지만 그들 역시 인간이기에 한 모금의 물도 마시지 않고 견디는 데는 한계가 있는 법이다. 더군다나 자포자기한 상태로 운공도 하지 않고서는 보통 사람과 별반 차이가 나지 않는 법이다.

척마단주 나백상이나 척마단원들 역시 한 닷새면 나백상의 요상이 끝날 것이고 그때면 그녀를 죽이든지 살리든지 결정할 일이었다. 그런데 단리웅호의 수법이 생각보다 훨씬 잔인하여 열흘이 넘도록 이러고 있는 것이다.

처음엔 단리장영에게 적의가 없었던 나백상도 내상을 치료하며 단리웅호의 악랄함에 치를 떨었고 그 원망이 은연중에 단리장영에게로 표출되기도 하였다. 그리하여 척마단원들도 단리장영의 미래를 예측할 수 없는 것이다.

그들 역시 옛 상전의 장녀이자 온화하기 그지없었던 단리장영을 굳이 해하고 싶지는 않았지만 점점 살기를 더해가는 나백상의 눈빛이 앞날을 예측할 수 없게 하였다. 그런데 이젠 나백상의 행동에 앞서 단리장영이 스스로 굶어 죽을지도 모르는 것이다. 그것은 그들로서도 바라지 않는 일이다.

여자 욕심이 없고 무공광인 단주는 내상이 치료되고 나면 다시 모든 것을 잊고 단리장영을 보내줄 수 있는 것이다. 그런데 이렇게 스스로

은원천리(恩怨千里) 43

생을 포기한 듯한 단리장영의 모습에 그들은 난감해하며 하루에도 몇 번씩 애원을 하다시피 하고 있는 것이다.

"빌어먹을! 이젠 우리도 지쳤소! 마음대로 하시오. 우리 명줄도 내일 하루가 어찌 될지 모르는 판국에 큰아가씨까지 신경 쓰게 생겼소? 마음대로 하시구랴! 그리고 저승에서 만나거든 내가 굶겨 죽였다는 소리는 하지 마시오!"

음식 사발을 든 사내가 그것을 팽개치며 지쳤다는 듯이 동굴 구석에 드러누웠다.

제왕성의 척마단 신분에서 하루아침에 마도가 되고, 동료들 대다수를 잃은 채 비좁은 동굴 안에서 예상보다 길게 은신하고 있는 다른 사람들도 축 처진 기분에 신경 쓰기 싫다는 듯 벽 쪽으로 돌아누웠다.

"어이! 교대 시간 되지 않았나?"

누군가의 입에서 목소리가 울리자 구석에 누워 있던 사내가 끄응 하고 몸을 일으켜 밖으로 나갔다.

"야, 이 사람아! 교대 마치고 동굴 속으로 들어오는 마당에도 그 수풀 더미는 왜 뒤집어쓰고 오는 것인가?"

어둠침침한 미등 불빛 사이로 보초 근무를 끝낸 동료가 보초 설 때 온몸에 뒤집어쓰는 수풀 더미를 그대로 쓴 채 동굴 안으로 들어오고 있었다.

"어허, 사람 참 싱겁기는. 이 판국에 장난이라도 치자는 거야, 뭐야?"

수풀 더미를 뒤집어쓴 동료는 대꾸도 없이 안으로 터덜터덜 걸어오더니 단리장영이 묶여 있는 근처에서 우뚝 섰다. 그리고 칼을 뽑아 들고 단리장영을 묶은 네 가닥의 끈을 순식간에 끊어버렸다.

"무슨 짓이야?"

놀란 척마단 사내들이 반사적으로 몸을 일으키는 순간 벌써 동료 한 명의 목이 허공에 떠올랐고 다른 한 명도 가슴이 꿰뚫렸다.

"저놈, 적이다!"

외침과 함께 칼을 집어 들고 일어섰지만 단리장영을 업어 든 사내는 한 명의 팔을 더 허공으로 날리며 빛살처럼 동굴 밖으로 쏘아져 나갔다.

"잡아라! 절대 놓쳐선 안 된다!"

남은 다섯 명의 척마단이 단리장영을 업은 정사청을 쫓아 동굴 밖으로 나오다 주춤 자리에 섰다.

단리장영을 안전한 거리에 앉혀놓은 정사청이 무표정한 얼굴로 칼을 늘어뜨리고는 자신들을 기다리고 있었다.

허허로운 구름을 대하는 듯한 느낌에 척마단 사내들은 긴장하며 칼을 들어 올렸다.

'저 사람은!'

단리장영은 하마터면 고함을 지를 뻔했다.

어스름의 미명 속에서 드러난 그 얼굴은 꿈에도 그리던 얼굴이었다.

'무당에서 온 사내!'

바로 그 사람이었다.

칼로 흙을 한 덩이 푹 떠 올려서 분수처럼 피가 흐르는 허리의 상처에 그 흙을 철썩 붙이고는 옷자락으로 질끈 동여맨 채 등을 돌려 사라졌던 그 사내였고 이 년이 넘는 기간 동안 단 하루도 잊었던 적이 없던 그 사내였다.

'어떻게 이곳까지 왔을까?'

단리장영은 알 수 있었다. 자신의 소문을 들은 후 저 사내는 오로지 자신을 찾는 데 모든 신경을 집중했을 것이다. 만약 그 일을 그만두지 않는다면 자신의 심장이 썩어 들어간다 할지라도 저 사람은 눈곱만큼도 스스로를 돌보지 않고 자신을 찾아 헤맸을 것이다. 저 사람은 그런 사람이었다.

단리장영의 눈에 굵은 눈물이 흘렀다.

쨍! 쨍강!

얼른 눈물을 훔치고 칼부림의 현장을 바라보았다.

자신이 주시하고 있는 사내의 칼이 스스로 길을 찾아 움직이고 있었다. 저런 칼에는 초식이나 정해진 검로라는 것이 무의미했다. 막히면 돌아 흐르고 덮으면 스며드는 물처럼 칼이 스스로 빈틈을 찾아 흘러가고 있었다.

"으흑—"

현란하기 짝이 없는 제왕성의 무공조차도 스스로 생명을 띤 채 살아 움직이는 그 칼을 다 받아내지 못하였다.

두 명의 가슴에 구멍이 나고 한 명의 목이 반쯤 잘린 채 쓰러졌다.

그 쓰러지는 순간마저도 칼은 호흡을 멈추지 않고 두 명의 가슴을 향해 살아 춤을 추었다.

놀란 척마단 사내의 칼이 그 칼을 쳐올리자 튕겨 나간 칼은 그 사내의 눈을 파고들었다.

"크악—!"

고통을 못 이긴 사내가 바닥을 뒹구는 순간 동료의 눈을 파낸 그 칼은 나머지 한 명의 목을 잘라왔다. 사내가 풀쩍 뒤로 뛰어 물러서자 그 칼은 날개가 달린 것처럼 주인의 손에서 빠져나와 자신이 노린 먹잇감의 복부 깊숙이 파고들었다.

수리검처럼 날아와 자신의 복부에 박힌 칼을 믿기지 않는 눈으로 내려다보던 사내가 고개를 들어 정사청을 한번 쳐다보고는 쿵 하고 바닥을 굴렀다.

"이놈!"

좀 전에 한쪽 눈을 꿰뚫린 사내가 발악하듯 칼을 놓은 정사청을 향해 달려들자 단리장영이 놀란 눈을 동그랗게 떴다.

펑!

폭음과 함께 척마단 사내의 가슴에 손가락만한 구멍이 생기고 피분수가 터져 나왔다. 그리고 곧 이어 등 뒤에서도 같은 크기의 구멍과 피분수가 터져 나오자 사내는 경악에 찬 눈을 부릅뜬 채 천천히 무너졌다.

척마단 무리들을 척살한 사내가 무심한 얼굴로 단리장영에게로 다가갔다. 단리장영이 주춤거리며 일어서려 했지만 기력이 모두 고갈된 그녀는 헝겊 인형처럼 풀썩 쓰러졌다.

"업히시오."

정사청이 단리장영을 등에 업고 천천히 걸음을 옮기려는 순간 등 뒤에서 인기척이 느껴졌다.

"어린 놈이 감히!"

척마단주 나백상이 이빨을 갈며 두 사람을 향해 다가오고 있었다.

"어서, 어서 도망가야 해요."

단리장영의 기운없는 목소리에 더 이상 다급할 수 없는 긴박감이 묻어 나왔다. 정사청은 신형을 날렸고 나백상이 가소롭다는 듯 천천히 뒤를 따랐다.

"정말 놀랍군. 여긴 어떻게 알아냈나?"

어느새 정사청의 앞을 막아선 나백상이 대견스런 손자를 대하듯 정사청을 쳐다보았다.
며칠 동안 근처를 이 잡듯이 돌아다니며 적합한 장소를 물색하여 정한 곳이었다. 언뜻 보기엔 결코 동굴이 있을 것 같아 보이지 않았고 무엇보다 주위 사방의 상황을 한눈에 살필 수 있다는 이점이 있었다.
그런데 철저히 경계를 서던 부하의 이목을 속이고 접근하여 순식간에 남은 부하들을 모두 처치한 솜씨는 절로 혀를 내두를 만했다.
제왕성의 혈전에서 마지막까지 남아 자신과 함께 탈출한 부하들은 일파의 명숙들과 겨룬다 해도 호락호락하지 않을 실력을 갖춘 무인들이었다.
"좋아! 정말 좋아! 크하하하—"
나백상이 호쾌한 웃음을 터뜨렸다.
업고 있던 단리장영을 저만치 멀리에 내려놓고 천천히 칼을 다잡는 정사청의 모습에서는 눈곱만큼도 주눅 들거나 흔들리는 모습이 없었다.
자신들의 거처를 정확히 찾아내고 단리장영을 구출했다면 이미 자신이 누구인지 잘 알고 있을 터인데도 추호의 흔들림 없이 무심히 가라앉은 눈빛은 적이기에 앞서 한 사람의 무인으로서 찬탄을 자아내게 했다.
나백상 자신도 저 나이 때는 저런 눈빛을 하지 못했는데 정말 좋은 자질을 가진 탐나는 녀석이라는 생각이 절로 들었다. 그것이 적대감보다는 절대강자로서의 여유와 함께 강한 호감으로 표출되었다.
"야, 이놈아! 싸울 땐 싸우더라도 서로 인사 정도는 하고 싸우는 게 무인의 예절이거늘 네놈은 그런 것도 안 배웠단 말이냐?"
나백상이 여전히 입가에 미소를 지우지 않은 채 고함을 질렀다.

"돈이라면 귀신도 부릴 수 있는 법이지요. 인근의 심마니, 약초꾼, 땅꾼을 전부 동원했소."

정사청이 조용한 음성으로 답했다.

"하하하! 정말 좋은 방법이군. 그런데 우리가 이 근처에 있을 것이라고는 어떻게 알았느냐? 그렇게 범위를 정하지 않고 이 넓은 중원을 뒤진다면 일 년이라도 모자랄 텐데?"

나백상이 정말 궁금하다는 듯 정사청을 바라보았다.

"나 같으면 어떻게 했을까 역으로 짚어 나갔을 뿐이오. 단리 소저가 제 발로 나 단주를 따라갔을 리는 없을 테고 납치해서 데려갔다면 인적이 없는 울창한 숲 속을 달려갔으리라 생각했소. 나 같으면 그렇게 했을 것 같소. 그리고 그렇게 멀리 이동하다 보면 필시 누군가의 눈에 띌 것이고 아무리 노인이라지만 남자가 정신을 잃은 소저를 납치해 가는 모습을 무심히 넘길 사람은 결단코 없는 법이지요. 그래서 되도록이면 제왕성 가까운 곳에 있으리라 생각했소."

정사청의 빈틈없는 생각에 나백상이 다시 한 번 큰 소리로 웃었다. 정말 볼수록 탐나는 놈이라고 몇 번씩이나 속으로 되뇌인 나백상이 다시 질문을 던졌다.

"그런데 네 녀석의 이름과 사문은 어떻게 되는 거냐? 그 정도는 나도 알 권리가 있다고 보는데?"

영악스런 손자와 함께 어떻게든 좀 더 이야기를 나누고 싶은 조부처럼 나백상이 칼을 잡을 생각은 않고 정사청을 응시했다.

"이름과 사문은 버린 지 오래됐소. 그러니 알려줄 수가 없음을 양해하시오. 그리고 지금 이 자리에서 그런 것들은 아무런 의미도 없다고 생각하오만."

다시 한 번 칼을 다잡은 정사청이 싸울 거냐 말 거냐는 듯 나백상을 쳐다보았다.
"크하하하—!"
나백상이 광소를 터뜨린 후 천천히 칼을 들어 올렸다.
"그동안 내상을 치료하느라 뼈마디가 굳었는데 그것도 풀 겸 또 완벽한 치료가 되었는지도 궁금하던 차인데 한판 신나게 어울려 보도록 하지!"
나백상이 우두둑 손 마디를 꺾었다. 그리고 목덜미와 허리를 툭툭 치며 자고 일어난 노인네처럼 몸을 풀었다.
'어렵다!'
정사청은 나백상의 한 동작 한 동작에서 뿜어 나오는 절대강자의 기운을 느끼며 온몸의 근육을 팽팽히 긴장시켰다.
어차피 칼을 잡는 순간부터 죽음은 예정되었던 일, 지금 당장 나백상의 손에 죽는다 하더라도 그것은 칼 든 자의 운명일 뿐이다.
하지만 자신이 진 빚을 다 갚지 못하고 세상에서 사라진다는 것은 너무나 한이 되는 일이다.
슬쩍 단리장영을 돌아보았다. 파랗게 질린 얼굴로 기력없이 주저앉아 있는 커다란 눈망울에 온통 염려의 빛이 가득했다.
가슴 깊은 곳에서 뜨거운 투지가 솟아올랐다.
설사 이 자리에서 나백상의 칼에 천 갈래 만 갈래 찢긴다 하더라도 저 여자만큼은 구해야겠다는 생각이 온 가슴속에 가득 찼다. 그리고 그 열망은 고스란히 눈빛으로 폭사되었다.
"좋아, 정말 좋아!"
같은 말을 몇 번이나 되풀이한 나백상이 칼을 뽑아 들었다.

"자, 오너라! 내 이 자리에서 네놈에게 진정한 무학이 어떤 건지 아낌없이 견식시켜 주마!"

나백상이 태산처럼 버티고 서자 그 기세를 인정할 수 없다는 듯 정사청이 나백상을 쓸어갔다.

휘익— 획—

허공을 가르는 칼바람 소리가 땅거미가 내리깔린 야산 자락을 휘감았다.

째쟁! 쩽!

몇 번의 신법으로 여유롭게 피하던 나백상이 소홀히 보아 넘길 칼이 아니라 여겼는지 들고 있던 칼을 마주했다.

"어린 놈이 어디서 이런 칼을 얻었느냐?"

훌쩍 물러난 나백상이 호기심 가득한 눈으로 정사청을 바라보았다.

처음 가슴을 찔러오던 칼은 소림의 칼이었다. 그래서 그 초식으로 마주쳐 나갔는데 어느새 미끄러진 칼이 허리를 쓸어왔고 허리 어림에서 무당의 칼이 불쑥 튀어나왔다.

흠칫 놀란 얼굴로 재빨리 막아가자 삼재검법의 횡소천군이 자신이 막은 그 칼 사이로 유효 적절하기 짝이 없게 밀고 들어왔다. '이건 보통 놈이 아니다' 하고 화급히 칼을 마주친 후 다시 격돌한 자리에서도 도저히 형과 식을 종잡기 힘든 칼들이 구석구석을 찌르고 자르고 쳐올리며 날아들었다.

"도대체 그건 누구의 칼이냐?"

나백상이 물끄러미 정사청의 칼을 쳐다보며 질문을 던졌다.

"어떤 외로운 노인에게 배웠지만 결국은 내 칼이오."

정사청이 담담히 답하며 나백상의 시선을 마주쳐 왔다.

"하하하, 정말 좋아! 거듭거듭 이 말밖에는 할 말이 없을 정도로!"
누구에게 어떻게 배웠든 결국 칼은 휘두르는 사람의 것이다.

가장 단순한 삼재검법이라도 나백상 자신이 휘두른다면 어떤 문파의 장문인도 쉽게 막을 수 없을 것이다. 칼이란 게 어떤 초식으로 휘두르는가 하는 것도 중요하지만 어느 순간, 어떤 곳을, 얼마만큼 빠르게 찔러 넣는가가 더 중요하다.

어느 순간과 어떤 곳을 정확히 찾아낼 수 있는 실력을 가진 고수라면 삼재검법의 단순한 검초라도 그것을 막을 사람은 극소수일 것이다.

조금 전 몇 차례 검을 나눈 저놈은 그 순간과 그곳을 찾아 물이 흐르듯 막힘없이 칼을 휘둘러 왔던 것이다. 아쉬운 점이 있다면 아직 젊은 나이라 내력의 축적이 부족하여 그 찌르는 강도가 약하다는 것이다. 그것마저 어떤 경지를 넘어선다면 나백상 자신도 그 칼을 완벽히 막을 자신이 없었다.

'조금만 더 커서 만난다면 정말 좋은 상대가 되겠군.'

내심 중얼거린 나백상이 이번에는 자신이 먼저 칼을 휘둘러 정사청에게로 달려들었다.

쨍! 쨍강!

때로는 물이 흐르듯 때로는 파도가 쇄도하듯 살아 춤을 추던 정사청의 칼이 이십여 합을 겨루고 나자 나백상의 노도 같은 내력과 잠마혈경의 악마적인 검초를 이기지 못하고 무디어지기 시작했다.

쨍그랑—

정사청의 칼이 땅에 떨어졌다.

"아—"

조금 떨어진 곳에서 눈 한 번 깜박이지 않고 지켜보던 단리장영이 비명을 토했다.

칼을 놓친 정사청의 팔뚝에 큰 상처가 뱀처럼 기어가고 그 자리에서 선혈이 솟구치고 있었다.

"이놈아! 아무리 찌를 자리를 정확히 잘 찾아간다고 해도 마지막 순간에 그 자리를 완벽히 점할 능력이 없다면 언제나 이런 꼴이 되는 법이야!"

나백상이 철컥 하고 칼을 집어넣었다.

"죽이지 않소?"

정사청이 무심한 눈빛으로 나백상을 쳐다보았다.

"왜, 죽여야 하나?"

"지금 날 죽이지 않으면 언젠가 당신이 괴로울 텐데?"

"그런가? 그럼 기다려 보지. 네놈이 정말 그만한 능력이 있는 놈인지. 때로는 그런 기다림이 나같이 늙은 무인의 낙이기도 하지."

나백상이 등을 돌려 천천히 걸음을 옮겼다.

어둠 속으로 사라져 가는 나백상의 뒷모습에서 정사(正邪)를 따지기 이전에 일대종사의 냄새가 물씬 풍겨져 나왔다.

"천천히 이 물을 마셔보시오."

정사청이 단리장영에게 물통을 내밀어 물을 마시게 했다.

몇 모금 물을 마신 단리장영이 심하게 기침을 하며 등을 구부렸다.

"업히시오. 마을에 데려다 주겠소."

정사청이 등을 돌려 대자 단리장영이 도리질을 했다.

"아니에요. 좀 더 이렇게 있고 싶군요. 그보다도 공자님의 상처를……."

단리장영이 힘없는 팔로 정사청의 팔을 잡았다.
"괜찮소. 이미 지혈은 시켜두었소."
정사청이 팔에 길게 그어진 상처를 쳐다보며 대수롭지 않다는 듯 상의 한 자락을 쭉 찢어 둘둘 감았다.
"언제나… 언제나 이렇게 자신의 몸을 돌보지 않으시나요?"
단리장영이 젖은 눈빛으로 정사청을 바라보았다.
"물을 좀 더 마시시오."
단리장영의 눈빛과 질문을 함께 회피한 정사청이 다시 물통을 단리장영의 입에 갖다 대었다.
한 모금 더 물을 마신 단리장영이 다시 기침을 하며 얼굴을 찌푸렸다.
"의원에게라도 가야겠소. 어서 업히시오."
정사청이 재촉했지만 단리장영은 움직일 기색을 보이지 않았다.
그동안 애타게 그리웠던 사내였다. 지금 이 사내의 등에 업혀 마을로 내려가고 그래서 안전한 곳에 눕혀진다면 사내는 온다 간다 말도 없이 사라질 것이다. 그럴 바엔 오늘 밤을 더 버티지 못하고 죽는다 하더라도 이곳에서 같이 있고 싶었다.
긴장이 풀리고 오래된 장작처럼 바짝 마른 몸에 물기가 스며들자 한기와 열기가 한꺼번에 온몸을 뒤덮었다. 그리고 하늘과 땅이 뒤집히는 듯 현기증이 밀려왔다.
'안 돼! 정신을 잃어서는!'
단리장영이 나무 그루터기를 잡고 온몸을 부들부들 떨었다.
"단리 소저! 괜찮소? 정신 차리시오!"
정사청의 다급한 목소리가 아득해지며 단리장영이 스르르 무너져 내렸다.

"이곳은!"

단리장영이 눈을 뜨자마자 주변을 살폈다.

며칠 동안 정신을 잃고 있었는지, 지금이 어느 때인지 알 수 없었으나 그것은 중요하지 않았다.

사방을 살피던 장영이 후~ 하고 안도의 한숨을 쉬었다.

민가나 의가(醫家)의 방이 아니었다.

습한 흙 내음과 바위에 붙은 이끼 냄새가 풍기는 동굴 안이었다. 그렇다면 그 사내는 떠나지 않았을 것이다.

얼마 동안이었는지는 모르겠으나 그는 자신을 간호하며 이곳에 있었을 것이다.

천천히 몸을 움직이며 일어나 앉았다.

금방이라도 일어나 뛸 수도 있을 만큼 몸이 가볍고 기력이 돌아와 있었다.

주위에 널려져 있는 나뭇잎과 잘게 잘라져 있는 나무뿌리들이 약초임에 틀림없었다. 그것들로 즙을 내어 자신의 입에 흘려 넣었나 보다.

"정신이 들었소?"

정사청이 가운데가 움푹 파인 돌에 약초 즙을 담아 들고 들어왔다.

마을에라도 갔더라면 그릇을 구했을 것인데 한시도 이곳을 떠나지 않은 모양이다. 가슴 한구석에서 피어 오르는 열기가 온 전신으로 퍼져 나갔다.

"마셔보시오."

정사청이 들고 있던 돌그릇을 내밀자 단리장영은 한 방울도 흘릴 수 없다는 듯 조심스럽게 그것을 마셨다. 말로 설명할 수 없을 정도로 쓴

맛과 함께 푸성귀의 비린내가 비위를 자극했다.
 절로 눈이 감겨왔지만 이것을 만드느라 몇 시진을 고생했을 사내를 생각하니 한 방울도 남길 수가 없었다.
 모두 다 마시고 자신도 모르게 몸서리를 치는 단리장영을 정사청이 조용히 바라보고 있었다.
 "몸은 좀 어떠시오?"
 "날아갈 듯하군요. 제가 얼마나 누워 있었나요?"
 단리장영이 돌그릇을 내려놓으며 정사청을 바라보았다.
 "오늘이 사흘째요."
 단리장영의 눈이 주위를 훑었다.
 "지금은 어느 때인가요?"
 "좀 전에 해가 졌소."
 단리장영이 다시 한 번 안도의 한숨을 내쉬었다.
 아무리 무심한 사람이지만 기력이 회복되었다고 한밤의 깊은 산중에 자신을 혼자 두고 떠나지는 않을 것이다.
 "많이 잤군요."
 정사청이 아무 말 없이 옆에 놓인 약초들을 다시 돌그릇에 담았다.
 "이젠 그만 마시겠어요. 정신이 없을 때는 모르겠지만 맨정신으로는 마실 만한 것이 못 되는군요. 그리고 기력도 회복된 것 같아요."
 장영을 한번 훑어본 정사청이 묵묵히 고개를 끄덕이며 돌그릇을 치웠다. 그리고는 약초 부스러기들과 자신의 잠자리로 만들어놓은 건초 더미들을 치우며 주변을 정리했다.
 장영은 그런 정사청의 행동을 물끄러미 응시했다. 다시 눈을 붙이고 내일 아침 눈을 뜨면 저 사내는 사라지고 없을 것이다.

"고맙다는 말도 못했군요."

장영이 조용히 정사청을 바라보았다.

"빚을 갚으려 했을 뿐이오."

정사청은 여전히 자신이 치우고 있는 물건들에 시선을 둔 채 억양없이 대답했다.

"제게 무슨 빚을 졌던가요?"

말을 하고 난 장영이 후회로 가슴을 쳤다.

이 년 전 비영단 무사와의 결투를 말린 일을 저 사내는 큰 빚으로 생각하는 것이다. 그리고 자신의 질문으로 저 사람은 그 치욕스런 일을 떠올려야 할 것이다.

"소저로 인해 내 목숨이 아직 붙어 있는 것이고 그것은 빚이지요."

예상대로였다.

그에게 빚을 지우고 그 빚을 받으려고 한시도 잊지 못하면서 그리워했던 것이 아니었다.

다시 만난다면 몇 달이 걸려도 다 하지 못할 만큼 할 말이 많을 줄 알았는데 이런 말밖에 나누지 못하고 있는 자신이 안타까웠다.

여전히 자신을 외면하며 떠날 준비를 하고 있는 정사청을 조용히 바라보던 단리장영이 입술을 깨물었다. 지금이 아니면 애타게 그리웠던 저 사내에게 자신의 마음을 영원히 전하지 못할 것이다.

"전 말이에요……."

단리장영의 음성에 애한(愛恨)이 묻어 나왔다.

정사청도 그것을 느꼈는지 흠칫 몸을 굳히며 외면하려 했지만 장영은 말을 그치지 않았다.

"정 공자님의 모습이 사라진 후부터 지금까지 단 한시도 공자님을 잊은 적이 없어요. 꿈속에서… 꿈속에서도 그리워했단 말이에요. 그리고……."
 "난 무당의 사람이오."
 정사청이 급히 단리장영의 말을 막았다.
 "버렸다고 하지 않았나요? 사문도, 이름도 모두 다?"
 정사청의 대답이 이어지지 않고 침묵이 흘렀다.
 "이젠 저 역시 마찬가지예요. 가문도, 이름도 모두 버렸어요! 너무 싫어요, 모든 것이……."
 장영의 두 눈에 눈물이 흘러내렸다.
 "그동안 감옥 같은 처소에서 당신의 모습을 그리는 게 유일한 즐거움이었어요. 당신은 빚을 졌다는 생각에 단지 그 빚을 갚기 위해 내 모습을 기억했을지 모르지만, 난… 난 내 모든 걸 포기할 결심을 하며 당신을 그렸어요……."
 단리장영이 양 무릎에 얼굴을 파묻고 오열했다.
 나백상에게 납치되어 감금된 동안 제왕성과 백도, 그리고 율자춘과 잠마혈경, 그 모든 것들에 대해서 속속들이 알게 되었다.
 하늘처럼 존경했던 아버지와 백도의 우상이라 자부했던 자신의 가문이었지만 이제 모든 가면이 벗겨지고 만인 앞에 드러난 얼굴은 야욕에 일그러진 아수라의 얼굴과 다를 게 없었다.
 천 길 나락으로 떨어지는 듯한 한없는 절망과 허탈함을 맛보았기에 그렇게 한 모금의 물도 입에 대지 않음으로써 위선과 허욕으로 얼룩진 세상과 작별하고 싶었다.
 하루, 이틀, 사흘이 지나며 공복감에 뒤틀리고 조여오는 뱃속의 고통을 참으며 며칠이 더 지났을 때 흐려져 가는 의식 속에서 온통 그 의식을 뒤덮은 얼굴은 정사청이었다. 꿈인지 생시인지 구별이 안 되는 상황 속에서 정말로 그는 자신을 찾아와 구해낸 것이다.

죽음을 의식하는 순간까지도 생각나던 그 사내 앞에 이젠 몸을 추스르고 앉았건만 현실의 벽은 치워지지 않았다.

처음 만났을 때와 똑같은 사내의 무심한 눈빛에 장영은 그동안 절제하고 있던 모든 감정의 둑이 무너지며 흐느꼈다.

"난 사문도 이름도 모두 버렸지만 버리지 못한 것이 두 가지 있소."

오열하는 단리장영의 귓속으로 정사청의 무심한 목소리가 흘러들었다. 옷소매로 눈물을 닦으며 단리장영이 정사청을 쳐다보았다.

"모든 걸 다 버려도 내 사부와 사제는 버릴 수 없소."

정사청이 천천히 말했고 단리장영의 얼굴이 창백해졌.

좌설연으로부터 정사청의 사부 한중광과 사제 이가송에 대해서 틈나는 대로 자세히 들었었다.

쉴 새 없이 재잘거리는 좌설연과의 대화는 자연스레 정사청의 이야기로 흘러갔고 그의 깊이를 알 수 없는 사람됨과 그가 사부와 사제를 얼마나 깊은 정으로 대하는지를 알 수 있었다. 어린 시절부터 같이해 온 사부와 사제의 이야기를 좌설연으로부터 들을 때는 가슴 뭉클함에 밤잠을 설쳤고 때로는 상상도 못할 엉뚱함과 통쾌함에 박장대소하며 웃다가 혹 누가 보지나 않았는지 주위를 두리번거린 적이 한두 번이 아니었다.

사부와 사제에 대한 그의 정이 어떤지는 단리장영 자신도 잘 아는 바였다. 그런 그의 사부와 사제의 불행이 모두 제왕성에 기인된 것임을 이젠 명백히 알게 되었기에 절망감에 눈앞이 캄캄해졌다.

"그렇군요. 결국… 결국 저는 원수의 딸이군요."

단리장영이 넋이 다 나간 사람처럼 공허하게 중얼거렸다.
절망으로 무너지는 듯한 단리장영을 바라보며 정사청이 흠칫 고개를 들었다.
"그런 뜻은 아니었소."
이제까지 무심하던 음성과는 확연히 다른 다급한 목소리에 단리장영도 눈을 동그랗게 뜨고 정사청을 바라보았다.
"나에게는 아직 할 일이 있다는 말이었소."
단리장영이 아직 이해되지 않는 듯 정사청의 얼굴을 뚫어지게 응시했다.
"광인으로 내몰렸던 사부를 원래의 자리로 모셔다 놓고 사제도 철없이 날뛰지 않게 지켜야 하오. 그런 후라면 칼을 버리고 평범한 촌부로 돌아갈 수도 있을 것이오."
단리장영의 눈이 더 커질 수 없을 만큼 커졌다.
"사제가 살아 있었나요?"
"그렇소. 이젠 나로서도 감당하지 못할 만큼 광포해져서 야차같이 설치려 하고 있소. 그래서 아직은 좀 더 지켜주어야 할 것 같소. 그리고 사부의 자리를 차지한 사숙의 마수가 조만간 사부에게 뻗칠 가능성이 있소. 그것도 서둘러 손을 써야 할 일이오."
"아! 천지신명이여……!"
단리장영은 하늘에 대고 감사하는 심정이 되었다.
그의 사제가 멀쩡히 살아 있고, 그리고 그의 사부 또한 그의 손으로 지켜낸다면 그와 자신은 직접적인 원수지간이 되지는 않을 것이다. 아버지의 과욕과 그로 인해 얽힌 더 근본적인 흑백양론의 문제는 칼을 버림으로써 무의미해질 것이다.

단리장영이 천천히 동굴 벽에 등을 기대었다.
무심히 단리장영의 그런 변화들을 지켜보던 정사청이 깊은 숨을 내쉬었다.
문득 두령의 얼굴이 떠올랐다.
손에 든 칼과 함께 한 가지 목적밖에 없던 그 목석 같은 사내도 애절한 사랑 앞에서는 무너지지 않았던가. 그리고 그동안 자신의 무심함을 후회하지 않았던가. 이젠 정사청 자신도 그런 무심함으로 한 여자의 가슴을 아프게 하고 있는 것이다.
"일어납시다, 소저."
정사청이 몸을 일으키며 단리장영의 손을 끌었다.
단리장영이 흠칫 놀라며 자신의 손을 잡은 정사청의 손을 바라보다 걱정스런 얼굴로 정사청을 쳐다보았다.
"나에게는 시간이 많지 않소. 한시라도 빨리 무당으로 가서 사부 주변을 살펴야 하오."
정사청이 단리장영의 손을 끌어 동굴 밖으로 나오자 단리장영은 안절부절못하며 정사청의 기색을 살폈다.
"소저가 묵을 만한 좋은 곳이 있소. 언젠가 칼을 버리고 그곳으로 가서 평생 학을 돌보며 살아가려 했소. 소저가 원한다면 그곳에 방 한 칸을 내어줄 수 있소."
"당신, 정말······!"
단리장영이 어이가 없다는 듯 망연한 얼굴로 정사청을 쳐다보았다.
"어떻게 그렇게 예측 불허하게 행동하며 사람을 종잡을 수 없게 하나요?"
"그랬다면 미안하오. 일부러 그러는 건 아닌데 남들에겐 그렇게 보이는 모양이오."

정사청이 천천히 자신의 겉옷을 벗어 단리장영의 어깨에 걸쳤다.

그리고 등을 돌려 댔다. 업히라는 뜻이었다.

"아니에요. 이젠 기력이 다 회복되었어요."

"아직은 무리요."

정사청이 거절하는 단리장영의 팔을 당겨 등에 업었다.

이미 업힌 적이 있는 정사청의 등이었으므로 단리장영도 더 이상 거절하지 않았다.

"나에겐 누이가 있었소. 살아 있었다면 소저의 나이이거나, 아니면 한두 살 더 많았을 것이오. 웃을 때는 소저처럼 백목련이 활짝 피는 듯했지요."

천천히 걸음을 옮기며 조용한 어조로 말을 이어가는 정사청의 등에서 단리장영은 숨을 죽였다.

"소저가 그동안 내 생각을 했듯이 나 역시 그동안 또 다른 수련을 하면서 소저의 그 백목련 같은 미소를 잊은 적이 없었소. 단 하루도."

그리고도 좀 더 정사청의 말이 이어졌지만 단리장영의 귀에는 더 이상 아무 말도 들어오지 않았다.

볼을 타 내린 두 줄기 눈물이 정사청의 목덜미를 적시든, 성숙할 대로 성숙한 가슴이 정사청의 등을 압박하며 찌그러지든 그런 것들은 조금도 부끄럽지 않다는 듯 정사청의 목을 감은 단리장영의 팔은 점점 힘을 더해갔다.

제25장
간자(間者)

굽이굽이 흐르는 장강 줄기 한곳에 작은 목선이 한가롭게 떠 있었다. 그 목선 위에서 태양 빛을 가리려는 듯 초립을 깊숙이 눌러쓰고 낚싯대를 드리운 몇몇 사람들의 모습은 흡사 한 폭의 그림인 듯했다.

흔들림없이 도도히 흘러가는 장강의 물결 속에 녹아든 만추의 정오는 인간사의 부질없는 탐욕과 허세를 비웃기라도 하듯 한 점 흐트러짐 없이 순행을 계속하고 있었다.

퐁—

너무나도 완벽한 대자연의 질서를 시샘이라도 하듯 강 안쪽으로 비스듬히 드러누운 기슭의 노송 위에서 다람쥐 한 마리가 먹다 남은 나무 열매를 강물 속으로 떨어뜨렸다. 작은 파문이 고요한 적막을 잠시 흔들었지만 금세 만추의 적막 속으로 녹아들고 가을은 다시 한 점 흐트러짐없이 깊어가고 있었다.

"흠!"

언제나 대자연의 순행에 역행하여 질서를 깨뜨리는 존재는 인간들이었다.

기껏해야 백 년을 다 하지 못하고 한 평 땅속에서 부토로 흩어질 존재들이었지만 온 세상을 혼자서 집어삼킬 듯, 자신이 없으면 온 우주의 운행이 멈추기라도 할듯 설치며 창고에 가득 채워둔 보화에 한 줌의 보화를 더 보태기 위해 핏발 선 눈으로 목숨을 버리는 일도 마다하지 않았다.

"최근 들어서는 한 가지도 제대로 되는 일이 없소이다그려."

초립을 깊숙이 눌러쓴 채 낚싯대를 드리운 거구의 중년인이 비웃음 가득한 목소리로 입을 열었다.

멀리서 보기에는 한없이 평화로워 한 폭의 그림 같은 목선 위이지만 실상은 숨 막히는 살기와 서로에 대한 질시, 그리고 무언의 대립으로 팽팽한 긴장으로 뒤덮여 있었다.

"애초에 우리가 직접 나서는 게 현명한 일이었소. 허영만 가득한 당신네 정파의 사람들에게 맡긴 것이 내 실수였소."

잔뜩 조소 어린 한 인영의 말에 다른 인영이 콧방귀를 뀌었다.

"하하, 그렇게 말하는 부영주는 어쩌다 그동안 심혈을 기울여 키워놓은 세력들을 하루아침에 다 잃어버렸소? 그리고 얼마 전에는 옛 흑유부의 거처이자 본단에 숨어든 쥐새끼 몇 마리도 잡지 못하고 아까운 수하들을 수십 명이나 잃었소? 이러다간 뜻도 펴보지 못하고 지레 멸망하고 말겠소."

"뭣이!"

혈영의 부영주라고 칭해진 중년인이 살기충천한 목소리로 고함을 질렸다.

"그만들둡시다. 누구의 잘잘못을 따지자고 이곳에 모인 것이 아니지 않소!"

큰 덩치의 장한이 굵은 목소리로 흥분을 가라앉혔다.

"어쨌든 지금까지의 일로 미루어보아 우리가 예상치 못한 변수가 생긴 건 확실하다고 보오. 그것은 어쩌면 생각보다 더 큰 걸림돌이 될지도 모르겠소."

장한의 사내가 잠시 말을 멈추고 미간을 좁혔다.

"현재로썬 그들의 정체가 무언지 전혀 아는 바 없지만 무공 면에서는 우리의 천적인 것만은 틀림없소. 백도의 어떤 무공도 초식 면에서는 우리를 이길 수 있는 것은 없다고 보오. 율자춘 그 난쟁이의 두뇌에서 나온 새로운 검결은 백도의 모든 초식들을 짓누르고 마도의 무공역시 제압할 수 있는 악마적인 것이오. 그것으로 우리는 쉽게 은하전장을 손아귀에 넣었고 무림 구석구석에 우리의 세력을 뿌리내리며 우리들의 세상을 만들 만반의 준비를 해왔소."

잠시 목소리가 고조되던 장한이 스스로도 자신이 너무 흥분하고 있다는 것을 느꼈는지 헛기침을 한 번 하며 뜸을 들였다.

"그런데 최근에 와서는 예기치 못한 몇 가지 사건들이 순조롭게 진행되던 우리의 일을 주춤거리게 하고 있소."

"빌어먹을!"

이제까지 침묵을 지키던 다른 한 중년인이 분통이 터진다는 듯이 내뱉었다.

"실로 오랜 기다림이었고 빈틈없이 진행되고 있는 계획이었는데 목전에 와서 사소한 장애물 몇 가지 때문에 놀란 토끼마냥 뛰쳐나와 이렇게 탁상공론을 벌인다는 것은 이해할 수가 없소. 이럴 시간 있으면 차라리 힘으로 밀어붙이는 게 더 나은 것 아니오?"

"허어—"

장한의 사내가 어이가 없다는 듯 한숨을 내쉬었다.

"이것 보시오, 손 장문인! 지금 그걸 말이라고 하고 있소? 장문인 눈에는 우리가 지금 사소한 몇 가지 일 때문에 메뚜기처럼 뛰어온 걸로 보인단 말이오?"

장한의 목소리에 노기가 어렸다.

"그렇지 않단 말이오? 지금까지 우리는 오랜 시간을 공들여 모든 일을 진행해 왔소. 그리고 이젠 그 도화선에 불이 당겨졌고 일사천리로 밀고 나가면 모든 것은 자연히 해결될 것을 가지고 이런 곳에서 초립을 둘러쓰고 쥐새끼처럼 속닥거리는 것은 도저히 참을 수가 없단 말이오!"

콧김을 내뿜으며 말을 마친 손자겸이 불쾌한 표정을 지으며 들고 있던 낚싯대를 강물 속으로 던져 넣었다.

무당에 입문하여 어린 시절부터 사형 한중광의 뛰어난 자질에 밀려 그의 그늘에서 울분을 삭여야 했고 결국에는 장문인 자리마저 밀리자 무당을 떠날 결심까지 한 찰나 웬일인지 한중광이 장문인 영패를 자신에게 내던지고 칩거에 들어갔다.

처음에는 믿기지 않는 사태에 어리둥절했지만 사형 한중광의 기행은 점점 도를 더해갔고 그 믿기지 않는 상황은 점점 현실로 굳어갔다.

교묘한 수단으로 임시 장문인 자리를 영구히 가로채고 한껏 기지개를 켤 즈음 율자춘으로부터 연락을 받았고 전 장문인과 사형 한중광이 그렇게 갑자기 퇴락한 연유를 알게 되면서부터 참담한 패배감을 맛보았다.

　사형의 기행과 함께 자신에게로 날아든 장문인 영패는 처음엔 하늘의 뜻으로 생각되었다. 한중광이 미쳐 버린 무당에서는 실력으로도 장문인 자리는 자신의 것이었다.

　미쳐 버린 사형은 이젠 아무런 걸림돌이 될 게 없었다.

　그동안 넘을 수 없던 장벽으로 남아 있던 사형의 그림자는 깨끗이 걷어졌고 이젠 그 장벽이 저 아래로 보여지기까지 했다.

　그런데 사형의 그 기행은 결코 미쳐서 그런 것이 아니었고 어쩔 수 없는 상황 속에서 무당의 전 문도를 대신하여 모든 짐을 혼자 짊어진 채 끝없는 고독 속으로 자신을 던져 넣은 것임을 알게 되면서 자신을 한없이 초라하게 만들었다.

　대무당파의 장문인이 되어 태산의 한 준령을 차지하고 세상을 오시할 수 있을 것같이 들떴던 자신의 행동이 결국은 사형이 떠받치고 있는 판자 위에서 춘 어릿광대의 춤에 불과했다는 것임을 알게 된 까닭이었다. 그랬기에 남들 눈에는 미쳐서 폐인으로 보여지는 사형의 그림자가 예전보다 몇 배 더 커 보였고 장벽의 높이 또한 끝이 보이지 않을 만큼 까마득해졌다.

　온 하늘을 뒤덮을 듯한 좌절 속에서 결국 율자춘의 제안을 받아들여 그의 동조자가 되었다. 그리고 율자춘이 정기적으로 보내준 검결에 광적으로 매달렸고 상전벽해(桑田碧海)의 세상이 오면 그 검으로 모든 것을 대신하리라 생각하며 오늘에 이르렀다.

　그런데 얼마 전 단 하룻밤 새 제왕성과 정도무림 사이의 깊은 비사가 낱낱이 공개되었고 사형 한중광의 그 처절한 고독과 그동안 그 혼자서 지고 왔던 무거웠던 짐을 문도들이 서서히 헤아려 가기 시작했다.

그에 따라 자신의 입지는 점점 줄어들게 되었고 전 장문인인 한중광이 미친 것이 아니라면 이제 무당의 장문인 영패는 한중광이 그랬던 것처럼 자신도 그렇게 되돌려주어야 하지 않느냐는 소리들도 나오게 되었다.

이런 상황이라면 이젠 모든 것을 뒤엎고 그동안 학수고대했던 혈영천하의 깃발을 드높이는 길밖에 없다. 그런데 혈영의 또 한 세력인 장강수로연맹의 총타주인 이자는 덩치에 걸맞지 않게 일을 늦추고 있는 것이다. 그리고 이런 자리를 만들었다.

"이제까지는 모든 것이 일사천리로 진행되었소."

장강수로연맹의 총타주 담우개가 다시 말했다.

"그럼 계속 그렇게 밀고 나가면 되는 것이 아니오?"

손자겸이 여전히 고집을 피웠다.

"손 장문인도 아시다시피 최근에 일어난 일련의 사건들은 곰곰이 살펴보면 지금까지 우리의 계획을 깡그리 뒤흔들 만큼 심각한 문제점을 내포하고 있소."

담우개의 눈빛이 순간적으로 번쩍 하고 빛났고 그 눈빛을 대한 손자겸의 가슴이 서늘해져 왔다.

만날 때마다 본심을 잘 드러내지 않고 지나치리만치 조심성이 많아 때때로 겁 많은 당나귀 같다는 생각이 들어 내심 무시한 적도 많았다. 하지만 좀 전에 자신도 모르게 번뜩인 안광을 봤을 땐 지금까지 판단한 것보다 몇 배는 더 강한 자였다. 손자겸 자신에 비해 결코 아래가 아니었다.

이렇게 철저히 자신을 감추고 치밀하기까지 한 자들은 최악의 경우가 아닌 이상 자신의 진면목을 언제나 삼 할 정도는 숨겨놓고 있다. 그리고 최악의 상황이 도래했을 때 그 숨겨놓은 삼 할까지 합해 사력을 다해 찔러오는 법이다.

'무서운 자!'

다시 한 번 손자겸이 담우개를 슬쩍 쳐다보고는 강 한가운데로 시선을 돌렸다.

"우리의 일이 주춤거리게 된 첫 번째 사건은 은하전장에서부터였소."

다시 조심성 많고 우직한 모습으로 돌아간 담우개가 차분히 그간의 일들을 짚어 나갔다.

"우리는 오래전에 은하전장을 완전히 장악한 이후로 우리의 거사에 필요한 자금력의 발판을 마련했소. 그런데 그 은하전장의 우리 세력들이 단 하룻밤 새 소리없이 사라져 버렸소. 처음엔 같은 낙양에 있는 풍림방을 의심했고 개연성이 짙어 두 곳을 동시에 공격했다가 그곳에서도 똑같은 결과를 맞았소. 그리고 그 다음 사건으로는 옛 흑유부의 거처이자 혈영의 본단에 괴한이 침입하여 쑥대밭을 만들어놓고는 유유히 사라졌소."

"크흠! 쑥대밭은 무슨 쑥대밭… 여남은 명 사상자가 났을 뿐이지."

담우개의 말에 혈영의 부단주 섭장흔이 헛기침을 했다.

"우린 그때 모든 일을 일시 중단하고 계획을 수정 내지는 재점검해 보아야 했소. 하지만 손 장문인의 강경한 태도에 밀려 손 장문인의 의견대로 혈영이 아닌 백도에 키워놓은 우리의 동지들로 남궁세가를 장악하려 했다가 예전과 똑같은 결과를 맛보았소."

"어—흠!"

이번에는 손자겸이 헛기침을 내뱉었다.

"지금까지의 일을 미루어볼 때 우리는 몇 가지 결론을 내릴 수 있소."

담우개가 잠시 주위를 둘러보며 말을 끊었고 주위 사람들의 시선이 자신에게로 모여짐을 확인하고는 다시 말을 이었다.

"첫째로 우리는 그들이 누군지 전혀 모르고 있지만 그들은 우리를 이미 알고 있다는 것이오. 그리고 우리의 계획도 어느 정도 알고 있다고 보오. 그래서 미리 길목을 지키고 있었다는 것을 인정하지 않을 수 없소."

"그런……!"

담우개의 말에 공동의 호법 등평부가 놀란 표정을 지었지만 더 이상 반박할 말이 생각나지 않았다.

"둘째로 그들은 우리의 무공을 훨씬 뛰어넘는 엄청난 무위를 소유한 자들이오. 저번 혈영 본단에서 일어난 혈전에서 사망한 동지들의 상처를 조사했을 때 그들의 칼은 경악할 만한 것이었소. 부단주께서는 직접 혈전의 현장에 있었으니 똑똑히 보았겠구려. 그렇지 않소?"

담우개의 날카로운 질문에 현 혈영의 부영주 섭장혼이 찔끔한 표정으로 시선을 외면했다.

그에게 있어서 그때의 사건은 평생 동안 잊을 수 없는 치욕이었다. 가히 철옹성이라 여겨졌고 누구에게도 알려져서는 안 될 혈영의 본단에 첩자가 숨어들었고 본단에 있던 전체 인원들이 가세한 결투에서 많은 사상자를 남긴 채 상상도 못할 방법으로 본단을 빠져나갔다.

그날 오후 장강수로연맹의 인원들이 도착하기 전에 모든 것을 덮을 수 있게끔 하면서, 한편으로는 천라지망을 펼치고 다른 한편으로는 그 사건의 흔적을 말끔히 치웠지만 담우개는 그 일을 귀신같이 눈치 채고 진상을 조사했다. 설상가상으로 천라지망을 펼쳐 그 괴한들을 쫓던 부하들마저 고혼이 되어버렸다.

　서둘러 일을 처리한 덕분으로 혈영 본단 밖에서 일어난 일에 대해서는 여기 모인 사람들 중 자신 이외에는 아무도 모르고 있는 것이다. 만약 모든 것이 밝혀지고 아직 모습을 드러내지 않은 혈영의 영주가 나타난다면 자신은 목이 열 개라도 살아남지 못할 것이다. 그러기에 그 역시 손자겸처럼 하루라도 빨리 혈영이 무림 정복의 깃발을 드높이기를 바랄 뿐이었다.

　"만약 그들이 백도의 비밀 세력이거나 그 비슷한 세력이라면 우리의 계획은 심각한 타격을 입을 수밖에 없소."

　"그런 일은 절대로 있을 수 없는 일이오!"

　손자겸이 쌍수를 내저으며 나섰다.

　"만약 그런 일이 있다면 내가 모를 리 없소."

　"그렇소."

　"그건 맞는 말이오."

　공동의 등평부와 화산의 낙월봉, 그리고 철가장의 집사 국상진이 이구동성으로 외쳤다.

　"그렇소? 그건 네 분 모두가 보증하니 더 이상 그 방향으로는 고려하지 않겠소."

　담우개가 자르듯이 말했다.

　'교활한 놈!'

　손자겸이 내심 중얼거렸다.

　넌지시 자신들에게로 화살을 돌려 혹시라도 빚어질 나중 일의 책임 소재를 확실히 하겠다는 의도였다.

　"그 다음 세 번째로 생각해 볼 수 있는 것은 그들의 목적이 무엇이든

간에 결코 우리와 양립할 수 없는 무리들이란 것이오. 그들의 목적이 우리들처럼 무림 정복이라면 궁극에 가서는 우리와 대결을 피할 수 없을 것이고, 반대로 그들의 목적이 무림의 수호라면 당장 부딪칠 수밖에 없는 일이오."

담우개가 말을 마치자 모두들 무거운 안색으로 생각을 정리하며 침묵하고 있었다.

"흐흠! 지금으로썬 모두들 담 채주의 추론에 큰 이의가 없는 입장이오. 그렇다면 앞으로의 계획에 대해서도 담 채주의 의견이 있으리라 생각되오만?"

화산의 낙월봉이 담우개를 바라보았다.

"막연하나마 세 가지의 추측을 통해 우리는 더 이상 우리의 계획을 밀고 나간다는 것은 상대를 알지 못한 채 칠흑 같은 어둠 속을 무작정 내달리는 것과 같소. 그러니 앞으로의 계획을 대폭 수정하여 대처하는 것이 바람직하다고 생각하는 바이오."

담우개의 말에 손자겸과 섭장혼의 얼굴이 일그러졌지만 논리적인 그 의견에 반박할 소지를 찾지 못하였다.

"어떤 식으로 수정하자는 것이오?"

등평부가 천천히 입을 열었다.

"첫 번째로 우선 그들의 정체를 파악하는 것이 급선무요. 그 다음으로는 그들의 목적을 파악하는 것이고. 그리고 마지막으로 그들의 무공에 대처할 수 있는 방법을 찾는 것인데……."

담우개가 이제껏 말한 자신의 생각을 한 번 더 간추린 다음 자신이 생각하고 있던 대안을 제시했다.

"먼저 세 번째 문제에 대해서는 아직 모습을 나타내지 않은 혈영 영주가 나타난다면 자연히 해결되리라 생각하오."

"혈영 영주……!"

담우개의 말에 모두 흠칫 표정을 굳히며 조용히 신음성을 흘렸다.

지금껏 자신들이 혈영의 한 축으로 서로 우위를 차지하려 엎치락뒤치락 팽팽한 신경전을 펼쳤지만 혈영 영주가 모습을 드러낸다면 모든 판도가 달라지는 것이다.

어느 조직이든 새로운 조직이 탄생하려면 먼저 그 우두머리가 정해지고 그가 전권을 휘두르거나, 아니면 연합체로 운영되거나 한다. 그러나 자신들이 새로이 몸담은 혈영은 흑유부의 옛 거처에 제일 먼저 자리를 잡은 살수로 구성된 본단과 무림정파에서 비밀리에 가입한 세력, 그리고 장강수로연맹, 이 세 개의 세력이 연합체로 먼저 조직되었고 우습게도 영주는 아직 한 번도 얼굴을 비친 적이 없었다. 지금껏 누구인지 알지도 못했고 실제로 있는지도 몰랐다.

그런 상태에서도 아주 교묘한 힘의 배분과 역할 분담에 의해서 지금껏 그 어떤 비밀 결사 조직보다도 완벽한 비밀을 지키며 조직적으로 관리되어 왔다. 제왕성 깊은 거처에서 한 발짝도 밖으로 나오지 않으면서 이 모든 것들을 완벽하게 조율하는 율자춘의 악마적인 능력에 소름이 끼치는 때가 한두 번이 아니었지만 정기적으로 그가 내밀어오는 악마의 유혹은 도저히 뿌리칠 수가 없었다.

지금 현재로써는 자신들이 바둑판의 한 점 포석에 불과할지라도 경천동지할 무공을 다 익히고 나면 천하를 오시할 수 있을 것이라는 동상이몽의 꿈을 꾸고 있는 그들이었기에 현실적으로 다가오는 혈영의 영주란 존재에 온 신경이 곤두섰다.

"혈영 영주라… 영주가 나타나면 그 문제가 어떻게 해결된단 말이오?"

손자겸이 차츰차츰 다가오는 인정하기 싫은 현실을 조금이라도 더 외면해 보려는 듯 마지막 안간힘을 썼다. 그러한 그의 모습이 안쓰러운 듯 담우개가 자르듯이 말을 쏟아내었다.

"허허! 지금쯤이면 손 장문인께서도 이미 짐작하고 있지 않소? 뭐, 다른 분들도 마찬가지일 테고."

말끝을 흐린 담우개가 번쩍 머리를 들었다.

"혈영의 영주는 척마단주 나백상이 분명하오."

정말로 인정하고 싶지 않은 현실이 모두의 무릎 앞에 던져졌다.

그동안 무림의 신으로 추앙됐던 흑제 단리운극을 제압할 무공을 익힌 나백상!

애써 외면하고 싶었지만 혈영이 율자춘 그 난쟁이의 작품이고 나백상 역시 그의 작품이라면 그가 비밀에 가려졌던 혈영 영주란 것은 이젠 확고부동한 사실이었다.

율자춘이 준 비급을 보며 이것만 있다면 천하독패도 충분히 가능하다고 여긴 자신들이었지만 차츰차츰 드러나는 현실은 그렇게 호락호락하지 않았다.

율자춘, 그 악마적인 인간의 궁극적인 목적이 무엇인지는 알 수 없으나 그가 만든 혈영이 목적대로 움직이게 하려면 혈영의 영주는 자신들로서는 감히 넘보지 못할 무공의 소유자일 것이다.

그래야만 마지막 순간까지 혈영이 붕괴되지 않고 정해진 목적을 충실히 이행할 것이다.

경천동지할 제왕성의 혈난이 있고 제왕성주와 나백상의 대결에 대한 소문이 온 무림에 퍼질 때 손자겸은 그 모든 현실을 파악했고 그것은 지금 같은 배를 타고 있는 다른 사람들도 마찬가지일 것이다.

'저놈은 제이인자의 자리를 탐내고 있는 것일까?'

손자겸은 거구의 덩치와 어울리지 않게 치밀하고 교활한 담우개를 슬쩍 훔쳐보았다.

담우개 역시 지금 현재 자신만큼 갑갑한 심정일 것이다. 그리고 달리는 호랑이의 등에서 뛰어내리지도 못하고 끌려가는 형국일진대도 먼저 조직을 추스르려 하고 있는 것은 혈영 영주의 등장과 함께 제이인자의 자리를 노리기 때문일 것이다. 그리고 언젠가 때가 오면 제일인자의 자리마저 넘보려 하겠지! 그것은 제이인자의 숙명이니까!

'교활한 놈, 하지만 모든 것이 네 맘대로 되지는 않는다!'

손자겸은 다시 한 번 속으로 칼을 갈았다.

"여러분들도 익히 들어 알겠지만 척마단주가 단리웅호에게 암습을 당하지 않았다면 제왕성주를 꺾었을 것이라 했소. 그렇다면 척마단주가 내상을 치료하고 혈영의 영주로 나서게 되면 무림에서 그를 당할 자는 없으리라 생각되오. 그럼 자연히 아까 지적한 세 번째 문제는 해결되는 것이오."

다시 한 번 인정하고 싶지 않은 현실에 긴 침묵이 이어졌다.

"담 채주의 그 말에도 일리가 있다고 생각하오. 그렇다면 이제 첫 번째와 두 번째의 지적에도 무슨 고견이 있을 법한데……."

화산의 낙월봉이 천천히 입을 열었다.

"흠!"

담우개가 헛기침을 한 번 하며 목을 가다듬었다.

"그들의 정체와 목적을 알려면 우리가 그들을 찾아내든지, 아니면 그들이 모습을 드러내게 해야 하는데 지금으로썬 그들의 정체에 대해서 눈곱만큼도 아는 것이 없으니 스스로 모습을 드러내게 하는 수밖에 없소."

"허허, 그들이 멸치 대가리 하나에 모습을 드러내는 무슨 배고픈 쥐새끼들이기나 하오?"

철가장의 집사 국상진이 비꼬는 듯한 웃음을 흘렸다.

"미끼가 어떤 것이냐에 달려 있지요."

담우개가 여유롭게 대답했다.

"그래요? 그 미끼란 것이 대체 어떤 것이오?"

국상진이 별거있겠느냔 듯이 질문을 던졌다.

"애초에 작성한 우리의 계획에서 순서를 조금 뒤바꾸면 좋은 미끼가 되지요."

"순서를 뒤바꾼다니? 그게 무슨 말이오?"

모든 계획의 완전 중단이 아니라는 말에 손자겸이 눈빛을 빛내며 대꾸했고 섭장흔과 등평부 등도 자리를 당겨 앉았다.

"애초에 우리의 계획은 중원 사대세가를 하나씩 소리없이 접수하고 무림에 교두보를 마련한 후 무림의 혼란을 일으키려 했지 않소?"

"그, 그렇지요."

손자겸이 여전히 서둘렀다.

"그 순서를 조금 바꾸어 무림을 먼저 혼란시키는 것이지요."

"어떻게 말이오?"

"여러분들은 현재 각 문파의 명숙들이지 않소? 더 나아가서는 장문인도 계시고. 그러니 여러분들께서 서둘러 백도를 이끌고 제왕성을 공격하시오. 이미 시기가 무르익었으니 어렵지 않을 것이오."

그제야 모두들 무릎을 쳤다.

"백도와 제왕성의 전쟁! 비록 제왕성이 붕괴되었다고는 하나 수신오위가 이끄는 수호단과 흑제의 존재가 그대로인 이상 부딪치게 된다면 천하대란은 불을 보듯 뻔한 이치. 그런 격동이 일어난다면 그들은 모습을 드러낼 것이오. 그리고 그들의 목적도 자연히 알게 될 것이고."

"하하, 그것이야말로 일거양득이오! 손 안 대고 코 푸는 격이기도 하고!"

손자겸이 모처럼 담우개의 의견에 쌍수를 들어 환영했다.

"그렇다고 손 장문인께서는 죽어가는 문도들 앞에서도 그런 표정은 짓지 마시오. 자칫 정체가 탄로날까 두렵소."

'죽일 놈!'

무림의 혼란 속에서만이 자신의 현 위치가 흔들리지 않을 상황이라 너무 흥분해서 이성을 잃었던 손자겸이 오물을 뒤집어쓴 듯 전신을 떨었다.

'담우개, 이자는 갈수록 소름이 끼친다!'

어떤 상황에서도 자신을 다 드러내지 않고 교활한 모습으로 모든 것을 주시하고 있다. 만약 최후의 상황에서 이자와 겨루게 된다면 어떤 결과를 가져올까?

'우습기 짝이 없는 일이군!'

무당의 장문인인 자신이 지금 이 자리에서는 율자춘이 던진 한 점 바둑돌인 것이다. 처음부터 그 난쟁이 놈이 자신을 사석으로 활용할 생각이었다면 자신은 대세의 끝도 보지 못하고 사라지게 될 것이다. 당장 담우개 이놈과 비교해도 자신이 사석이 될지 옥석이 될지 구분할 수 없었다.

무당의 장문인인 자신이 한낱 난쟁이 곱추의 바둑돌이 되다니!

회한이 물밀듯이 밀려오며 한 인물의 모습이 커다랗게 망막을 덮쳐왔다.

사형 한중광!

스스로 광인이 되어 숙소에 칩거하며 석상처럼 앉아 있던 그 모습이 점점 크게 확대되었다.

'이미 엎질러진 물이다!'

손자겸이 두 주먹을 불끈 쥐었다.

"그럼 결론은 난 것이 아니오!"

손자겸이 결의에 찬 음성으로 주위를 둘러보았다.

등평부와 섭장흔 등도 크게 고개를 끄덕였다.

"그럼 지금부터 세부적인 계획을 세우고 바로 행동에 옮깁시다."

손자겸의 말에 모두 이마를 맞대고 조각배 한가운데로 몰려들었고 고물 쪽에 자리한 담우개는 하얗게 웃었다.

제26장
잠룡출해(潛龍出海)

인간이 음식을 섭취하는 것은 생명 연장의 가장 기본적인 행위이다.
 평범한 촌부이든 무림의 고수이든 간에 음식 섭취를 하지 않고 무한정 굶는다면 기간의 차이야 있겠지만 결국은 죽고 만다. 그리하여 인간은 누구나 때가 되면 음식을 섭취해야 하고 또 그렇게 하기 위하여 총력을 기울인다.
 그런데 인간이 섭취하는 음식이란 것이 생명을 연장시켜 주는 역할을 하는 데는 보통의 경우 섭취한 양의 삼 할 정도만 필요로 하고 남은 칠 할은 대부분 체외로 배출되고 일부는 체내에 남게 된다.
 이렇게 배출되지 않고 남은 일부는 인간의 몸속 곳곳에 달라붙어 생명 연장에 반(反)하는 온갖 역기능을 유발한다.
 혈관을 따라 흘러 다니다 세혈관(細血管)을 막아 시키면 검버섯을 만들기도 하고, 썩어서 고름이 되어 여러 장기를 같이 썩어 들어가게 만들기도 한다.

그렇게 혈액 속에 녹아든 탁기는 생각을 흐리게 하고 정기(精氣)를 허약하게도 만든다.

나백상을 처단하려다 그것을 말리는 아버지와 충돌하고 같이 부상을 입은 채 감옥에 갇힌 단리웅호는 그날부터 물 한 모금 마시지 않고 열흘 동안 가부좌를 틀고 앉아 조식(調息)을 하고 있었다.

처음 며칠은 음식을 공급받지 못한 기관들이 몸속에 있는 모든 여분의 영양소를 빨아들이느라 아우성을 쳤고 싱싱한 음식에서 나온 영양소가 아닌 오랫동안 혈액 속에서, 또는 여러 조직 속에서 반쯤 썩은 여분의 영양소를 빨아들였기에 오히려 두통과 함께 흐릿한 의식을 갖게 되었다.

그러나 그 기간이 지나고 몸속의 탁기들이 호흡을 통해서, 그리고 피부 곳곳에 있는 모공을 통해서 모두 빠져나가자 서서히 정신이 맑아져 왔고, 화두를 깊이 파고들던 노승의 머리 속에서 도저히 말이 되지 않던 화두의 문구들이 어느 순간 뻥 하고 서로의 경계를 무너뜨리며 너무나도 자연스레 한 덩이가 되듯이 나백상과의 대결에서 뭔지 모르게 한 초식쯤 빈틈을 보였던 검로의 불연속이 훤히 눈에 들어오게 되었다.

"우하하하—!"

돌연 감옥이 울리는 듯한 웃음소리가 들렸다가 다시 잠잠해졌다.

열흘 동안 돌부처처럼 앉아 있던 단리웅호의 입에서 으스스한 귀기를 느끼게 만드는 음성이 흘러나왔다.

"교묘하게 한 가닥씩을 빼놓고 도해서를 만들었구나, 이 죽일 놈!"

단리웅호가 주먹을 불끈 쥐었다. 그리고 감았던 눈을 번쩍 떴다.

예전보다 독기가 훨씬 강해진 뱀의 눈초리가 철창 밖을 응시했다.

열흘 동안 죽은 듯이 꼼짝도 않다가 갑자기 실성한 듯 웃고 중얼거리는 단리웅호의 행동이 염려스러운 듯 옥을 지키던 수호단 무사 몇 명이 창살 밖에서 웅성거리고 있었다.

"문을 열어라!"

귀기 어린 단리웅호의 목소리에 철창 밖의 사내들이 움찔 놀라며 뒤쪽으로 물러섰다.

"그건 저희들 마음대로 할 수 있는 것이 아닙니다."

사내 중 한 명이 침착하게 대답했다.

"여기서 나갈 능력이 없어 여태 이러고 있은 줄 아느냐? 당장 부수고 나가기 전에 어서 열거라!"

단리웅호가 가소로운 듯 웃음을 흘리며 사내들을 쳐다보았다.

"그건 불가하오! 이 창살은 만년한철로 만들어진 것이오!"

"그런가? 하지만 네놈들 몸뚱어리도 만년한철은 아니겠지?"

퍼엉!

말이 끝나기도 전에 단리웅호의 쌍장에서 폭음이 울렸고 밖에 서 있던 수호단 무사들이 한꺼번에 가슴을 부여잡고 무너져 내렸다.

"이 악독한 놈! 원귀가 되어서도 네놈을 그냥 두지 않겠다!"

생명이 꺼져 가는 사내의 입에서 원독에 가득 찬 저주가 흘렀다.

"원귀 따위가 날 어쩌지는 못한다!"

단리웅호가 코웃음을 치며 허공섭물의 수법으로 쓰러진 사내의 허리에 있는 열쇠를 손바닥 안으로 빨아들였다.

철컹―

육중한 철문이 열렸고 봉두난발한 몰골의 단리웅호가 천천히 철창 밖으로 걸어나왔다.
"멈추시오!"
안의 소란에 몰려온 사내들이 단리웅호를 막아서며 항전의 자세를 잡았다.
"저 안에 있는 놈들과 같은 꼴이 되고 싶으냐?"
단리웅호가 검미를 치켜 올리며 위협하자 막아선 사내들이 주춤거렸지만 다시 어깨를 펴고 앞을 가로막았다.
"저리 비켜라! 너희들 모두를 희생시키고 싶지는 않다!"
단리웅호가 막아선 수호단의 한가운데를 천천히 몸으로 밀고 들어갔다.
비록 지금 현재 성주의 명에 따라 자신을 막고 있지만 이젠 이들이 제왕성의 모든 힘이었고 결국은 단리웅호 자신의 힘이 될 것이다. 선공을 당하든지 하는 어쩔 수 없는 경우를 제외하고는 되도록이면 그들의 힘을 그대로 유지시켜야 하는 것이다.
단리웅호가 그렇게 몸으로 자신들을 밀고 들어오자 수호단 무사들도 당황하며 천천히 뒤로 물러서거나 옆으로 길을 비킬 수밖에 없었다.
성주의 명이 하늘 같다 할지라도 단리웅호는 그 성주의 아들이고 어쩌면 차기 제왕성주가 될지도 모르는 일이다. 그런 그에게 명령에 따라 무조건 칼을 들이댈 수는 없었다. 하물며 먼저 칼을 뽑지 않고 몸으로 밀고 들어오는 데야 더 더욱 난감한 일이었다.
그렇다고 같이 몸으로 막았다가는 아까 죽은 동료들처럼 언제 가슴 한가운데 바람 구멍이 날지도 모르는 일이었다.
결국 감옥 밖에까지 나오게 된 단리웅호가 후후 하고 웃음을 흘리며 하늘을 쳐다보았다.

"좋군!"

단리웅호가 가슴을 활짝 펴며 후욱 바깥 공기를 들이마셨다.

"얼마 후면 이 하늘이 모두 내 것이 될 것이다! 두고 보아라, 나약한 인간들아!"

모여 선 사람들은 거들떠보지도 않고 단리웅호는 성큼성큼 성주의 처소로 향했다.

"아니되오!"

성주의 처소 앞을 막아선 수신오위가 단리웅호를 제지했다.

"후후… 너무 주제넘은 게 아니오, 수신오위? 자식이 아비를 만나겠다는데 제삼자가 막는다니 말이오."

단리웅호가 차가운 눈으로 수신오위를 노려보았다.

"작은 공자는 성주의 명에 의해 감옥에 갇혔던 몸, 성주님의 허락없이는 여기에 올 수 없는 사람이오!"

"그래도 꼭 아버님을 만나야 하겠다면?"

단리웅호의 눈빛에 점점 혈광이 짙어졌다.

"마공을 익히셨소, 작은 공자?"

수신오위 중 제일 연장자인 듯한 초로인이 수염을 가볍게 떨며 나지막한 음성으로 단리웅호를 쳐다보며 물었다.

"글쎄? 그런 것은 당신네 늙은이들이 상관할 일이 아니고 당신들은 비켜주기만 하며 되는 일이오."

완전히 핏빛으로 물든 눈빛을 대한 수신오위가 살기를 띠며 더욱 굳건히 성주의 처소 앞문을 막아섰다.

이미 한 번 아버지에게 칼을 휘둘러 상처를 입힌 패륜아인 단리웅호를 마음대로 성주의 처소에 들게 할 수는 없었다. 그리고 지금 그의 눈에 드리워진 혈광은 결코 정종무학의 흔적이 아니었다.

"불가하오!"

수신오위가 칼을 빼 들었다.

"궁금하군."

단리웅호의 입가에 사악한 미소가 어렸다.

"그동안 당신네들의 무공이 항상 궁금했는데 이번 기회에 한번 견식해 보는 것도 좋은 일이지."

단리웅호가 두 팔을 늘어뜨리고 온몸의 힘을 뺐다.

"어헉—"

어느 순간 흐릿하게 사라진 단리웅호의 손이 수신오위 중 제일 가에 있던 위사의 완맥을 잡아갔다.

다급한 기합과 함께 몸을 비튼 위사가 칼을 휘익 돌리며 단리웅호의 팔목을 쳐올렸다.

쉬익—

검신을 휘감을 듯이 미끄러져 오던 단리웅호의 장심에서 붉은 기운이 쏟아져 나왔다.

펑!

옆에서 지켜보던 다른 위사의 칼이 그 붉은 기운을 쳐냈고 동시에 나머지 삼 인의 위사들도 가세했다.

제왕성주의 다섯 호법인 수신오위에게 단리웅호는 더 이상 주군의 아들이 아니었다. 사마의 무공을 익혔고 그것도 모자라 제왕성주인 자신의 부친을 해하려 한 패륜아였다.

그들로서는 수단과 방법을 가리지 않고 단리웅호를 제압해야 했으며 경우에 따라서는 숨통을 끊어도 무방했다.

자연히 살기가 강해져 갔고 마성 짙은 단리웅호의 무공에 대응해 사정을 둘 여유마저 잃었다.

"죽여서라도 제지하라!"

초로인의 위사가 다급히 외쳤고 생사를 결하겠다는 자세로 수신오위의 칼이 죽음의 진을 형성했다.

"장난이 아니군."

단리웅호가 비릿한 미소를 지으며 두 손을 점점 빨리 움직였다.

잠마혈경의 악마적인 무공이 율자춘의 두뇌를 통해 부분적이나마 되살아났고 단리웅호의 손을 통해 세상 밖으로 다시 모습을 드러내게 되었다. 기존의 틀을 깨부수는 상상을 초월한 무공이 단리웅호의 사악한 성품에 맞물려 붉은 아가리를 활짝 벌리고 수신오위의 몸을 덮쳐 갔다.

"헉!"

"크윽―"

다급성과 답답한 신음성이 함께 터져 나왔고 수신오위 중 한 명의 어깨가 피로 물들었다. 다른 한 명이 완맥을 낚아채이며 들고 있던 칼을 빼앗겼다.

"후후후, 이런 실력으로 어떻게 아버님의 호법을 선단 말인가?"

완전히 핏빛으로 물든 눈빛을 번뜩이며 단리웅호가 수신오위 중 한 사람에게서 빼앗은 칼을 빙글빙글 돌리며 먹이를 노리는 야수처럼 수신오위를 한 사람 한 사람 쳐다보았다.

"벌써 악마가 되었구나, 이놈!"

어깨에 깊은 상처를 입은 위사가 부들부들 떨며 단리웅호를 찢어 죽이고 싶다는 듯 쳐다보았다.

"악마라…… 자기보다 강하면 모두 악마인 모양이군."

단리웅호가 스산하게 중얼거렸다.

"메뚜기를 개구리가 잡아먹고 그 개구리는 또 뱀이 잡아먹지. 메뚜기 눈에는 개구리가 악마이고 개구리 눈에는 뱀이 악마이지. 난 지금 뱀의 무공을 익혔을 뿐이오. 후후."

단리웅호가 재미있다는 듯 주춤거리는 수신오위에게로 한 발 한 발 다가섰다.

"그렇다면 말이오, 메뚜기의 입장에서 보면 개구리와 뱀 둘 중 누가 더 악마일까?"

"다가오지 마라, 이 마도 놈!"

수신오위가 다시 칼을 다잡으며 다가오는 단리웅호를 견제했다.

"어차피 당신들은 개구리일 뿐이야!"

단리웅호의 칼이 혈광을 뿌리며 수신오위를 향해 쇄도해 갔다. 수신오위도 이젠 목숨을 도외시한 채 단리웅호의 목을 노리며 칼을 휘둘렀다.

쨍! 쨍!

수신오위의 칼이 더 이상 잠마혈경의 마기를 이기지 못하고 땅에 떨어졌다.

"으으—"

믿을 수 없다는 눈빛을 한 수신오위가 망연히 자신들이 떨어뜨린 칼을 바라보았다.

중원의 주인인 흑제 단리운극의 호법으로 자신들 다섯이 합공하면 흑제마저도 자신들을 제압할 수 없다고 자부하고 있었다. 그리고 자신들은 제왕성 최후의 보루이자 누구의 추측도 불허하는 제왕성의 숨겨진 힘이었다. 자신들이 무너지면 제왕성도 그 운을 다한 거나 마찬가지이다.

"이것으로 제왕성의 신화는 끝나는가! 허허……."

초로의 위사가 허탈한 웃음을 흘렸다. 그 웃음 속에는 만고풍상의 한이 깃들어 절로 듣는 이의 가슴을 저미게 했다.

수신오위 중 제일호법인 광풍검(狂風劍) 차재강(且載强)의 노안에서 회한의 눈물이 하염없이 흘러내리며 그의 반백의 생이 순식간에 무너져 내리는 듯했다.

"후후."

차재강이 힘없이 하늘을 쳐다보았다.

마교의 준동으로 중원은 단 며칠 사이에 피로 물들었고, 척마의 구호 아래 한 자루 칼을 들고 홀연히 일어서서 척마대전의 중앙으로 뛰어들었다. 몸서리칠 만한 마교의 무공 앞에서 생사의 갈림길에 놓일 때마다 제왕성의 척마단과 단리운극이란 이름은 생명의 빛이었다.

그 현란하고 군더더기없는 척마단의 칼과 단리운극의 광오한 무학은 해일처럼 밀려오는 마교의 핏빛 파도를 막는 최후의 방파제였고 언제나 검은 옷을 입고 마도들을 날려 보내던 단리운극은 백도의 신이 되었다.

끓는 의기(義氣) 하나로 척마대전에 뛰어들어 처절한 한계만을 인식한 후 처음에는 공포에 질려 목숨을 부지하려고 제왕성주의 곁을 떠나지 않았던 것이, 그의 무학과 기상에 감화되어 나중에는 그의 방패가 되고자 단 한 순간도 곁을 떠나지 않고 그를 보필했다.

그 순간 이후부터 차재강 자신에겐 척마대전도, 정파도, 중원도 그 어떤 것도 중요하지 않았다.

척마대전에서 마교가 승리하든 백도가 전멸하든 단리운극이란 단 한 사람만이 중요했고 그 한 사람만 무사하다면 다른 모든 것들은 같이 무사할 수 있을 것 같았다.

그렇게 제왕성주의 호법이 되고 성주의 그림자가 되어 살아온 십오여 년의 세월이 이젠 떨어진 칼과 함께 바닥에 뒹굴고 있었다.

'통탄할 일이로다!'

차재강이 부르르 온몸을 떨었다.

근 십오여 년 전의 기억이 되살아났다.

그때도 같이 출전한 동료의 가슴에 칼을 찔러 넣던 마도의 눈빛은 지금 단리웅호의 눈빛처럼 혈광으로 일렁거렸다. 그러나 그자들의 눈빛도 저처럼 사악하고 귀기스럽지는 않았다. 그리고 그들이 휘두른 칼도 저렇게까지는 섬뜩하지 않았다.

모조리 척결하여 씨를 말렸다고 생각한 마도의 무공이 하필이면 제왕성에서, 그리고 제왕성주의 혈통에게서 펼쳐진단 말인가?

차재강은 하늘을 우러러 눈을 감았다.

"끝나는 것이 아니라 오늘부터 새로운 신화가 다시 시작되는 것이오!"

두 눈 가득 번뜩이던 혈광이 사라지고 정상적인 눈빛으로 돌아온 단리웅호가 자신에 찬 눈빛으로 차재강을 바라보았다.

"제왕성을 허물고 마왕성을 새로 짓겠다는 말인가?"

차재강이 자조 어린 목소리로 힘없이 중얼거렸다.

비록 친아들이긴 하나 그는 살모사처럼 부친인 제왕성주를 해하고 제왕성의 주인 자리를 빼앗고도 남을 놈이다.

단리웅호는 작은 공자라는 자신의 호칭이 언제나 불만이었고, 장자 승계의 가법을 깨부수고 싶어했다. 그래서 그것을 위해 마도와 타협도 마다하지 않은 것이고 수신오위인도 제압할 수 없는 마인이 되어 살모사의 길을 가고 있는 것이다.

"죽었으면 죽었지 그렇게는 하지 못한다!"

제이호법인 염철악(廉哲岳)이 이빨을 앙다물고 소리를 질렀다.

"당신들이 쉽게 내 말을 들으리라고는 생각지 않았소. 그리고 어찌 보면 당신들 모두 깨끗이 사라져 주는 것이 더 나을지도 모르는 일이고!"

단리웅호의 눈이 다시 충혈되기 시작했다.

붉게 물들어 그 눈빛의 의미를 제대로 읽기 힘들었지만 수신오위 모두를 죽이고 말겠다는 한 가지 생각만은 분명히 드러났다.

"후후, 모두 자업자득이지."

비록 호위의 임무만을 충실히 수행한 호법으로 제왕성 내부사는 조금도 관여치 않았다 하더라도 자신들은 제왕성주의 가장 가까운 곳에 있는 사람들로서 그 책임에 자유로워질 수 없었다.

그리고 그 일은 자신들도 알고 있는 일이었다.

그들에게 성주는 곧 하늘이었고 정사 여부를 따지기 전에 성주가 하는 일은 하늘이 하는 일이었다. 그리고 나약한 무림은 누군가가 나서서 가일층 더 힘을 키워야 할 때였다.

애초의 의도야 어쨌든 그 일은 모든 문파에게 봉문을 명하는 것이나 마찬가지의 일이었다.

세월이 흐르고 좀 더 깊은 직관을 갖게 되었을 때쯤에서야 온 세상을 자신들이 좋아하는 한 가지 색깔만으로 채색하려 한 그 생각이 잘

못되었다는 것을 알았고 언젠가 그 대가를 치르게 될 것이라 예감했지만 이것은 너무 혹독했다.

"정말 좋은 날씨군."

차재강이 두 눈을 하늘로 향하며 마지막으로 이승의 향기를 한껏 마시려는 듯 깊은 숨을 들이켰다. 그때였다.

"장영의 행방은 찾았느냐?"

고막을 울리는 사자후에 단리웅호가 들어 올렸던 칼을 뒤로 빼며 훌쩍 물러섰다.

차재강과 함께 같이 눈을 감고 최후를 맞이하려던 다른 수신오위들도 예사롭지 않은 음파에 깜짝 놀라며 눈을 떴다. 하지만 장내에는 사자후의 여운만이 길게 남아 있을 뿐 그 목소리의 주인은 보이지 않았다.

"만사를 제쳐 두고 제일 먼저 장영을 찾는 것이 순서가 아니더냐?"

"어헉—!"

바로 곁에서 조용히 들려오는 소리에 수신오위는 물론 단리웅호도 이구동성으로 비명을 질렀다.

"소, 소성주!"

"형!"

처음부터 그곳에 있은 듯이 단리웅천이 얼음장처럼 차가운 눈빛으로 단리웅호를 쳐다보고 있었다.

입을 다물지 못한 수신오위와 단리웅호는 지금 자신들이 인식하고 있는 이 믿을 수 없는 상황을 눈빛에서 확인하려는 듯 서로를 쳐다보며 두리번거렸다.

처음부터 기색을 숨기고 극쾌의 신법으로 자신들 곁에 출현했다면 그것은 가능한 일이기도 했다. 아무리 고수라 하더라도 다른 곳에 신경을 쓰다 보면 한곳쯤 주의를 놓치기도 하는 것이니까.

그러나 이것은 경우가 달랐다. 단리웅호의 칼이 수신오위의 목을 향하는 순간 거리를 가늠할 수 없는 곳으로부터 사자후가 울려 퍼졌고 그 소리에 놀라 모든 동작을 멈추고 온 신경을 집중하는 그 순간에 단리웅천은 갑자기 그들 곁에 서 있었던 것이다.

너무나 가공할 수법으로 나타난 단리웅천의 출현에 그가 삼 년도 넘게 사라졌다 지금에서야 나타났다는 사실도, 반가움도, 궁금함도 아직 모두의 의식 속에 자리하지 않고 있었다.

"소성주! 정말 소성주요?"

이제야 퍼뜩 의식의 끈이 연결된 수신오위가 반가움과 놀라움이 함께하는 눈빛으로 단리웅천을 쳐다보았다.

"형? 형이 맞군!"

단리웅호 역시 천만뜻밖이라는 표정으로 단리웅천을 바라보았다.

"여긴 어쩐 일이야, 형?"

서서히 냉정을 되찾아가는 단리웅호가 입꼬리를 말아 올리며 미소를 지었다.

"장영이 행방불명되었더구나."

단리웅천이 서늘한 눈빛으로 단리웅호를 바라보았다.

"아— 그거. 얼마 전에 집안에 우환이 좀 있었지. 그 때문에 아버님이 부상을 입었고 와중에 장영이 사라졌어. 뭐, 하지만 그건 집안 얘기고 출가외인은 상관할 일이 아니지."

집이 싫어 스스로 떠난 사람은 상관할 일이 아니라는 얘기였다.

"끝까지 패륜아로 남으려 하는구나, 너는."

단리웅천의 무심한 눈빛이 단리웅호를 잠시 쳐다보다 허공을 향했다.

'악마 같은 놈!'

단리웅천은 율자춘의 모습을 떠올렸다.

타고난 운명이 너무 기구하여 미운 감정은 갖지 않으려 노력했지만 저질러 놓은 짓이 너무 악독했다.

언젠가부터 단리웅호의 무공에 대한 자질이 형제들 중에서 가장 뒤떨어진다는 것을 알게 되었다. 자신이 제왕성에 대해 회의를 느끼고 모든 것들을 가식으로 일관한 시절 부친의 호통으로 단리웅호와 비무를 하고 형편없이 나가떨어져 줄 때 웅호의 그 희열에 찬 모습을 보며 내심 미안한 생각이 가슴 가득했다.

너무나 편협하고 자기중심적인 그 성격이 항상 염려스러웠는데 율자춘 그놈은 웅호의 그런 성격을 가장 악랄하게 이용했다.

'이젠 기필코 찾아내어 죽여야 할 놈이다!'

단리웅천의 몸에서 감히 범접할 수 없는 기운이 흘러내렸다.

'그새 진전이 좀 있었던가?'

단리웅천의 예사롭지 않은 기도에 단리웅호의 가슴이 철렁하여 왔지만 자신의 기억 내에서 형은 단 한 번도 자신을 이기지 못했었다. 단 한 번도! 그것이 웅호의 자만심을 충족시켰다.

"말뜻을 못 알아듣는 모양인데 이젠 제왕성에서 형의 자리는 없어. 그러니 지금 당장 떠나주었으면 해!"

단리웅호가 노골적인 축객령을 내렸다.

"무공을 폐하겠다. 그리고 네 잘못을 반성할 때까지 처소에서 한 발짝도 못 나오게 하겠다."

단리웅천의 눈빛이 무섭게 가라앉았다.

'예전의 소성주가 아니다!'

수신오위가 깊은 눈으로 단리웅천을 바라보았다.

단리웅천의 몸에서 뻗어 나오는 기운은 평생 단 한 번도 겪어보지 못한 것이었다. 그것엔 흑제에게서도 느껴보지 못한 엄중함이 있었다.

앞에 선 사람들을 절로 무릎 꿇게 하여 복종하게 만드는 제왕의 기상 속에 태산이라도 부숴 버릴 듯한 패도적인 기운이 녹아 있었다.

"하앗—"

긴장을 이기지 못한 단리웅호가 먼저 칼을 휘두르며 단리웅천에게로 달려들었다. 사정이라고는 조금도 찾아볼 수 없는 악마의 칼이었다. 그 칼을 마주한 단리웅천의 눈빛이 심연처럼 깊게 가라앉았다.

붉게 젖어드는 눈빛!

그것은 잠마혈경 중 역천의 무공을 펼칠 때 나타나는 현상이었다.

우숭가 마을의 카우산에서 나는 저주의 풀을 취한 마교의 후손들이 잠재 능력이 격발된 상태에서 그 풀의 독성을 이용하여 펼치는 악마의 무학이었다. 속성으로 파괴력이 엄청난 무공이었지만 그것은 저주의 풀을 섭취한 후 몸속에서 그 독성을 완전히 융화시켰을 때의 얘기이고 그렇지 못한 상태에서는 펼칠 수도 없고 펼쳐서도 안 되는 무공이었다.

이 무공을 자주 쓰면 결국에는 혈맥이 터져 죽든지 폐인이 되고 말 것인데 율자춘 그 악마 같은 인간은 그것을 가르쳐 주지 않은 모양이다.

휘잉—

허공을 가르는 칼바람 소리만이 난무했다.

단리웅천이 웅호의 칼을 신법으로만 피하며 마주하지 않았다.

같이 마주하여 내력으로 밀고 나갔다간 웅호의 혈맥은 당장이라도 파손되고 말 것이다.

"하하! 형, 왜 그렇게 도망만 다니는 거야? 예전에도 그랬지만 형은 내 상대가 아니야. 그건 형도 잘 알잖아?"

단리웅호가 득의에 찬 웃음을 흘렸다.

"네가 펼친 무공의 이름이 무엇인지나 알고 있는 거냐?"

단리웅천이 염려스러운 눈빛으로 단리웅호를 쳐다보았다.

아직까지는 별다른 이상이 없었지만 좀 더 이렇게 대결한다면 세혈관(細血管)에서부터 터져 나갈 것이다.

"왜 그래, 형? 율자춘이 이것은 안 가르쳐 준 모양이지?"

단리웅호가 비아냥거렸다.

"그 무공은 잠마혈천(潛魔血天)이라는 무공이다. 보통 사람이 그것을 쓰면 얼마 후에 스스로 심각한 내상을 입게 된다."

"그래, 그렇겠지. 하지만 난 보통 사람이 아니지. 위대한 단리가의 핏줄인 걸 형은 모르는 거야?"

단리웅호가 다시 혈광이 번뜩이는 눈으로 칼을 쥔 손에 내력을 돋우었다.

'지체할 수가 없다!'

단리웅천이 다급한 마음을 감추지 못하고 먼저 공격하여 갔다.

휘익— 휙—

도저히 믿을 수 없는 무학이 웅천의 칼에서 쏟아져 나왔다.

칼은 주인을 닮는다. 그리고 주인의 심성을 표출한다.

비록 마도의 후손에 의해 창안된 잠마혈경 속의 마공이었지만 제왕의 기상을 간직한 웅천의 손에서 펼쳐지는 잠마파천, 잠마붕산, 혈우천하(血雨天下)… 그 어느 무공도 사악하거나 섬뜩한 전율을 일으키게 하지는 않았다.

아무리 짙은 먹물이라도 깊고 맑은 연못 속에 풀어놓으면 서서히 흩어지고 결국은 맑고 투명한 물결 속으로 동화되듯 제왕의 자질 속에 녹아든 잠마혈경의 무공은 차라리 아름다웠다.

하늘을 뒤덮고 산을 무너뜨릴 웅건함 속에 바람을 가르고 달빛을 자를 듯한 섬세함이 있었고, 패도적인 칼바람 속에서는 제왕의 따사로운 입김이 함께 불어 나왔다.

"으흑—"

놀랄 새도 없이 순식간에 제압당한 단리웅호가 부릅뜬 눈을 끔벅이지도 못한 채 통나무처럼 쓰러졌고 단리웅천이 부드럽게 웅호의 신형을 안아 들었다.

"제왕성의 모든 짐은 이제 내가 지고 갈 것이다. 넌 그만 쉬도록 해라. 아직은 느끼지 못하겠지만 역천의 무공을 펼친 대가로 네 혈맥들은 평생을 두고 보살펴야 할 것이다."

단리웅천이 빠르게 웅호의 몸 곳곳의 혈도를 봉하며 상세를 살폈다.

"소성주!"

양 볼을 타고 흐르는 눈물이 내를 이룬 수신오위가 무릎으로 기어서 단리웅천에게로 다가왔다.

"고생이 많으셨소, 수신오위."

웅천이 다섯 호법의 손을 일일이 잡으며 눈을 마주했다.

"불효막심한 놈!"

어느새 핏기없는 얼굴을 한 흑제 단리운극이 불편한 걸음걸이로 숙소에서 나오고 있었다.

자식의 칼에 큰 부상을 입고 또 그보다 훨씬 큰 마음의 상처를 입어 심신 양면이 피폐해질 대로 피폐해져 무림의 주인이라는 말이 도저히 어울릴 수 없는 흑제의 모습이었다.

웅호를 안고 있던 단리웅천이 잠시 움직임을 멈추었다가 무심히 단리운극을 쳐다보았다.

더 이상 그는 흑제가 아니었다.

척마단과 비영단의 궤멸, 나백상과의 대결, 그리고 자식의 칼에 부상…….

백도의 신이었던 그로서는 상상도 못할 일들을 한꺼번에 겪고 초라한 노인으로 허물어져 가고 있었다.

반가움보다는 왈칵 분노가 밀려들었다.

마도나 흑도의 칼에 꺾여진 모습이라면 부둥켜안고 울 수도 있었다. 그리고 모든 것을 대신 떠안고 과거의 영광을 되살리겠다고 맹세할 수도 있었다.

그러나 불편한 거동으로 다가오는 부친은 스스로의 욕심에 의해 그 욕심의 함정에 빠져 태산북두의 자리에서 그 어떤 마도보다 더 지탄을 받게 되었고 네 명의 자식 중 한 명은 패륜아로, 또 한 명은 생사 불명의 상태로, 그리고 자신은 일찌감치 집을 뛰쳐나간 파락호로 만들었다.

"이것이 성주께서 바라던 영원한 제왕성의 모습인가요?"

주춤주춤 다가오던 흑제가 우뚝 걸음을 멈추었다.

암천(暗天)처럼 검게 가라앉은 아들의 눈빛은 깊이를 알 수 없었다.

만년한철이라도 태워 녹일 듯한 분노 같기도 했고 천하를 오시하는 조소 같기도 했다. 그런가 하면 어리석은 자신을 한없이 질책하는 염려 같기도 했다.

"천아! 이놈……!"

단리운극의 신형이 휘청 흔들렸다.

"성주!"

수신오위가 얼른 달려가 단리운극을 부축했다.

"이놈! 이젠 아비라고 부르지도 않는구나!"

단리운극이 허망한 눈빛으로 웅천을 바라보았다.

"보시지요! 성주께서 낳은 자식들이 지금 어떤 모습으로 남아 있는지!"

꽉 깨문 단리웅천의 입술에서 선혈이 흘러내렸다.

"한 명은 실종되고, 한 명은 패륜아, 그리고 한 명은 집을 뛰쳐나간 파락호가 됐고, 막내 수영 하나만이 온전하게 남아 있군요. 하지만 저 녀석도 이젠 무림공적의 딸로 쫓기는 신세가 되겠지요!"

"천아!"

"큰오빠, 제발……!"

소식을 듣고 달려나온 제왕성의 안주인과 막내 동생 단리수영이 얼음장 같은 장내의 공기에 더 이상 다가가지 못하고 서로 손을 맞잡고 부들부들 떨고 있었다.

"크흑……."

한 모금 선혈을 울컥 토한 단리운극이 무너져 내렸다.

"가주!"

"아버지!"

"성주!"

여러 마디의 외침이 들리며 분주한 움직임이 일어났다.

단리운극이 단리웅호와 함께 급히 처소로 옮겨졌고 잠시 후 차재강이 성주의 처소에서 나와 석상처럼 우뚝 서 있는 단리웅천에게로 다가갔다.

쓰러진 단리운극이 처소로 옮겨지고 다시 차재강이 성주의 숙소에서 나오는 동안 단리웅천은 미동도 않고 그곳에 서 있었다.

　소식을 듣고 주위로 몰려든 수호단 무사들과 제왕성 식솔들 그 누구도 단리웅천의 몸에서 자욱이 피어 오르는 분노에 감히 가까이 가지 못하고 있었다. 차재강마저도 질식할 듯한 기운에 주춤거리다 얼굴에 벌겋게 핏줄이 돋아나며 간신히 웅천의 곁으로 다가갔다.

　"소성주, 진정하시지요. 이젠 소성주가 제왕성의 기둥입니다."

　눈을 질끈 감고 있는 단리웅천은 여전히 움직일 줄을 몰랐다. 잠시 기색을 더 살핀 차재강이 다시 입을 열었다.

　"성주님은 큰 걱정 안 하셔도 됩니다. 부상당한 몸에다 과도한 심적 충격을 이기지 못한 것 때문이지만 며칠 요양하시면 괜찮아질 것입니다."

　"아아아아악—!"

　차재강의 말이 끝남과 동시에 단리웅천이 미친 듯이 고함을 지르며 날아올랐다. 그리고 제왕성 뒤쪽에 세워진 영웅탑에 무지막지한 장력을 날렸다.

　쿵! 쿠르릉—

　척마대전이 끝난 후 백도에서 만장일치로 뜻을 모아 제왕성 뒤쪽 산 중턱에 세워준 제왕성의 상징인 영웅탑이 산산이 무너져 내리고 있었다.

제27장

무당산(武當山)의 대접전(大接戰)

"어이, 저기 좀 보게. 저놈들 아닌가?"

흑유부가 자리한 계곡이 잘 바라보이는 숲 속에서 근 한 달 동안 망을 보며 무료함에 지친 두 사내 중 한 명이 옆에 있던 동료를 깨웠다. 꾸벅꾸벅 졸고 있던 다른 한 명의 사내가 잠이 덜 깬 얼굴로 사방을 두리번거렸다.

"저놈들 말인가?"

"그래, 저놈들이 나온 방향이 저쪽 계곡인 것 같아."

한 사내가 긴장된 얼굴로 동료를 쳐다보았다.

"확실한 건가?"

"그런 것 같네."

"그렇다면 지극히 조심해야 할 것이야. 하주명 장주님 말대로라면 저놈들은 극악무도한 놈들이니 행여 들키기라도 하는 날이면 저승행이야."
 숲 속 깊이 숨어서 망을 보던 두 명의 사내가 더욱 깊숙이 몸을 파묻었다.
 "정말 쏜살같군."
 말을 탄 무리들이 지나가고 나자 두 사내가 얼굴을 내밀었다. 그리고는 분주히 움직이기 시작했다. 곧 이어 전서구 두 마리가 날아오르고 사내들은 소리없이 사라졌다.

*　　　*　　　*

 "카아~ 정말 일품이야!"
 이가송과 함께 흑수채로 달려온 철도정이 술병째 들이키며 감탄사를 연발했다.
 둘은 녹림십팔채를 순회하며 전력을 향상시키는 데 전념하다 갑자기 날아온 임무열의 소식을 받고 급히 흑수채로 달려온 것이다.
 "우와~ 능소빈, 넌 점점 더 예뻐지는구나! 그러니 한 병만 더 다오."
 철도정이 연방 입맛을 다시며 능소빈을 쳐다보았다.
 "언니 예뻐진 것하고 술 한 병 더 주는 것이 무슨 상관인가요? 그리고 언니 예뻐진 것만 눈에 들어온다면 앞으로 술 얻어먹을 생각은 아예 버리세요!"
 진소혜가 샐쭉한 얼굴로 철도정을 째려보았다.
 "아이쿠, 무슨 그런 심한 말씀을! 진 소저야말로 꽃 중의 꽃이요, 선녀 중의 선녀지요. 더 이상 예쁠 수 없이 예뻐서 내가 잠깐 간과한 것이지요."

철도정이 혀가 닳도록 진소혜를 칭찬했다.
"더 이상 예뻐질 수 없다니! 그런 말이 어디 있어요?! 예뻐지는 데도 한계가 있나요?"
"예? 그게 또 그렇게 되는 겁니까? 내 말은 그게 아니라……."
철도정이 점점 멀어져 가는 술병을 놓치지 않으려고 안간힘을 썼다.
"푸후―"
소혜가 웃음을 터뜨리고는 등 뒤에 숨겨둔 술병을 내밀었다.
"하이고~ 정말 진 소저뿐이라니까!"
철도정이 얼른 술병을 받아 들고 이가송의 잔에 한 잔 따르고는 나머지 술을 병째 나발 불었다.
"그런데 무슨 일이 있는 겁니까?"
이가송이 약간 긴장한 얼굴로 진소혜에게 질문을 던졌다.
철도정, 조대경 등과 함께 산채를 돌며 녹림도들에게 강궁과 군진합공을 연마시키던 중 느닷없이 사형 정사청이 어디론가 급히 떠났고 이번에는 임무열의 서신이 날아와 자신들을 흑수채로 불렀다.
"지금 그 문제로 회의를 하고 있으니 웬만큼 목을 축였으면 들어가봐."
능소빈의 고개가 안채로 향하자 이가송과 철도정이 걸음을 옮겼다.

화천옥으로부터 혈영의 간자들에 대한 설명을 들은 이가송의 표정이 망연자실해졌다. 한영과 함께 화천옥, 형일비가 흑유부로 숨어들기 전에 산채를 순회하러 떠난 이가송, 철도정은 단리웅천에게서 얻은 혈영 간자들의 정보는 모르고 있었다.
"확실한 거야?"

"아직 물증은 없지만 거의 확실하다고 판단돼."

신도기문이 침착한 음성으로 답했다.

"야, 이 자식아! 니가 무슨 신이라도 되는 거냐! 어떻게 네놈 판단만 믿고 사숙을 의심할 수 있단 말이냐!"

이가송이 버럭 고함을 질렀다.

이가송의 심정이 충분히 이해가 가는 신도기문, 화천옥 등은 잠시 말을 멈추고 이가송의 감정이 누그러지기를 기다렸다.

"남궁우현으로부터 전해진 소식에 의하면 다음 달 초에 각 파 명숙들이 무당산 자락 한곳에서 비밀 회동을 갖는다. 아마 회동 내용은 백도가 연합하여 제왕성을 치자는 것일 테고. 그런데 그 회동을 적극적으로 추진하고 있는 사람들이 너의 사숙인 손자겸, 그리고 화산의 낙월봉, 공동의 등평부, 철가장의 국상진 등이다. 우연치고는 너무 공교롭지 않나?"

신도기문의 설명에 이가송이 아무 말 없이 탁자 앞에만 시선을 고정하고 미동도 하지 않았다.

"그리고 얼마 전에 은하전장 장주에게서 연락이 왔는데 혈영의 무리들이 움직이기 시작했다더군. 정확한 건 더 두고 봐야 알겠지만 지금까지 그들이 움직인 방향은 무당산 쪽이다."

화천옥이 설명을 덧붙였다.

"국상진, 이 쳐 죽일 놈이!"

철도정이 당장이라도 달려가 처단할 듯 씩씩거렸다.

"그자들은 우리가 맡을 테니 이 공자는 무당으로 가서 한중광 사부를 살피시오. 정사청이 없는 지금 혹시라도 모를 사부의 안전은 이 공자 몫이오."

임무열이 조용히 말하자 이가송이 임무열을 쳐다보았다.

"대체 사청 사형은 어디로 간 것이오?"

임무열 역시 사청의 일은 알 수 없는지라 천호에게 눈길을 돌렸다.

"자세한 것은 나중에 알게 될 것이오. 지금으로썬 자신이 진 빚을 갚으러 갔다고만 알고 있으시오."

천호가 이가송에게 정사청의 행적을 암시만 해주었다.

"알겠습니다."

이가송이 묵묵히 고개를 끄덕였다. 빚을 지고는 한시도 살지 못하는 사형의 성격을 잘 알기 때문이다.

"오늘 하루는 쉬었다가 내일 아침 일찍 떠나도록 하시오. 뒷일은 걱정 말고."

"지금 당장 떠나겠소!"

이가송이 성큼 일어서서 방문을 나섰다.

"하여간 저놈의 성질 하고는."

모진성이 혀를 차며 멍하니 방문 쪽을 쳐다보았다. 어째 저놈 머리 속에는 자기 사부와 사형밖에 없는 것 같다.

"모진성 공자는 이가송, 철도정 공자가 빠진 자리를 메워 조대경 공자와 함께 산채를 순회하시오. 그들의 전력 증강은 한시도 늦출 수 없는 일이오."

"잘 알겠습니다, 부두목!"

모진성이 외치듯 대답했고 임무열이 끙 하고 신음성을 흘렸다.

"빌어먹을! 다 죽은 송장이 다시 일어난 형국이로군."

종이호랑이가 된 제왕성을 쳐서 빼앗긴 자존심을 되찾자며 불같이 일어서던 백도의 외침은 단리웅천의 출현과 영웅탑의 붕괴로 인하여 급격히 사그라들었고 대신 신중론이 고개를 들기 시작했다.

내분으로 인하여 제왕성의 힘이 예전과는 비교할 수 없이 축소되었지만 수신오위의 건재와 남은 수호단만으로도 일방적인 우위를 점칠 수 없었다. 그런데 추측할 수 없는 무공을 소유한 채 모습을 드러낸 단리웅천의 존재는 모든 상황을 원점으로 돌려놓고 말았다.

한때 천고의 기재로 만인의 관심을 집중시키다 언제부터인가 서서히 세인의 기억 속에서 잊혀져 간 제왕성 소성주의 갑작스런 등장은 많은 모사꾼들의 머리를 싸매게 하고 그들이 애써 세워놓았던 구상을 완전히 뒤엎어 버리기에 충분했다.

영웅탑이라는 것이 어떤 것이던가!

온 무림이 뜻을 모아 천 년 세월이 흘러도 변함없이 서 있도록 견고하기 짝이 없는 청옥석(靑玉石)으로 일 년에 걸쳐 깎아 만든 것이었다. 폭풍이 몰아치고 벼락이 때린다 하여도 지금처럼 일시에 무너지는 일은 일어나지 않을 것이다.

처음에는 영웅탑의 붕괴가 단 한 사람이 펼친 무공에 의한 것이라고 아무도 믿지 않았다. 모두들 현 상황을 타개하기 위해 제왕성이 꾸민 일이라 추측했다. 그러나 여러 경로와 많은 목격자들을 통해서 확인된 정보는 그것이 사실로 판명되었다. 그리고 무림은 경악에 빠져들었다.

현 무림에 또 누가 있어 저런 무공을 펼칠 수 있을 것인가. 각 파의 명숙들이 한자리에 모여서 한 치의 어긋남도 없이 정확히 같은 순간에 가격한다면 가능할지도 모르겠으나 그런 일은 실전에서 일어날 수 없는 일이었다.

이런 상황에서 끓어오르는 원한만으로 서둘러 제왕성을 친다는 것은 일방적인 승리를 예측할 수 없는 일이다. 정말 기적같이 모든 정파 무림이 하나같이 자신의 목숨을 내던지며 건곤일척의 승부를 벌인다면 가능할 수도 있겠지만, 그런 면에 있어서는 백도라는 것이 흑도보다 훨씬 가소로웠다.

어찌어찌 해서 하나의 뜻으로 모이더라도 시시때때로 수십 수백 가지의 이해득실을 따지고 자신의 문파에 조금이라도 이로운 패를 잡으려고 혈안이 되어 온갖 치졸한 수단을 부리는 것도 마다하지 않았다.

그런 모습은 예나 지금이나 조금도 변함이 없었고 그 때문에 손자겸 등은 무당산 자락의 한 사찰에서 열린 무림명숙들의 비밀 회동에서 답답하다는 표정으로 흥분하고 있었다.

"아무리 그렇다고 장부가 뽑았던 칼을 슬그머니 집어넣고 꽁무니를 뺀다는 것이 말이나 되는 일이오!"

"그렇소! 그동안 제왕성에 굴복하여 치욕의 세월을 지낸 것이 만천하에 알려졌고 그 때문에 얼굴을 들고 대로를 활보하는 것조차 부끄러운 현실이오. 그런데 또 한 번 꼬리를 내린다면 내 어찌 강호인이라 할 수 있겠소! 그럴 바엔 차라리 강호를 떠나는 것이 나을 듯싶소!"

화산의 낙월봉, 공동의 등평부 등이 목에 핏대를 세우며 열변을 토했다

"말씀이 지나치오. 꼬리를 내리다니. 우리가 무슨 강아지새끼나 된단 말이오? 그리고 지금 모든 것을 백지로 돌리고 각기 자기 문파로 돌아가자는 얘기가 아니지 않소? 객관적으로 보아도 상황이 너무나 급변했고 그에 따라 계획을 수정하자는 것이오. 그건 너무도 당연한 일이 아니오."

곤륜의 장로 중 한 사람이 침착하게 자신의 뜻을 폈다.

"상황의 급변이라……."

손자겸이 나직이 읊조렸다.

"크윽—"

"으흑—"

 같이 모인 자리에서 비교적 공력이 낮은 각 파 명숙의 호위 무사들이 귀를 막으며 쓰러졌다. 그리고 공력이 높은 명숙들은 쓰러지지는 않았지만 갑작스럽고 충격적인 음파에 급히 공력을 돋우웠다.

"이게 무슨 짓이오, 손 장문인?"

 소림의 방장 주해 대사가 노성을 터뜨렸다.

"실수였소. 여러 도우님들… 내가 너무 답답한 마음에 잠시 탄식한 것이 이런 상태를 만들 줄 몰랐구려."

 손자겸이 무심한 얼굴로 쓰러진 사람들을 바라보며 실수라 말했지만 그의 말을 그대로 받아들일 사람은 아무도 없었다. 음파만으로 사람을 상할 수 있게 하려면 혼신의 공력을 불어넣어야 하고 그것은 실수의 범주에 속하는 것이 아니다. 의도적으로 자신의 뜻을 피력하고 그것이 안 되면 또다시 이런 식으로 살상도 마다하지 않겠다는 의지의 표현이었다.

 '손자겸이 언제 저 정도의 공력을 쌓았던가?'

 진탕된 기혈을 겨우 진정시키고 마음을 가다듬은 사람들의 뇌리를 스친 공통된 생각이었다. 자신의 사형 한중광에게 언제나 한 발짝 뒤떨어졌고 무당의 장문인 자리도 사형의 광인 행각으로 인해 어부지리로 얻게 된 것이 아니던가. 그런 그가 저런 가공할 공력을 내비친 것에 대해 모두 믿을 수 없다는 표정이었다.

 자질로 보나 사람됨으로 보나 손자겸은 저런 경지에는 도저히 오를 수 없는 사람이었다. 그랬기에 모두들 할 말을 잃고 손자겸만을 바라보았다.

손자겸 역시 그런 좌중의 심중을 헤아린 듯 눈을 부라리며 좌중을 둘러보았다.

'으흑!'

그의 눈빛 역시 감당할 수 없는 칼날이 되어 같이 모인 사람들의 망막을 파고들었다. 내심 비명을 지른 사람들이 다시 공력을 돋우며 손자겸의 안광에 대항해 갔지만 칼날은 여지없이 방패를 뚫었고 자신도 모르게 눈을 내릴 수밖에 없었다.

'후후후, 정말 예상을 훨씬 뛰어넘는 효과로군!'

득의에 찬 손자겸이 속으로 흉소를 터뜨렸다.

방금 전에 그가 시전한 무공은 최근에 율자춘이 보낸 책자 속에 있는 것이었다.

목소리나 눈빛 등에 순간적으로 기파를 증폭시키는 수법으로 실상은 공력이 약하더라도 순간적으로 격발시킨 기파로 인하여 가공할 효력을 표출하는 것이다. 그리고 그 수법에 당한 사람으로 하여금 상대가 엄청난 공력의 소유자로 단정하게 하는 것이다.

정종무학에서 웅혼한 공력으로 시전하는 그런 종류의 무학이 아닌 악마의 잔재주 같은 눈속임의 무학으로 지금처럼 아주 가까운 거리에서 큰 움직임이 없는 상대에게 먹혀들 뿐 조금 떨어진 곳에서나 상대가 빠르게 움직이고 있다면 아무 효력도 없는 무학이었다.

그것은 잠재 능력이 격발된 잠마혈경을 만든 사람들이 펼친다면 언제 어떤 상황에서든 가공할 효력을 발휘할 무공이었지만 율자춘의 방식대로 풀이되고 손자겸 정도의 인물이 펼침으로써 좀 전과 같은 정도의 결과가 나타난 것이다.

"급격한 상황 변화라 하셨던가요?"

손자겸이 천천히 곤륜의 장로를 돌아보았다.

다시 한 번 칼날 같은 눈빛이 망막을 찔러올까 움찔한 곤륜의 장로가 눈길을 회피했다.

"그렇소. 그 누가 있어 일거에 영웅탑을 무너뜨릴 정도의 무학을 지닌 사람을 상대할 수 있단 말이오?"

곤륜의 장로는 눈길을 회피하면서도 자신의 주장을 굽히지 않았다.

"인간은 석상이 아니지요. 어떤 정신 나간 사람이 날 죽여주시오 하고 석상처럼 서 있겠소? 그리고 제아무리 무공 수위가 높다 하더라도 한 명이 만인을 상대할 수는 없는 일이오."

율자춘이 만든 속임수를 펼쳐 기선을 제압한 손자겸이 계속해서 자신의 뜻을 펴 나갔다. 손자겸의 의견에 일말의 찬동도 않지만 그 앞에서 눈을 마주하고 당당히 맞설 수 없는 입장이 되어버린 사람들은 자신도 모르게 위축되어 손자겸의 의견에 끌려가는 형국이 되고 말았다.

"당치 않소!"

누군가의 창노한 음성이 터져 나왔다.

"한 사람을 상대하고자 만인을 희생시킬 수는 없는 것이 아니오. 무당이 앞장서서 그를 상대하고자 모든 문도를 동원하겠소? 그러면 우리도 뒤를 따르지요."

그 소리와 함께 손자겸의 입가에 옅은 미소가 어렸다가 순식간에 사라졌다. 바로 이런 상황이 그가 바라는 상황이었다.

일사천리로 중론을 모았다가도 마지막 실행 단계에 가서는 언제나 서로에게 선두를 미루며 몸을 사리다 비 맞은 개똥처럼 풀어지는 게 백도의 작태였다.

지금도 똑같은 상황이 전개되고 있었다. 가장 많은 피를 흘려야 하는 곳에 네가 제일 먼저 가겠느냐? 그럴 수 없다면 나서서 큰소리치지 말고 중론에 따라라! 그런 말이었다.

"좋소! 우리 무당이 선두를 맡겠소!"

쿵—

누구도 예상치 못한 상황으로 인해 장내에는 벼락이 떨어진 듯한 소란이 일었다. 그 놀람의 여운이 끝나기도 전에 또 한 개의 벼락이 떨어졌다.

"무당에 선두에 선다면 우리 화산이 그 뒤를 맡겠소."

낙월봉이 거침없이 말했다.

"그 다음은 우리 공동이 맡지요!"

공동의 대표로 나온 등평부도 가세했고 이어 철가장의 집사 국상진도 결전을 벌이자는 데 한 표를 던졌다.

상황을 결전 쪽으로 이끌고 가는 사람들 중 손자검을 제외한 나머지 등평부, 낙월봉 등은 자신들 문파의 장문인이나 가주가 아니었다. 그들이 이 회동에 참가할 때는 어찌하든 결전에 반대하는 방향으로 입장을 표하기로 하고, 반대표를 던지고 무색해질 장문인들의 체면을 생각해서 자신들이 대표의 임무를 맡고 대신 나온 것이다.

하지만 그것은 그들의 계략이었고 오히려 자신들이 더 설치며 결전을 부추겼다. 그리고 일단 의견이 결정되면 그때는 각 파의 장문인도, 가주도 어쩔 수 없는 것이다.

팽팽하던 의견이 한쪽으로 힘의 균형이 무너지자 다른 문파들도 수수방관할 수 없게 되고 말았다.

과거의 치욕을 씻어내고자 무당이 선두로 나선다는데 소림과 곤륜, 아미가 꽁무니를 뺄 수가 없었고 화산이 동참하는 자리에 점창과 형산이 물러설 입장이 아니었다. 사대세가 역시 철가장의 동참으로 인해 자신들만 체면을 구길 수가 없었다.

"아미타불."

소림의 방장 주해 대사가 불호를 읊조렸다.

과거 척마대전에서의 혈풍이 다시 불어오는 듯했다.

그때도 백도는 완벽한 준비 없이 이런 식으로 휩쓸려 제왕성의 뒤를 따르다 크나큰 피해를 입었고 결국 제왕성에게 치욕을 당하는 꼴이 되고 말았다. 어떻게 해서라도 이런 부화뇌동은 막아야 하지만 한 번 무너진 둑은 가속도를 붙이며 급격히 무너져 내렸다.

"여러분들께서 그렇게까지 나온다면 우리 곤륜도 빠질 수는 없는 일이지요."

곤륜이 찬성하고 아미, 점창, 종남이 차례로 동참했다.

"하하, 정말 잘 생각하셨소. 그럼 의견 일치가 되었으니 거사 일자를 잡는 것이 어떻겠소?"

손자겸이 희열에 찬 얼굴로 다른 사람들을 바라보았다.

"그래야 하겠지요. 그런데 한 가지 짚고 넘어가야 할 것이 있소만."

나직한 한 목소리에 손자겸이 미간을 찌푸리며 소리난 곳으로 시선을 돌렸다. 목소리의 주인공은 남궁세가의 가주 남궁혁이었다.

'역시 뭔가 있군!'

손자겸의 눈빛이 가라앉았다.

남궁혁의 참석은 처음부터 의외였다. 제왕성과 백도의 치욕스런 비사에 직접적으로 관련된 전 장문인들이나 가주들은 비록 그 일이 불가항력이었고, 자기 문파와 문도를 위해 홀로 치욕의 세월을 감당한 것이라 할지라도 자파의 비전을 제왕성에 넘겼다는 사실은 평생을 두고 근신해야 하는 금제에 묶인 것이나 마찬가지였다.

남궁혁 역시 그 계략의 그물에 걸려 근 십 년 동안 폐인처럼 지낸 것으로 알고 있었는데 천만뜻밖으로 무림명숙들의 비밀 회동에 자신이 직접 모습을 나타냈다. 그것 외에도 남궁세가는 얼마 전에 혈영의 침략을 실패로 돌린 비밀스런 힘과 연관된 곳이기도 했다.

그래서 시종 남궁혁의 행동에 바짝 신경을 곤두세웠지만 남궁혁은 처음부터 끝까지 말 한마디 않고 눈만 지그시 감고 있었다.

언제쯤 그의 의중이 드러날까 궁금했는데 드디어 그가 입을 열었다.

"말씀해 보시지요, 남궁 대협."

손자겸이 날카로운 눈빛으로 남궁혁을 바라보았다.

지금 이런 자리를 만들어 일사천리로 제왕성과의 결전을 획책하는 것은 양패구상으로 백도의 힘을 꺾자는 것이 주 의도이지만 아울러 아직 모습을 드러내지 않은 비밀의 힘을 끌어내는 목적도 있었다. 어쩌면 남궁혁으로 인해 그 보이지 않는 세력의 정체를 좀 더 빨리 알아낼 수도 있을 것이다. 손자겸의 가슴이 고동쳤다.

"아무리 우리가 한뜻으로 제왕성을 친다고 해도 일방적으로 승리할 수는 없는 게 아니겠소?"

남궁혁이 감았던 눈을 천천히 뜨며 손자겸을 바라보았다.

"새삼스럽게 그건 왜 묻는 것이오?"

손자겸이 어이없다는 표정을 지었다.

"그럼 손 장문인께서는 제왕성과의 결전 후 우리 정파무림의 피해는 어느 정도로 예상하시오?"

"정말 답답하시구려. 지금 우리가 피해 정도를 따지자고 모인 것이 아니지 않소? 모두 하나가 되어 어떤 손실을 감수하더라도 치욕을 씻자고 이 자리에 모인 것이 아니오?"

손자겸이 언성을 높였다.

"그건 나도 잘 알고 있소… 하지만……."

남궁혁이 조금도 서두르지 않은 채 천천히 얘기했고 그와 반대로 손자겸의 코에서는 뜨거운 김이 뿜어져 나왔다.

"하지만 뭐가 어떻다는 거요?"

"우리 백도가 아무리 혼연일체로 싸워 제왕성을 꺾는다 하더라도 우리의 힘 역시 칠 할 이상을 잃고 말 것이……."

쾅!

남궁혁의 말이 끝나기도 전에 낙월봉이 탁자를 두드리며 고함을 쳤다.

"치욕의 사실을 몰랐으면 모르되 만천하가 다 아는 사실이 된 이상 어떤 피해를 감수하더라도 싸워야지요! 그래서 잃어버린 백도의 혼을 되살려야지요!"

낙월봉의 기세가 하도 거세고 원칙적으로는 틀린 말이 하나도 없었기에 아무도 대꾸하지 못하고 묵묵히 고개만 끄덕일 뿐이었다.

"그럼 묻겠소! 정파무림의 힘이 채 삼 할도 남지 않은 상태에서 혈영이 뒤통수를 친다면 어떻게 하겠소?"

남궁혁의 눈빛이 비수처럼 손자겸을 쏘아갔고 손자겸, 낙월봉, 등평부 등은 놀란 눈으로 벌떡 일어섰다.

"혀, 혈영이라니? 그게 무슨 소리요, 남궁 대협!"

결코 이곳에서 거론되어서는 안 될 마른하늘의 날벼락 같은 소리였다.

"혈영?"

"무슨 말씀이시오?"

잠시 후 내막을 모르는 사람들의 웅성거림이 실내에 가득 찼다. 반면 손자겸 등은 속으로는 심장이 튀어나올 정도로 놀랐지만 얼른 표정을 지우고 서로서로 눈빛을 교환했다.

조금 더 두고 보아야 알겠지만 일이 이렇게 된 이상 처음의 계획대로 밀고 나가자는 무언의 신호였다. 그 신호를 교환한 혈영의 간자들은 보일 듯 말 듯 고개를 끄덕이고 다시 남궁혁을 바라보았다.

'저자는 과연 어디까지 알고 있을까?'

혈영이란 이름은 자신들 조직에서도 수뇌급 소수만이 부르고 있는 이름이었다. 그보다 더 하위의 인원들은 자신이 몸담은 조직이 혈영이란 것조차 알지 못한다.

'때로는 필요없이 많이 아는 것이 명을 재촉할 수도 있는 법이지!'

손자겸의 눈빛에 서서히 살기가 어렸다.

"혈영이라니! 그게 무슨 말이냐고 하지 않았소?"

"무슨 얘긴지는 손 장문인이 더 잘 알지 않소."

남궁혁의 반문에 손자겸은 눈빛이 번뜩였지만 다시 평정을 되찾고 너털웃음을 터뜨렸다.

"하하하… 남궁 대협, 무슨 농담을 그리 심하게 하시오. 그동안 너무 댁에서만 계셔서 정신이 이상해진 것이 아닌지요?"

"후후, 그랬지요. 당신들이 천하대란의 음모를 꾸미는 동안 난 그 음모에 희생되어 폐인이 되어갔지."

남궁혁의 얼굴에 비통함이 어렸다.

"남궁 대협, 도대체 무슨 말씀이시오? 차분히 설명해 보시오. 혈영은 무엇이고 또 천하대란의 음모는 무엇이오?"

영문을 몰라 어리둥절하던 사람들의 관심이 대번에 남궁혁에게로 모아졌다.

남궁혁의 표정이 비분으로 얼룩졌고 손자겸 등의 표정이 칼날처럼 차가워졌다.

"후후후!"

손자겸이 홍소를 터뜨렸다.

"이렇게 된 이상 살인멸구할 수밖에!"

쨍—

차갑게 가라앉은 목소리와 함께 손자겸이 칼을 꺼내 들었다. 그것을 신호로 등평부, 국상진, 낙월봉 등도 칼을 뽑았다.

"대체 이게 무슨 짓들이오?!"

계속된 돌발 상황에 완전히 얼이 빠진 사람들이 몸을 일으켰다. 각 파를 대신하여 나온 자신들이 모인 자리에서 칼부림이 일어난다는 일은 있을 수도 없는 것이고 그런 일은 곧 무림대란으로 이어지고 말 것이다.

경악한 시선으로 상황을 파악하기도 전에 등평부가 기합과 함께 남궁혁을 찔러갔다.

"죽엇—"

누구도 예상치 못한 신속하고 독랄한 칼이 남궁혁의 가슴을 파고들었다.

"허억!"

놀람의 비명성이 여러 사람들에게서 터져 나왔고 낙월봉의 칼이 남궁혁의 가슴을 뚫으려는 찰나 바닥을 걷어찬 남궁혁이 앉아 있던 의자와 함께 주르륵 뒤로 물러났다. 실로 눈 깜짝할 새 벌어진 공격이었고 신속한 대응이었다.

"모두 밖으로 피하시오! 저들은 혈영의 간자들이오!"

밀려나던 자세 그대로 철판교(鐵板橋)의 수법으로 상체를 눕혀 낙월봉의 칼을 뒤로 흘린 남궁혁이 반탄력으로 튀어 오르며 좌중을 향해 소리쳤다. 그 소리를 신호로 낙월봉, 국상진 등이 모인 사람 모두를 죽이겠다는 듯이 무차별적으로 칼을 휘둘렀다.

"크윽―"

누군가가 답답한 음성을 터뜨렸고 그와 동시에 사찰 안에 있던 사람들이 밖으로 급히 몸을 날렸다.

"그래 봤자 독 안에 든 쥐지."

손자겸이 느긋이 중얼거리며 밖으로 걸어나왔.

"이게 무슨 짓이오, 손 장문인?!"

사찰 밖으로 뛰어나온 사람들이 주변 숲 속을 가득 메운 포위망을 보고 가슴이 덜컥 내려앉아 신형을 돌려 천천히 걸어나오는 손자겸 일행을 보고 소리쳤다.

언제 그렇게 많은 인원들이 다가들었는지 사찰 주변 사방팔방으로 물샐틈없는 포위망이 쳐져 있었다. 그 포위망을 본 사람들은 결코 가벼이 볼 수 없는 그들의 신위에 무거운 신음을 토했다.

어림잡아 수십 명은 넘는 인원이었다.

그 많은 인원들이 무림의 절정고수들의 모임인 무림명숙 비밀 회동 장소를 아무런 기색 없이 둘러쌌다. 그리고 숲의 일부인 양 숲에 동화되어 서 있었다.

그러지 않아도 남궁혁과 등평부 등의 느닷없는 행동에 뭔가 엄청난 음모가 있구나 하는 생각이 온통 흉중에 가득한 채 몸을 날린 곳에 또다시 맞닥뜨린 이런 상황은 아무리 각 문파를 대표하는 명숙들이라 할

무당산(武當山)의 대접전(大接戰)

지라도 큰 위기감을 느끼게 했다.
"결국 정체를 드러냈군, 혈영의 간자!"
남궁혁이 독기 오른 표정으로 손자겸을 바라보았다.
이곳으로 오기 전 아들 남궁우현을 통해 혈영의 간자들에 대한 얘기를 듣고 너무도 엄청나고 놀라운 사실들에 한참 동안 말을 잃었었다.
그리고 그들이 이번 회동에서 어떻게든 혼란을 야기할 것이고 자신은 그것을 방해함과 동시에 혈영의 간자들을 밖으로 드러나게 할 심산이었다. 자신의 뜻대로 혈영의 간자들을 스스로 드러나게 했지만 저들이 자신들 모두를 죽일 암계까지 꾸미리라고는 생각지도 못했다.
'대체 인간의 욕심은 어디가 그 끝이란 말인가!'
남궁혁이 내심 치를 떨었다.
무당의 장문인인 손자겸, 공동의 호법 등평부, 화산의 장로인 낙월봉, 철가장의 집사 국상진… 모두들 오를 만큼 오른 사람들이었고 이룰 만큼 이룬 사람들이었다. 그런 사람들이 현재 자신이 가진 모든 것을 배반할 만큼 탐욕을 느끼게 하는 것이 또 있단 말인가!
천하제일인의 자리!
그것이 도대체 어디에 소용되는 것이기에 저렇게 광분하는 것일까?
남궁혁이 설레설레 고개를 흔들며 손자겸 등을 쳐다보던 눈길을 허공으로 돌렸다.
"어떻게 혈영을 알고 있는지 모르겠지만 그 때문에 다른 사람들까지 한날 한시에 제삿밥을 얻어먹게 생겼군! 웬만하면 곱게 보내줄 수도 있었는데……."
등평부가 포위망에 갇혀 당황해하고 있는 사람들을 시체를 쳐다보듯 싸늘하게 쳐다보았다.

모든 수단을 동원하여 제왕성과의 전쟁을 획책하고 그것이 무위로 돌아갔을 때는 계곡 속에 숨겨둔 혈영의 척살대를 불러 이곳에 모인 사람들을 살해하고 그것을 제왕성의 소행으로 온 무림에 소문을 퍼뜨려 천하대란을 일으키는 것이 그들의 계획이었다.
　그러나 되도록이면 최악의 상황까지 가지 않고 회동에서 의견 일치를 이루고 마무리하려는 순간 남궁혁이 모든 것을 뒤집어엎어 버렸다. 저자가 어떻게, 그리고 얼마나 알고 있는지 모르겠지만 이젠 단 한 사람도 살려 보낼 수 없다.
　"잘 가시오!"
　등평부가 서서히 손을 들어 올렸다. 그와 함께 석상처럼 서 있던 포위망이 서서히 좁혀졌다.
　"차앗—!"
　한소리 외침과 함께 포위망을 좁혀오던 사내 중 하나가 풀쩍 뛰어올랐다. 그리고 바위라도 부술 듯 점창의 장로인 태성목(台星目)의 머리 위에서 수직으로 떨어져 내렸다.
　"감히!"
　태성목이 수염을 부르르 떨며 들고 있던 검을 마주해 갔다.
　떨어져 내리던 사내의 칼과 태성목의 칼이 마주하는 순간 사내의 칼이 어지럽게 변화를 일으켰다.
　"어헉!"
　태성목이 외마디 비명을 질렀다.
　저렇게 허공으로 도약하여 수직으로 내리찍는 칼은 중검(重劍)일 수밖에 없었다. 떨어져 내리는 힘과 자신의 내력을 고스란히 칼에 모아 단번에 상대를 제압하려는 무지막지한 검격이었다.

그런 칼에는 변초나 기교가 섞일 수 없었다. 허공에 뜬 상태로 변초를 구사하다가는 자칫 중심을 잃고 나뒹굴어 스스로 죽음을 자초하는 결과를 맞이한다.

그러기에 태성목은 떨어져 내리는 칼을 무겁게 쳐올리며 내력으로 부딪쳐 갔다. 그리고 마지막 순간에 온 힘을 집중하는 찰나 사내의 칼은 거짓말처럼 방향을 바꾸고 가슴을 향해 찔러들었다.

가까스로 상체를 틀어 몸을 피했으나 가슴에서 옆구리까지의 옷이 길게 잘려져 있었다.

"이럴 수가!"

태성목의 입에서 도저히 믿을 수 없다는 듯한 목소리가 울렸다.

육십 평생을 칼로 살아온 자신이 이름 한 번 듣지 못한 젊은이의 단 한 칼에 이런 낭패를 당하리라고는 상상도 하지 못했다.

비록 내공이야 어떠하던 방금 마주한 젊은이의 칼은 검초만으로 따진다면 경악스럽기 짝이 없었다. 그런 식으로 칼을 휘두를 것이라고는 생각조차 하지 못했던 일이었다.

'무서운 일이다!'

방금 전 칼을 나눈 저 젊은이만이 저런 칼을 휘두른다면 큰 문제가 아니겠지만 같이 서 있는 무리들 전원이 저런 수준이라면 생각만 해도 소름 끼치는 일이다. 당장은 자신이나 여기 모인 사람들이 살아 나갈 수 없을 것이고 더 나아가서는 무림의 안위가 심히 걱정되는 것이다.

"하앗—"

태성목의 생각이 거기까지 이어졌을 즈음 뒤쪽 한곳에서 큰 기합 소리와 함께 한 사내가 수평으로 누인 칼을 바람을 가르듯이 휘둘러 왔다.

"타—"

곤륜의 대표로 온 장로 중 한 사람인 종사림(宗司林)이 긴 지팡이를 휘둘렀다. 비록 밋밋하고 별 특징 없어 보이는 검은색 지팡이였지만 그것은 종사림의 독문병기인 묵철장(墨鐵杖)이었고 그 묵철장으로 뿌려대는 곤륜의 용봉대구식(龍鳳大九式)은 가히 일백 마두를 호령하고도 남음이 있었다.

저런 애송이의 검 따위는 묵철장에 마주친다면 손아귀가 찢겨지며 튕겨 나갈 것이다.

종사림이 오연한 표정으로 달려드는 사내의 칼을 쳐올리고 허리를 쓸어버리려는 순간 사내의 칼은 마치 자석이라도 된 듯 종사림의 묵철장에 달라붙어 떨어지지 않았다.

그것은 용봉대구식의 투로를 간파하고 있다는 얘기였다. 그리하여 찌르면 그 투로를 미리 알고 끌어당기고 당기면 같이 밀어 마치 자석에 붙은 것처럼 하나가 되어 움직이는 것이다.

당황한 종사림의 묵철장이 투로를 벗어나는 순간 사내의 칼이 순식간에 종사림의 목을 향해 날아들어 종사림은 크게 뒤로 물러나는 치욕을 감수했다.

"이런 어처구니없는!"

종사림이 말도 안 된다는 듯 눈을 부릅뜨고 주위를 포위한 사내들을 둘러보다가 몸을 부르르 떨었다.

자파의 비전절기들이 모두 제왕성에 넘어갔다는 사실을 알고는 언젠가 제왕성의 무리들 손에 낭패를 당할 수 있을 것이라는 막연한 염려를 품고 있었지만 어찌 이자들에게서 그 염려가 현실로 나타났단 말인가.

"하앗!"

길게 놀랄 여유도 없이 사내의 공격이 다시 이어졌고 종사림의 묵철장이 바쁘게 움직였지만 용봉대구식의 투로를 간파당한 묵철장의 공격은 그물에 갇힌 물고기의 안타까운 몸부림과 같았다.

"네 이놈들!"

소림의 주해 대사가 노성을 지르며 장력을 뻗어냈다.

쿠우웅— 하는 장중한 울림과 함께 금강대력장이 무섭게 뻗어 나갔고 종사림과 대적하던 사내가 잠시 멈칫하다 교묘한 신법으로 몸을 빼냈다. 그와 동시에 측면에 있던 사내가 주해 대사를 공격해 들어갔다.

쌍장을 거두어들인 주해 대사가 소림권의 백미인 달마십팔수로 마주해 갔다. 바위라도 부술 것 같은 달마십팔수가 무섭게 사내를 공격하여 갔지만 사내의 괴이한 보법은 주해 대사의 권격을 번번이 무위로 돌렸다.

"어떻게 이런……!"

주해 대사 역시 앞서 대결한 태성목, 종사림들과 같은 절망감을 맛보고 있었다.

절망과 경악으로 넋이 나간 주해 대사의 머리 속에 사숙이었던 전 장문인의 절망 가득 담긴 눈빛이 떠올랐다.

죽는 순간까지 결코 입을 열지 않았지만 자신을 바라보던 그 절망적이고 한스런 눈빛이 무엇을 뜻하는 것이었는지 이제야 뇌리를 쳐왔다.

"이, 이놈들!"

꽉 움켜쥔 주해 대사의 주먹이 부들부들 떨렸다. 그리고 꽉 다문 입 속에서는 뿌드득 뿌드득 이 가는 소리가 쉼없이 흘러나왔다.

"고정하십시오, 대사님!"

종남파의 장문인인 강문옥(康文玉)이 안타까운 시선으로 주해 대사를 바라보았지만 이성을 잃은 듯한 주해 대사의 표정은 변화가 없었다.

툭—

소림 장문인인 주해 대사의 그런 낭패한 모습을 더 두고 볼 수 없다는 듯 무림명숙들 누군가의 호위 무사로 동행한 젊은 사내 하나가 쓰고 있던 방갓을 천천히 벗어 던졌다. 그리고 도갑(刀匣)에서 도를 빼내려는 순간 남궁혁이 슬쩍 손을 들어 그 젊은 사내를 제지했다.

"아직은… 아직은 아니구나! 조금만 더 기다리거라."

남궁혁이 호위 무사로 가장하고 같이 온 남궁우현에게 전음을 보냈다. 남궁혁 자신 역시 새파란 애송이들에게 치욕을 당하고 있는 명숙들을 더 두고 보기 힘들어 지금 당장이라도 아들 우현과 함께 뛰쳐나가고 싶었지만 아직은 좀 더 저들의 무서움을 명숙들이 체험해 보아야 할 것이다. 그래야만 허울만 좋은 정파의 오만함이 얼마나 부질없는 것인가를 똑똑히 느낄 것이다.

그것이 앞으로 백도를 살리는 길이고 다행히 여기서 살아 나간다면 악마의 무공을 익힌 아들 우현에게 혹시라도 닥칠지 모르는 정파의 무조건적 척마당위론을 미연에 막는 길이기도 하다.

그리고 아무리 아들 남궁우현의 검이 무섭다 할지라도 수십 명이 넘는 저놈들을 모두 상대하기란 역부족이다. 그렇다면 처음부터 무지막지한 검을 휘둘러 저들에게 경각심을 일깨워 주는 것보다는 우선 명숙들의 힘으로 최대한 버티다가 서로의 전열이 흐트러지고 혼전을 벌일 때 남궁우현이 뛰어든다면 조금이라도 생의 확률이 높아질 것이다.

스륵—

남궁우현이 빼내던 칼을 집어넣고는 천천히 뒤로 물러섰다. 그와 동시에 포위망을 좁혀오던 사내들이 일제히 도약하며 회동에 참석한 백도의 명숙들을 향해 칼을 휘둘러 왔다.

쨍— 쨍강! 펑!

순식간에 아수라장의 격전이 펼쳐졌고 제일 먼저 명숙들과 대동한 호위 무사들이 크고 작은 부상을 입고 휘청거렸다.

"크윽!"

다시 어디에선가 답답한 음성이 터졌고 그와 함께 서로 뒤엉켜 격렬한 혼전이 이루어졌다.

쌔애액—

위에서 떨어져 내리는 한 사내의 검을 막기에 급급한 종남파 강문옥의 심장을 향해 다른 한 명의 칼이 섬뜩한 빛을 뿌리며 쑤셔드는 순간 남궁우현의 무지막지한 도가 귀곡성을 울렸다.

"크아아악!"

강문옥의 심장으로 검을 쑤셔 넣던 사내의 팔이 처절한 비명과 함께 허공으로 날아올랐고 같이 공격하는 사내의 목도 함께 떨어졌다. 저승 문턱 일보 직전에서 생의 영역으로 되돌아온 강문옥이 놀란 눈을 부릅 뜨고 자신의 목숨을 구한 젊은이를 바라보는 찰나 젊은이는 온통 피를 뒤집어쓴 채 야수처럼 앞으로 쏘아져 나갔다.

"크악!"

다시 처절한 비명이 울리며 점창의 장문인 태성목의 어깨에 상처를 입힌 사내의 허리가 양단되며 무너져 내렸다.

휘이익—

또 한 번의 귀곡성이 울리며 허리가 양단되어 무너져 내리던 사내의 목이 다시 허공으로 떠오르며 순식간에 세 토막의 처참한 인육이 동시에 바닥을 굴렀다.

"허억!"

 너무나도 극악한 칼부림에 각 파 명숙들을 공격하던 사내들이 헛바람을 들이키며 주춤 뒤로 물러났다.

"어허! 저, 저런!"

 손자겸 등이 고함을 질렀고 거의 비슷한 경악성이 정파명숙들 사이에서도 터져 나왔다.

 자신들을 포위하고 목숨을 노린 혈영 무리의 칼이 이제껏 보지 못했던 괴이하고 사악한 것이라면 자신들 속에서 뛰쳐나와 목숨을 구한 저 젊은이의 칼은 극악하다 할 만큼 잔인했다.

 한 번의 칼부림으로 종남의 강문옥을 공격하던 사내의 한 팔과 다른 사내의 목을 동시에 날리고 또 한 번의 칼부림으로 점창의 태성목을 공격하던 사내의 허리와 목을 처참하게 잘라 버렸다.

 너무나도 순식간에 일어난 잔혹한 광경에 잠시 넋이 나간 사람들이 이 상황을 만든 장본인에게 시선을 돌렸지만 온통 피보라를 뒤집어쓴 사내의 진면목을 알아보기는 힘들었다. 다만 피칠갑을 한 얼굴에서 번쩍 하고 뿜어져 나오는 안광이 악마의 그것인 양 이글거렸다.

'너무! 너무 패도적이다!'

 남궁혁이 자신의 아들을 바라보며 답답해 오는 가슴을 쓸었다.

 아들의 칼부림을 최대한 미루게 한 남궁혁의 염려가 바로 이것이었다.

 비록 상대가 무림명숙들을 몰살시키려 한 사악한 세력이고 그들로 인해 목숨이 위태로웠다 할지라도 그들을 베어내는 아들의 칼은 절로 치를 떨게 만들었다. 지금은 목숨이 경각에 달린 상태라 그런 것을 따질 형편이 아니겠지만 혈전이 끝나고 상처가 아물기 시작할 때쯤이면 과연 아들이 휘두른 칼에 목숨을 구했다고 감사의 말을 전할 사람이 몇이나 될까?

그런 면에서 정파의 작태는 언제나 뻔했다. 악마의 칼, 마도의 칼을 몰아내야 한다며 광분할 것이다. 남궁혁의 가슴이 천근만근 무거워졌다.

"저런, 죽일 놈!"

낙월봉이 이빨을 갈며 고함을 질렀다.

뻔히 두 눈으로 보고도 믿지 못할 일이었다.

순식간에 자신들의 최정예 병력이나 마찬가지인 척살대 세 명을 도륙할 수 있는 사람이 저곳에 있을 줄은 몰랐다.

비록 내공이나 웅장함에서는 상대가 되지 않겠지만 정파무림의 모든 비전을 분석하여 최고의 살인 무학으로 탄생시킨 율자춘의 검결을 익힌 자들이 저들이었다.

충분한 여유를 두고 준비한 상태에서 정종무학을 익힌 사람들과 상대한다면 모르겠으나 지금처럼 예측하지 못한 곳에서 속전속결로 나온다면 저들을 막을 수 있는 사람들은 없을 것이라 자부했다.

"크윽!"

다시 남궁우현의 칼이 추호의 망설임도 없이 주춤거리고 있는 사내의 어깨를 가르고 지나갔다. 어깨에서 심장까지 비스듬히 갈라진 사내가 공포가 가득한 눈으로 자신의 몸을 내려다보며 쓰러졌다.

"물러서라!"

살귀의 칼이 다시 한 명의 척살대를 향해 겨누어지자 정신을 차린 누군가가 고함을 질렀고, 남궁우현의 근처에 있던 혈영의 일원이 훌쩍 뒤로 물러섰다.

"모두 죽이고 말리라."

암흑류의 기운을 온몸 가득 끌어올린 남궁우현이 물러나는 척살대 한가운데로 뛰어들었다.

쨍! 쨍강!

"크윽!"

몇 마디 비명이 더 터지며 피보라가 튀어 올랐다.

"네 이놈!"

갑작스런 상황에 당황하는 무리들을 밀치며 손자겸, 등평부 등이 남궁우현 주위로 뛰어내렸다.

"이 죽일 놈! 대체 네놈 정체가 무엇이냐?!"

철가장의 집사 국상진이 칼을 빼 들며 고함을 질렀다.

"더러운 간자 놈들이 그걸 알 자격이 있더냐?"

남궁우현이 이글거리는 눈빛으로 국상진을 노려보자 국상진이 섬뜩한 기운에 움찔하며 한 발 물러섰지만 곧 가슴을 진정시키며 서서히 살기를 피워 올렸다.

슈슈슉—

국상진이 기이한 자세로 기수식을 펼치며 남궁우현에게로 덮쳐 갔다. 도무지 근원을 알 수 없는 사이한 칼부림이 남궁우현의 요혈을 노리고 혓바닥을 날름거렸다.

"허억! 어찌 저런……."

남궁우현의 잔혹한 칼부림에 놀라 뒤로 물러서 가슴을 진정시키던 무림명숙들이 국상진의 칼을 보고 또다시 짧은 비명을 내질렀다.

국상진이 남궁우현을 향해 휘두르고 있는 칼은 자신들을 포위한 혈영척살대의 칼과 일면 엇비슷해 보였지만 그보다는 훨씬 더 괴이하고 지독했다. 형과 식을 완전히 무시한 채 상대를 철저히 난도질하게끔 만들어진, 방위를 짐작할 수조차 없게 만드는 칼이었다.

국상진의 칼이 남궁우현을 찌르고 지나가는 듯한 착각을 일으키는 순간 남궁우현의 신형이 그 자리에서 흐릿하게 사라졌다가 일 장 정도 옆에서 번쩍 하고 나타났다.

"허억!"

목표를 놓친 국상진이 깜짝 놀라며 흐트러진 중심을 다잡고 칼을 다시 쳐들었다.

"저것은……!"

"마, 마환보!"

누군가의 입에서 있을 수 없다는 듯한 불신의 비명이 흘렀고 그 동요는 순식간에 장내로 퍼져 나갔다.

"제왕성의 개!"

자신으로 인한 장내의 동요와는 아랑곳없이 남궁우현이 나직이 으르렁거렸다. 그리고 뒤집어쓴 핏물보다 더 지독한 살기를 피워 올리며 국상진에게로 다가들었다. 자신을 쳐오던 국상진의 칼은 화천옥의 양피지에서 본 그 검결에 뿌리를 같이하고 있었다. 그 악마적인 검결로 인하여 부친이 주정뱅이로 전락하고 부친의 그런 모습은 한창 감수성 예민하던 유년의 나이에 부친에 대한 원망과 반항을 일삼게 했다.

"죽이고 말리라, 제왕성의 졸개들!"

"무슨 미친 소리냐?"

두 번씩이나 자신에게 제왕성을 운운하는 남궁우현을 보고 정작 국상진은 영문을 모르겠다는 표정으로 고함을 질렀다. 국상진으로서는 제왕성과 상관없이 율자춘의 검을 익혔을 뿐이었고 남궁우현에게는 율자춘은 곧 제왕성이 만든 괴물이었다. 둘 다 율자춘의 계략 깊은 곳까지는 알지 못했기 때문이다.

"죽어라!"

다가오는 남궁우현의 지독한 살기를 잠재우려는 듯 국상진이 다시 사이한 검초를 뿌렸다.

씨잉—

남궁우현의 넓은 도가 섬뜩한 소리를 내며 허공을 갈랐다.

따다다— 당— 땅—

수십 개의 병장기가 한꺼번에 부딪치는 음향이 울렸고 그 사이로 그 음향만큼의 빛무리가 번쩍거렸다.

"크윽!"

국상진이 찢겨져 너덜거리는 손아귀를 부여잡고 급히 뒤로 물러섰다. 움켜진 손가락 사이로 선혈이 낭자했지만 놀란 가슴은 그런 것에 신경을 쓸 겨를이 없었다.

방금 남궁우현에게 가닥가닥 막혀진 그 검결을 처음 대했을 때는 전율을 느끼다 못해 소름이 끼쳤다. 온 밤을 하얗게 지새우며 수년에 걸쳐 갈고닦았던 것이었다. 그런데 그것이 어떻게 단 한 가닥도 남김없이 차단당한단 말인가!

"어떻게 이럴 수가!"

국상진이 눈을 부릅뜨고 남궁우현을 노려보았다.

넓은 칼을 늘어뜨리고 자욱한 살기를 내뿜고 있는 남궁우현은 지옥에서 걸어나온 살인마의 모습 그대로였다. 몇 번을 다시 보아도 저놈이 들고 있는 칼은 무겁고 두꺼운, 폭이 넓은 도였다. 그것은 마주칠 때의 육중한 느낌으로도 충분히 확인이 되었다. 그런데 어떻게 저 무거운 도가 자신의 검로를 한 가닥도 놓치지 않고 따라와 석벽처럼 빈

무당산(武當山)의 대접전(大接戰) 127

틈없이 막을 수 있단 말인가!

'저놈이야말로 진정한 악마의 칼을 가진 놈이다.'

방금 저놈은 의도적으로 모든 초식을 막기만 했었다. 만약에 저놈이 막는 대신 잘라왔다면 자신은 잘려진 검로와 함께 치명상을 입었을 것이다. 국상진의 심장이 자신도 모르게 떨려왔다. 그것은 옆에서 지켜 보던 손자겸 등도 공통적으로 느끼는 바였다. 저놈이었던가?

손자겸이 미간을 꿈틀거리며 남궁우현을 노려보았다.

은하전장과 풍림방, 그리고 남궁세가에서의 참패의 원인이 결국 저놈이었던 모양이다.

'아니, 최소한 세 놈 이상이었다는데.'

손자겸이 빠르게 염두를 굴렸다.

'그렇다면 어디엔가 더 있을지 모른다. 최대한 빨리 끝내야 한다.'

휘익—

손자겸이 긴 휘파람을 불었다.

그 휘파람 소리와 함께 산 아래쪽에서 한 겹 더 포위하고 있던 인원들이 날아들었다.

'무서운 놈!'

손자겸이 내심 침음성을 흘렸다.

장강수로연맹의 총채주 담우개의 빈틈없는 계획이 빛을 발하는 순간이었다.

덩치에 어울리지 않게 교활하고 치밀한 그자는 이중의 포위망을 제안했다. 최정예병인 척살대 수십여 명을 이끌고 거기다가 자신들이 가세한 이번 계획에서 담우개는 혹시라도 포위망을 뚫고 도주할 사람이 있을지 모르니 한 겹의 포위망을 더 주장했고 손자겸 등은 코웃음을 쳤다.

자신들 네 명만으로도 자신이 있었고 척살대는 그야말로 천라지망 역할을 할 것이었다. 그러나 담우개는 먼젓번의 실패를 언급하며 이중의 포위망을 강력히 주장했고 그래서 체면을 구기며 받아들인 것이었는데 이렇게 맞아떨어질 줄이야.

"모두 모여서 두 개의 검진을 만들어라! 그리고 최대한 빨리 저놈들을 처치하고 자리를 떠나자!"

손자겸의 외침과 함께 신속하고 절도있게 두 개의 검진이 만들어졌다. 그리고 한 개는 남궁우현을, 나머지 한 개는 무림명숙들을 둘러쌌다.

"쳐라!"

손자겸의 신호와 함께 두 개의 검진이 풍차처럼 돌아가며 속에 갇힌 목표들을 공격하기 시작했다.

"악마 같은 놈들!"

남궁혁이 신음성을 흘리며 쉴 새 없이 찔러오는 칼을 막았다. 그리고 다른 검진 속에 갇힌 아들 우현을 바라보았다. 이미 몇 명의 무리들을 더 베어버린 우현이 자신보다는 부친이나 명숙들이 염려되어서 검진을 파해하고 빠져나오려 서두르는 모습이 역력했다.

그러나 손자겸의 신호에 따라 남궁우현을 둘러싼 검진은 이젠 적극적인 공세는 펼치지 않고 다가오면 뒤로 빠지고 물러나면 치고 들어가며 남궁우현을 가두는 데 주력하였다. 그러다 남궁우현이 다른 쪽이 신경 쓰여 주의가 분산되는 순간이면 어김없이 악랄한 칼날이 찔러 들어갔다.

반면 명숙들을 둘러싼 다른 한쪽의 검진은 압도적인 수적 우세를 무기로 하여 처음부터 사생결단을 내리려는 듯 악랄하게 몰아붙였다.

이젠 명숙들의 호위 무사로 온 젊은이들은 하나도 남김없이 쓰러졌고 명숙들 역시 크고 작은 부상을 입으며 허물어지기 일보 직전이었다.

"크흑!"

결국 종남파 장문인 강문옥의 한 팔이 허공에 떠오르며 피분수가 터져 올랐다.

"강 형!"

평소 친분이 두터웠던 형산파 장문인 좌무양이 급히 강문옥을 부축하며 날아드는 칼들을 막았지만 어깨와 등이 불에 데는 듯한 통증을 느끼며 살이 쩍 갈라졌다.

"이놈들!"

남궁우현이 이리 떼에게 둘러싸인 대호처럼 칼을 휘두르며 쳐 나갔지만 둘러싼 무리들은 남궁우현의 전면은 철저히 회피하며 측면이나 후면에서 달려들다 남궁우현이 몸을 돌려 정면으로 대면하게 되면 저만치 물러나고 또 다른 측면이나 후면에서 공격해 들어왔다.

남궁우현을 검진 속에 가두고도 십여 명의 동료를 더 잃은 혈영의 무사들은 철저히 정면 승부는 피하며 뒤를 괴롭혔다. 그렇게 되면 머지않아 중과부적이 된 명숙들과 남궁우현이 서서히 쓰러져 갈 것이다.

"아악!"

날카로운 비명성이 울리며 아미의 유운(流雲) 사태가 심장 깊숙이 박힌 칼을 잡고 무릎을 꿇었다가 고목처럼 쓰러졌다.

"유운 사태!"

태성목이 처절하게 외쳤지만 어찌할 도리가 없었다.

'이러다간 개죽음을 면할 수 없다!'

남궁혁이 눈길을 돌렸다.

"우현아, 여기는 더 이상 신경 쓰지 말고 너 혼자서라도 빠져나가거라! 그래서 오늘의 일을 모든 정파무림에 알리거라!"

그러는 순간에 날아든 칼이 남궁혁의 허리를 할퀴었고 그것을 본 남궁우현이 포효를 터뜨리며 무작정 앞으로 치고 나갔다.

서걱—

살점이 갈라지는 느낌이 등줄기를 훑고 지나갔지만 그 대가로 앞에 있던 무리들의 목을 두 개는 더 날리며 검진을 빠져나와 명숙들과 합류할 수 있었다.

"이젠 더 이상 두 개가 필요없다! 검진을 하나로 합치고 저놈들을 도륙하라!"

손자겸의 외침에 따라 검진이 하나로 형성되었고 또다시 쉴 새 없는 공격이 이어졌다.

쨍! 쨍!

남궁우현의 가세로 명숙들의 위험이 많이 줄어들었지만 남궁우현의 등에서 흘러나오는 피의 양이 결코 적지 않아 언제까지 버틸 수 있을지 염려스러웠다.

"어서 혼자라도 빠져나가시오, 공자! 그래서 오늘 일을 모든 무림에 전하시오!"

누군가가 비장한 소리로 외쳤지만 남궁우현은 아랑곳하지 않고 날아드는 칼을 쳐냈다.

혈영의 존재는 이미 알고 있었던 일, 자신이 죽더라도 모두 잘 막을 것이다. 단지 너무나 갑작스레 다가온 죽음이 한스러울 뿐이었다.

'다들 한 번만! 단 한번만 더 보고 죽었으면……'

다가드는 사내의 허리를 동강 내며 터져 오르는 핏물 속에서 아련히

무당산(武當山)의 대접전(大接戰) 131

두령의 얼굴이 떠올랐다. 악마 같은 칼을 들었지만 유달리 수줍음이 많고 마음이 약해서 남의 부탁을 거절하지 못했던 사내.

그 얼굴이 언뜻 다시 한 번 떠올랐다.

"두, 두령!"

그 순간 악마의 칼이 춤을 추었다.

"크아악!!"

"크악!!"

"아아악!!"

시퍼런 빛이 번쩍거릴 때마다 네댓 명의 몸뚱이가 한꺼번에 양단되어 무너지고 자욱하게 피보라가 피어 올랐다.

막으면 막는 대로, 피하면 피하는 대로, 부딪치면 부숴내고 쳐오는 것은 잘라 버리며 쥐 떼를 사냥하는 오소리처럼 천호의 칼이 아수라도를 펼치고 있었다.

'나도 모르는 사이에 저놈들에게 당해서 지옥으로 떨어진 것인가?'

남궁우현이 현실감을 상실한 채 얼결에 주춤거리며 물러나는 사내 한 명의 목을 자르곤 다시 두령의 모습을 찾아 고개를 돌렸다.

"우—"

"개 잡종들아!"

긴 사자후와 우뢰와 같은 철도정의 목소리가 들리며 신도기문 철도정, 화천옥, 형일비, 임무열 등이 마환보의 신법으로 순식간에 다가들었다. 그리고 짚단을 베듯 혈영의 무리들을 베어 넘겼다.

"크악!"

"아악!"

한 발 먼저 도착한 천호에 의해 반 수가량 줄어든 인원들이 다시 가세한 후기지수들에게 속절없이 도륙되었고 자욱한 피비린내가 장내에 진동했다.

"오랜만이오, 국 집사."

철도정이 피를 뒤집어쓴 채 얼이 빠진 국상진을 보고 이빨을 드러내고 웃었다.

"귀, 귀신!"

국상진이 새파랗게 질리며 엉덩방아를 찧었다.

죽었다고 여긴 철가장의 장남 철도정이었다.

"어허! 무림을 장악하고 군림하려는 사람이 그렇게 간담이 작아서야 쓰겠소!"

철도정이 다시 으스스한 표정을 지으며 국상진에게로 다가들었다.

"고, 공자! 대체 이것이 어찌 된 일이오?"

국상진이 일어나 앉을 생각도 못하고 미적미적 엉덩이로 바닥을 밀며 뒤로 물러났다.

"지옥에서 국 집사가 보고 싶어 기어나왔소."

철도정이 피가 뚝뚝 떨어지는 칼을 흔들거렸다.

"살려주시오, 공자!"

"죽을 짓을 하긴 한 모양이군."

쌔액—

철도정의 칼이 국상진의 목을 잘랐다. 그리고 떠오른 수급을 천참만륙(千斬萬戮)했다.

순식간에 처참한 모습으로 변한 상황에서 손자겸, 낙월봉, 등평부가 멀찌감치 물러서며 퇴로를 살폈다.

"헉!"

몸을 날리려는 순간 퇴로를 차단하며 서 있는 한 명의 화상과 다른 한 젊은이의 모습에 반사적으로 칼을 뽑았다.

정휴와 형일비였다.

"그동안 안녕하시었소, 등 호법님?"

"네놈은 형일비!"

등평부 역시 죽은 국상진처럼 귀신을 본 듯 경악했다.

"공동의 호법으로서는 만족할 수 없었던가요? 내 보기로는 당신의 사람됨에 비하면 그 자리도 과분한 것이라 생각되오만."

형일비가 서서히 칼을 들어 올렸다. 전의를 상실한 등평부가 쉴 새 없이 도망갈 구멍만을 찾아 눈을 반짝거렸다.

평! 퍼엉―

뒤에 서 있던 손자겸이 낙월봉과 등평부의 등에 장력을 날렸다.

"으윽!"

무방비 상태에서 장력을 맞은 낙월봉과 등평부가 정휴와 형일비에게 날아갔고 정휴와 형일비가 반사적으로 칼을 휘두르는 순간 손자겸은 신형을 날려 까마득히 멀어져 갔다.

"더러운 놈!"

날아오는 등평부를 양단한 형일비가 뒤따라갈 듯한 자세를 취하자 정휴가 저지했다.

"놔둬, 저놈 임자는 따로 있으니까."

칼을 옆에 있던 나무 둥치에 툭툭 두드리며 피를 털어내는 정휴의 발 밑에는 화산의 낙월봉이 처참한 모습으로 참수되어 있었다.

"지옥 갈 중 놈."

형일비가 걱정된다는 표정으로 정휴를 쳐다보았다.

"이놈아! 칼을 든 놈은 너나 할 것 없이 똑같이 지옥으로 떨어질 수밖에 없다고 두령이 누누이 이르지 않았더냐!"

정휴가 철컥 하고 도갑에 도를 집어넣으며 걸음을 옮겼다.

"이놈, 정휴야!"

소림의 주해 대사가 망연한 표정으로 마지막 처단을 하고 걸어오는 정휴를 불렀다.

"안녕하셨습니까, 사숙조님?"

정휴가 물씬 피 냄새를 풍기며 주해 대사를 보고 미소 지었다.

"이놈―"

"이 녀석, 살아 있었구나!"

생시인지 꿈인지 분간이 안 가는 지옥도가 걷혀진 후 각 문파의 명숙들은 사라졌던 자파의 제자들에게 달려들어 어깨를 흔들고 얼굴을 만져 보며 넋이 나간 표정으로 하염없이 쳐다보았다.

"이게… 이게 어찌 된 일이냐?"

곧 이어 공통된 물음이 누가 먼저랄 것도 없이 던져졌다.

"우선은 상처들을 치료하십시오. 그런 다음 모든 것은 천천히, 그리고 자세히 말씀드리겠습니다."

명숙들이 고개를 끄덕이고 제자들의 부축을 받으며 사찰 안으로 들어갔다.

* * *

"이런 개 같은 일이!"

손자겸이 두 식경도 넘게 쉬지 않고 경공을 펼쳐 달려오다 작은 계곡 가에서 숨을 돌리며 머리를 물속으로 푹 담갔다가 들어 올려 세차게 흔들었다.

살을 에는 초겨울 계곡물의 한기도 손자겸의 뇌리에는 전달되지 않았다.

"그놈들이었어!"

손자겸의 공포에 질린 눈이 얼른 자신이 달려온 길을 살폈다.

그들이 펼치던 경공은 전설 속의 마환보였다. 악마가 아닌 보통의 인간으로서는 익힐 수 없다고 전해진 그 악마의 신법이 지금 나타난 것이다.

그 경공이라면 자신이 아무리 죽어라고 달려도 그들을 따돌릴 수가 없었다. 그래서 지금까지 수십 번도 더 뒤를 살폈지만 다행히 추적의 낌새는 발견하지 못했다.

"후—"

한 번 더 긴 한숨을 내쉰 손자겸이 벌컥벌컥 계곡물을 들이켰다.

정말로 가공할 만한 존재들이었다. 그들이 은하전장, 풍림방, 그리고 남궁세가의 혈풍을 종식시킨 의문의 힘이었던 것이다.

그 힘은 자신들이 생각한 것보다 수십 배는 더 강했다. 아니, 어쩌면 그보다 더 극강할지도 몰랐다. 미처 그들의 힘을 다 견식하기도 전에 자신들이 이끌고 간 혈영의 척살대가 눈 깜짝할 새 괴멸되었고 국상진, 등평부, 낙월봉도 칼 한번 제대로 휘둘러 보지 못하고 불귀의 객이 되었다.

물론 낙월봉과 등평부는 자신의 탈출을 위한 재물이 되었지만 설사 그렇지 않았더라도 결과는 마찬가지였을 것이다. 그들을 희생시키지 않았다면 그들뿐만 아니라 자신도 그들과 함께 육신이 동강나 뒹굴고 있을 것이다.

손자겸은 다시 한 번 그들의 무시무시한 칼을 떠올리며 진저리를 쳤다. 그와 함께 온몸의 기운이 쭉 빠져나갔다.

"이것으로 끝인가?"

이제껏 자신이 이룬 모든 것이 수포로 돌아간 것이다. 무당의 장문인 자리도, 혈영천하 이후의 보장된 새로운 자리도 모든 것이 그 악마 같은 놈들 때문에 뜬구름이 되어버렸다.

"마냥 이러고 있을 수만은 없다!"

손자겸이 얼른 고개를 쳐들고 해를 바라보았다.

쉬지 않고 달려간다면 오늘 해가 떨어지기 전에 무당에 도착할 수 있을 것이다. 제일 먼저 자신의 처소에 숨겨놓은 혈영과 관련된 흔적들을 지워야 한다.

그리고 앞으로 자신의 행적을 추측할 만한 단서들을 없앤 후 율자춘이 준 잠마혈경 주해서를 가지고 깊은 산속으로 들어가 또 다른 경지에 이르고 다시 출도한다면 그 악마 같은 놈들과 대등하게 한판 겨뤄볼 수도 있는 일이다. 이제까지 자신의 행위가 어떻든 간에 강호에서는 칼이 곧 법이다. 강한 칼 한 자루만 들고 있다면 그 어떤 것도 잘라버릴 수 있는 것이다. 비난도, 찬사도, 운명마저도…….

가슴속으로 손을 넣어보았다.

어떤 보물보다 더 소중히 여기는 잠마혈경 주해서가 듬직하게 자리하고 있었다.

"흐흐… 우하하하!"

가슴 가득한 공포와 걱정을 날려 버리려는 듯 대소를 터뜨렸다.

"이것만! 이것만 있으면 아무것도 문제될 것이 없다!"

손자겸이 다시 한 번 보물을 쓰다듬듯 가슴속에 있는 잠마혈경 주해서를 쓰다듬은 후 신형을 날렸다.

'아직은 아무것도 모르고 있는 모양이군.'
해질녘이 되어서 무당에 도착한 손자겸은 자신에게 깍듯한 예를 표하는 문도들을 보고는 후 하고 한숨을 쉬었다. 급히 처소로 들어온 손자겸은 혈영과 자신을 연관시킬 수 있는 모든 증거물들을 싸들고 장원 옆 소나무 숲 속으로 들어갔다.
푸시시—
삼매진화에 의한 불꽃이 종이에 붙었고 때마침 휘익 하고 불어오는 바람에 활활 타올라 순식간에 모든 것이 잿더미가 되었다.
"이젠 떠날 일만 남았군."
손자겸은 무당의 웅장한 전각을 바라보았다. 고색창연한 기와 지붕과 아름드리 대전 기둥이 자신의 몰골을 비웃는 듯했다.
"조금만 기다리거라!"
손자겸이 주먹을 꽉 말아 쥐었다.
"내 지금은 초라한 승냥이 모양으로 쫓겨가지만 다시 돌아오는 날에는 천하를 오시하리라!"
한참을 더 무당 곳곳을 둘러보던 손자겸이 뒤쪽에서 나는 인기척에 재빨리 몸을 돌리며 인기척의 주인을 찾았다.
"사, 사형!"
초췌한 모습의 한중광이 천천히 걸어오고 있었다.
"여긴 어쩐 일이십니까, 사형?"
손자겸이 황망한 얼굴로 한중광을 쳐다보았다.

지난 십 년 동안 자신의 처소에서 한 발짝도 나오지 않던 사람이었다. 처음에는 광인이 되어서 그렇겠지 싶었지만 그것이 아니라는 것을 율자춘을 통해서 알게 되었고, 그 후로 남들에게는 그가 폐인이 되었다 말했지만 마음 한 켠에는 꺼림직함이 남았었다.

지금 역시 마찬가지다. 이젠 무공으로나 단전에 쌓인 공력으로나 그 어느 것도 비교할 수 없을 정도로 사형을 앞지르고 있지만 그 앞에서 대책없이 위축되는 것은 조금도 달라진 게 없었다.

"차가운 날씨에 감기라도 걸리면 어쩌시려고……?"

손자겸이 가라앉은 음성으로 사형의 건강을 걱정했다.

"……."

"우리가 처음 만난 것이 언제였던가? 열 살 때이든가… 열한 살 때이든가?"

"사형이 열한 살이고 제가 여덟 살 때였지요."

한중광이 나무 그루터기에 앉으며 뜬금없이 묻자 손자겸도 그 옆에 앉으며 대답했다. 그때를 생각하면 언제나 마음이 편해지고 자신도 모르게 얼굴에 웃음이 떠오른다. 현재 자신이 무당의 장문인이든 또는 누구의 몇 번째 제자이든 그런 것은 무의미했다. 오직 복사꽃 만발하던 봄날의 개구쟁이만 있을 뿐이었다.

개구리를 잡아 온갖 해괴한 장난을 치다 사부에게 혼줄이 나고 벌을 받는 자리에서도 교대로 망을 보며 장난질을 일삼던 그 순간들이 기억의 강을 따라 물결치며 흘렀다.

"후후… 그때 사숙의 신발에 넣어두었던 개똥 냄새가 아직도 콧속에 생생하군."

"푸하하하……."

손자겸이 일장광소를 터뜨렸다.

한참을 어린애처럼 웃고 난 손자겸이 깊숙한 눈빛으로 사형 한중광을 바라보았다.

"그런데 사형, 어인 일로 그때 얘기를……?"

대답없이 무심히 석양을 응시하던 한중광의 얼굴에 처연한 슬픔이 어렸다.

"문득 옛 기억이 떠오르더군. 그래서 사제 얼굴이나 한번 볼까 하고……."

말끝을 흐린 한중광이 부스스 일어서며 손자겸의 얼굴을 한 번 더 쳐다보고는 천천히 몸을 돌려 처소로 향했다.

'뭔가, 이건?'

손자겸이 어이없는 듯 사형 한중광의 뒷모습을 뚫어지게 응시했다.

십 년 넘게 칩거한 사형이었으나 자신은 주기적으로 사형의 처소를 찾았다. 그때마다 사형은 멍한 눈으로 다른 곳을 응시하였지만 어쨌든 가장 최근에 찾은 것도 며칠 전이었다. 그런데 자신의 얼굴이 보고 싶었다니! 그리고 십 년 넘게 한 발짝도 나오지 않은 처소를 떠나 이곳까지 와서 자신의 얼굴을 보고 가다니!

'어디로 떠나려는 건가?'

고개를 숙이며 생각에 잠겼던 손자겸이 깜짝 놀라며 고개를 들어 올렸다.

떠나려는 사람은 바로 자신이었다. 그리고 사형은 그 사실을 알고 마지막으로 자신을 보러 온 것이다.

회동 장소에서 도망치는 동안 내내 가슴속에 남아 있던 의문점이 풀려 나가는 순간이었다. 그들의 악마적인 무위로 보아 자신을 따라잡고 도륙 내는 일은 어려운 일이 아니었다. 그런데 이상하게도 그들은 단 한 명도 자신을 추격하지 않았다. 그렇다면 사형과 그들은 교류가 있었고 자신의 처단을 원치 않는 사형으로 인하여 여기까지 살아온 것이다.

'이것이었던가!'

초췌하고 피폐한 사형의 모습 앞에서도 오금을 제대로 펼 수 없었던 이유가 바로 이것이었다. 무의식적으로 천적을 알아보는 모든 동물의 본능처럼 손자겸 자신의 감각도 사형 한중광 앞에서는 본능적으로 경계의 신호를 보내며 심장을 뛰게 만들었다.

사형은 지금도 자신에게는 변함없는 천적이었고 가장 위험한 존재였다.

"이익—!"

손자겸이 괴성을 지르며 칼을 뽑아 들었다.

저 인간과 같은 하늘 아래 있는 한 자신은 언제나 패배자일 뿐이고 뱀 앞의 개구리일 뿐이다. 자신이 지금 이런 모습이 된 것도 어쩌면 저 자 때문일지도 모른다.

언제 어떤 순간에도 넘을 수 없었던 벽! 그 벽을 넘어뜨리고 뛰어넘기 위해 안간힘을 쓰다 악마의 유혹에 넘어갔고 지금 초라한 도망자 신세가 된 것이다.

멀찌감치서 멀어져 가는 사형 한중광의 초라한 뒷모습마저도 자신을 비웃는 것 같았다.

"깨부수고 말리라!"

광기 어린 눈빛을 한 손자겸의 신형이 쏜살같이 날아와 한중광의 몸을 두 동강 낼 듯 칼을 휘둘렀다.

쨍!

아름드리 소나무 뒤에서 불쑥 나타난 이가송이 손자겸의 칼을 막았다.

"이놈! 네놈이 어떻게……!"

얼굴에 붉은 핏줄이 굵게 돋아난 손자겸이 놀란 눈으로 이가송을 쳐다보았다. 삼 년의 세월이 지난 후라 몰라보게 성장했지만 사형의 두 제자 중 한 놈이 분명했다.

"원한다면 네놈도 같이 죽여주마!"

손자겸의 눈에 일렁거리는 살기가 야수의 그것처럼 어두워진 숲 속에 혈광을 뿜었다.

"사제, 제발 모든 것을 잊어버리고 이곳을 떠나게. 내 마지막 소원일세."

한중광이 이가송을 제지하며 애원을 하다시피 채근했다.

이가송 저놈이 억누르고 있는 살기를 끌어올리면 사제 손자겸은 단칼에 처단되고 말 것이다! 비록 순간의 욕심으로 사마의 길로 빠졌지만 평생을 같이해 온 사제가 아니던가! 그런 사제가 자신이 안고 와 키운 제자 놈에게 죽임을 당하게 할 수는 없었다.

쨍! 쨍강!

이성을 잃은 손자겸이 두 사람 다 죽이고 말겠다는 듯 몇 번의 칼을 더 휘둘렀고 이가송이 넓은 도를 휘둘러 그 칼을 막았다.

"그러고 보니 네놈 역시……?"

넓고 무거운 도에 빛살 같은 빠름! 그리고 숨 막힐 듯 뿜어 나오는 살기!

혈영의 척살대와 등평부 등을 두 동강 낸 그놈들의 칼이었다!

그놈들이 쫓아오지 않은 것이, 그리고 사형 한중광이 모든 것을 알고 있는 것이 하나로 귀결되었다. 그렇다면 역시 사라졌던 백도의 후기지수들이 그 무지막지한 힘의 장본인들이었단 말인가?

"크큭—!"

손자겸의 입술이 비틀리며 자조적인 웃음이 새어 나왔다.

"크하하하… 정말 악연인 것 같소, 사형. 당신과 나는……."

손자겸이 칼끝으로 한중광을 가리키며 실성한 듯 웃었다.

"당신이란 벽을 뛰어넘기 위해 내 모든 것을 걸었는데 결국 허사였군, 허사였어. 크."

손자겸이 하늘을 우러르며 괴소를 흘렸다.

"개 같은……!"

하늘을 향해 저주를 퍼붓던 손자겸이 다시 이글거리는 눈빛으로 이가송과 한중광을 노려보았다.

"떠나십시오, 사숙!"

이가송이 짤막하게 한마디 하고 입을 굳게 다물었다.

"떠나야지. 그곳이 내 체질에 더 어울리기도 하고."

손자겸의 말에 한중광이 반가운 표정으로 입을 열었다.

"그래, 사제. 정말 잘 생각했어. 그곳에서 모든 걸 잊고 살게나."

"후후……."

손자겸이 음울한 웃음을 흘렸다. 그리고 칼을 천천히 들어 올렸다.

"그곳은… 그곳은 바로… 지옥이다!"

휘익—

쌔액—

두 줄기 칼바람이 일었고 손자겸의 목이 허공으로 솟구쳤다가 바닥에 뒹굴었다.

"크흐흐흑……."

한중광이 자리에 무너지며 피보다 더 진한 오열을 토했다.

"사부……!"

이가송이 한중광을 불렀지만 목 없는 손자겸의 시신을 안고 오열하는 사부의 통곡은 그치지 않았다.

"야— 아아아—!"

한참 동안 오열하는 사부 곁에 고개를 숙이고 서 있던 이가송이 미친 듯이 칼을 휘두르며 쏘아져 나갔다.

우지끈— 쿵!

아름드리 고송들이 뭇단처럼 베어져 넘어가고 잠자리를 찾아 숲으로 날아든 야조들이 푸드득푸드득 날아올랐다.

"크흐흑— 두령! 난, 난 어떻게 해야 하오……!"

마주치는 바람이 흘러내리는 눈물을 귓전으로 날렸다.

"이 더러운 칼을 얼마나 더 휘둘러야 한단 말이오, 두령!"

깡— 까강—

바위에 부딪친 칼날에서 불꽃이 튕겨 올랐다.

"백도의 정기를 흐트려 사숙에게 칼을 들이대게 한 사특(邪慝)한 무리들을 없앤 후엔 버릴 수 있을 것이오."

침울한 음성이 미친 듯이 바위를 두드리고 있는 이가송의 뒤에서 울렸다.

"부두령!"

임무열이 묵묵히 이가송을 응시하며 묵상처럼 서 있었다.

"크흐흐흑……."

임무열의 허리께를 부여잡은 이가송이 임무열의 가슴에 머리를 처박고 통곡했다.

* * *

"허어, 어찌 그럴 수가……!"

한낮에서부터 해가 진 저녁까지 똑같은 말이 수십 번도 더 되뇌어졌다.

크고 작은 상처들의 응급 처치가 끝나고 운기조식으로 여러 명숙들이 기력을 차렸을 때부터 시작된 신도기문, 화천옥 등의 설명은 저녁이 되어서야 대략적으로나마 끝날 수 있었다.

그 긴 시간 동안을 꼼짝도 하지 않고 의문점을 질문하고 믿기지 않는 사실들을 재확인하면서 명숙들은 몇 번이나 입을 다물지 못했다. 자파의 제자들이 제왕성 척마단에게 죽을 뻔한 얘기에서부터 당장 가장 큰 위험으로 대두된 혈영의 얘기까지 어느 것 하나 소홀히 흘릴 수 없는 얘기들이었다.

심지어는 팔이 잘려 극심한 고통을 겪고 있는 강문옥마저도 쏟아지는 잠을 쫓으며 얘기를 모두 들었다. 어떻게 이런 엄청난 일이 소리 소문 없이 그렇게 긴 시간 동안 진행될 수 있었단 말인가 하고 반문하며 율자춘의 악마적인 능력에 모두들 치를 떨었다.

"허어! 큰일이로구먼. 그놈이 있는 한 무림은 크나큰 불씨 하나를 안고 있는 것이나 마찬가지인 것을……!"

주해 대사가 걱정스런 표정으로 탄식했다.

"그보다도 자네들의 목숨을 구하고 이제껏 자네들을 보살핀 저 공자에게 감사의 인사를 드리는 것이 순서가 아닐까 싶군."

형산의 좌무양이 등에 입은 상처로 인해 목을 돌리기가 힘든 듯 천천히 상체를 돌려 어스름 속에서 철도정, 형일비와 함께 수많은 주검들을 묵묵히 파묻고 있는 천호를 바라보았다.

처음 척마단 삼십여 명를 순식간에 척살하고 자파 제자들을 구한 후 제자들에게 칼을 가르친 얘기를 들을 때는 온통 관심이 그에게 쏠렸으나 이어지는 율자춘의 계략과 제자들에 의한 녹림십팔채의 완전 장악, 풍림방, 은하전장, 남궁세가 혈란 등의 얘기에 빠져들어 천호에 대한 생각은 까맣게 잊어버리고 있었던 것이다.

"그렇구려! 너무 엄청난 얘기들에 정작 중요한 현실은 잊고 있었던 것 같소. 어서 저 공자를 부르시오. 우리 생명의 은인이자 제자들의 은인인 저 공자에겐 큰절이라도 모자라지요."

종사림이 기대 가득한 시선을 밖으로 향했다.

생명이 위태로웠던 난전 속에서 누구의 칼에 누가 쓰러졌는지 제대로 구별이 가지 않았지만 긴 사자후와 함께 사라진 줄 알았던 제자들이 뛰어들기 전에 갑작스런 비명이 울리며 순식간에 혈영의 무리들을 반이나 척살해 버린 것이 저 공자의 칼이었다면 그 칼의 무서움은 상상의 범주를 벗어난 것이었다.

'어쩌면!'

종사림이 폭풍우 가득한 바다 한가운데에서 한줄기 햇빛을 보는 어부처럼 천호의 모습을 바라보았다.

어쩌면 저 젊은이가 조만간 무림에 닥쳐올 혈풍을 막을 큰 방패가 될지도 모른다. 이미 열네 명의 제자들을 구하고 그들에게 무시무시한 칼을 전한 것만으로도 말로 형용할 수 없을 정도로 큰 방패의 역할을 한 것이다.

저 젊은이의 정체가 무엇인지, 왜 그런 무서운 칼을 익혔는지, 그리고 궁극적으로 정파무림에 화가 될지 복이 될지는 두고 봐야 할 것이지만 당장은 이마제마(以魔制魔)의 이치대로 저 젊은이의 칼로 혈영 무리들의 칼을 막는 것이 급선무이다.

"장천호라고 합니다."

신도기문이 천호를 불러왔고 약간 머뭇거리다 사찰 안으로 들어온 천호가 명숙들에게 인사를 했다. 인사를 하고 난 천호의 얼굴에 여러 개의 눈빛들이 뚫어지게 고정되었고 그런 시선들을 받은 천호가 엉거주춤한 모습으로 쭈뼛거렸다.

'허어! 선재(善哉)로다!'

주해 대사의 눈빛이 이채를 띠었다.

이 청년이 진정 그 지옥도를 휘두르던 그 청년이 맞는가? 하는 생각이 절로 들게 했다. 눈빛에서나 표정에서나 행동거지 어느 한곳에서도 그 처절한 살귀의 흔적은 보이지 않았다. 오히려 깊은 산속에서 처음 사람들 득실거리는 시장터로 나온 산골 청년이 마주한 마을 어른들 앞에서 어려워하는 듯한 모습이었다.

무릇 인간은 칼을 들게 되고 그 칼의 수준이 점점 높아져 감에 따라 호승심도 높아지고 자만심도 함께 높아지기 마련이다. 그리고 은연중에 자기보다 약한 칼을 가진 사람들을 눈 아래로 오시하게 마련이다. 어쩌면 그러한 인간의 오만한 심성이 부질없는 피를 부르고 마(魔)를 부르는 것일지도 모른다. 그런데 누구보다 무섭고 강한 칼을 가진 이 젊은이의 눈에서는 그 어떤 오만함도 찾아볼 수가 없었다.

"흐음!"

주해 대사가 불식중에 한참 동안이나 천호의 얼굴에 빨려드는 듯 바라보았고 그로 인해 당황해하는 천호의 모습이 보기 민망했던지 남궁혁이 헛기침을 했다.
"어허! 내가 결례를 범했구먼. 어서 앉으시게, 소시주."
주해 대사가 언뜻 상념에서 깨어나 천호에게 자리를 권했다.
"먼저 우리 자신들은 물론이고 우리 제자 놈들의 생명을 구해준 구명지은에 감사의 말부터 올려야겠구려. 정말 백골난망이외다."
주해 대사가 앉은 자세로 천호를 향해 천천히 고개를 숙였다. 그와 함께 당황한 표정을 짓던 명숙들도 황급히 고개를 숙였다. 지금 이 자리에서 최고의 배분인 주해 대사가 고개를 숙이는 마당에 자신들이 뻣뻣이 앉아 있을 수는 없는 일이었다.
"그래, 소시주의 사문은 어떻게 되는가?"
얼결에 명숙들의 예를 받은 천호가 같이 고개를 숙이고 있다 주해 대사의 음성에 천천히 고개를 들었다.
"그런 것은 잘 알지 못합니다."
천호가 짤막하게 답했다.
"어허! 그런 법이 있는가? 강호인이라면 누구나 사문과 스승이 있는 법이거늘!"
종사림이 어이가 없는 듯한 표정을 지었다.
"밝히지 못할 사정이 있는 모양이구먼. 그렇다면 굳이 답하지 않아도 되네. 하지만 강호란 곳이 자신의 내력을 확실히 해야만 괜한 시비에 휘말리지 않는 법이라네."
주해 대사가 깊숙한 눈으로 천호를 바라보았다.
경천동지할 만큼 엄청난 칼을 소유한 이 젊은이의 정체를 조금이라도 더 알고 싶은 것이 자신뿐만 아니라 다른 사람들의 솔직한 심정일 것이다. 비록 자신들이나 제자들이 구명지은을 입었지만 그 칼은 어떤 마도의 칼보다 잔인하고 악마적이었다.

만약 그런 칼이 방향을 바꾸어 무림정파에게로 겨누어진다면 무림은 여태껏 겪어보지 못한 혈풍에 휩싸일 것이 뻔했다. 그랬기에 무엇보다도 먼저 알고 싶은 것이 이 젊은이의 내력이었지만 무심한 표정으로 마주한 젊은이의 눈빛에서나 풍기는 기도에서는 어떤 기운도 읽을 수 없을 만큼 두꺼운 장막이 쳐져 있었다.

그리고 그것은 결코 의도적으로 자신의 기운을 차단하고 있어서 그런 것이 아니라는 것은 고수의 반열에서도 한참 더 뛰어넘은 명숙들이기에 확연히 느낄 수 있었다.

'대체 어떤 무공을 익혔기에 저 정도이란 말인가!'

형산의 장문인 좌무양 역시 거듭 놀라며 천호의 얼굴만을 바라보았다.

"그럼 이만."

더 이상 별다른 말이 없자 천호가 묵례를 하고는 훌쩍 몸을 일으켰다.

"어허! 이, 이런!"

"공자, 이렇게……."

몇 마디 당혹한 음성들이 이어졌지만 방문을 나간 젊은이는 표홀히 멀어져 갔다.

"공자, 잠시만……!"

아무래도 안 되겠다 싶었는지 점창의 태성목이 몸을 일으키려는 순간 주해 대사가 가만히 손을 들었다.

"그만두시지요, 태 장로."

그렇게 손을 들어 태성목을 만류한 주해 대사가 조용한 눈빛으로 조금 더 천호의 뒷모습을 응시하고는 고개를 돌렸다.

무당산(武當山)의 대접전(大接戰) 149

"붙잡는다고 머무를 사람도, 외롭다고 무리 속으로 섞일 사람이 아닌 것 같소, 저 젊은이는."

주해 대사가 조용한 음성으로 말을 맺고는 염주를 굴렸다.

"아무리 그래도 조금은 더 의중을 알아보고……."

"그런다고 뭐가 달라지겠소… 아미타불!"

주해 대사가 불호를 읊으며 지그시 눈을 감았다.

"지옥이든… 극락이든 오로지 자기 갈 길만을 가는 저런 사람은 아무도 말릴 수 없는 법이지요. 그 갈 길이 혈겁의 길이 아니기만을 빌 수밖에요."

"휴우, 난세로다! 하나만으로도 무림을 뒤흔들 저런 칼들이 어찌 내 대에 한꺼번에 쏟아진단 말인가? 오행의 흐름이 흐트러졌음이야……."

태성목이 긴 한숨을 내쉬면서 하나둘 늘어나기 시작한 별빛 속으로 시선을 돌렸다.

"대사님 보시기에 저 청년의 근본은 어떠하던지요? 난 도무지 짙은 암흑을 대하는 듯하여 아무것도 알 수가 없었습니다."

형산의 좌무양이 주해 대사를 바라보았다.

"지나칠 정도로 메마르고 황량했지만 사악하거나 음습한 구석은 없는 듯하더이다… 그것만으로도 천운으로 생각해야겠지요."

말을 마친 주해 대사 역시 태성목처럼 밤하늘로 시선을 던졌다. 유성 하나가 긴 꼬리를 그리며 떨어져 내렸다.

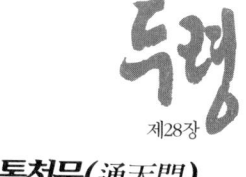

제28장
통천문(通天門)

"두령!"

철도정이 헐레벌떡 안채로 뛰어 들어왔다.

"야, 이 자식아! 넌 언제 좀 한곳에 진득하니 앉아 사람 구실을 할래?"

명숙 회동 장소에서 혈전을 치르고 흑수채로 돌아온 이튿날 철도정이 가친에게 그간의 행적을 소상히 서찰에 적어 직접 마을로 내려가 부치고 점심때가 지난 후에 흑수채로 뛰어 들어왔다.

서찰 정도야 산채 녹림도에게 시키면 되는 일이지만 마을 구경이 하고 싶은 철도정이 직접 마을로 내려갔다 온 것이다.

"두령의 별호가 생겼소!"

철도정이 함박만하게 입을 벌리며 주절거렸다.

"그게 무슨 소리냐? 별호라니?!"

산채를 지키느라 지난번 혈전에 참가하지 않았던 유자추가 철도정을 뚱하니 바라보았다.

"며칠 되지 않은 그새 온 무림에 두령 소문이 쫙 퍼졌습니다."

"어떤 소문 말이야?"

유자추가 정색을 하며 다가섰고 다른 사람들도 철도정의 입만 쳐다보며 모여들었다.

"에… 그러니까 그게… 아이구! 쉴 새 없이 달려왔더니 목이 마른데 멀건 녹차라도 한잔 마셔야지, 이거야 어디……!"

철도정이 거드름을 피웠고 왜 안 그러겠느냐는 듯 정휴가 호리병을 내밀었다.

"카아— 세상 중들이 다 네놈 같았으면 극락정토가 벌써 이뤄졌을 텐데!"

정휴의 인상이 구겨지든 말든 철도정이 한 병 술을 게 눈 감추듯 마시고는 입술을 쓱 닦았다.

"아침 일찍 서찰을 부치려고 은하전장 지부에 들른 후에 시장 구경이라도 할 겸 객점에 앉아 만두 한 접시를 시켰는데 사방팔방에서 들리는 얘기라고는 두령 얘기뿐이더라고."

"그래, 그게 무슨 얘기냐니까, 자식아?"

화천옥이 궁금해 죽겠다는 표정으로 정휴를 재촉했다.

"어떻게 그렇게 빨리 퍼졌는지 가장 오래전의 일이었던 우리가 척마단의 손에 사라질 뻔한 곳에 두령이 나타나 그들을 척살하고 우리를 구한 얘기에서부터 두령에게 칼을 배운 얘기, 녹림을 장악한 얘기며, 가장 최근의 일인 무당산 자락에서의 혈전까지 우리보다 더 소상히 알고 있더라니까!"

"발 없는 말이 천리 간다더니 정말 무섭군."

신도기문이 턱을 괴며 생각에 잠겼다.

"그럼 혈영의 얘기도 다른 사람들이 모두 알고 있단 말이냐?"

"아무렴! 혈영의 영주가 나백상이란 것까지 알고 있던데?"

철도정이 머리를 설레설레 흔들었다. 얘기를 하는 자신도 못 믿겠다는 표정이었다.

"일이 복잡하게 얽히는군! 이렇게 되면 혈영이 전혀 움직이지 않고 꼬리를 감출 수도 있다는 것 아닌가?"

화천옥도 머리를 뒤로 젖히며 생각에 잠겼다.

"정반대일 수도 있지."

"정반대라니?"

"모든 음모와 암계가 백일하에 밝혀진 바엔 더 이상 숨어서 일을 꾸밀 필요가 없어졌단 얘기지. 그럼 자연히 정면 승부를 택할 수도 있겠고……."

"그럴까?"

신도기문과 화천옥이 심각하게 생각을 펼쳐 나가자 옆에서 보고 있던 철도정이 버럭 고함을 질렀다.

"야! 이 자식들아. 아까는 두령의 별호가 뭔지 궁금해 죽겠다더니 그 얘긴 쏙 들어간 거냐?"

철도정이 자기는 뒷전으로 밀려난 것이 못마땅하다는 듯 씩씩거렸다.

"아참, 그렇지! 제일 먼저 물어봤던 것이 그것이었지! 그래, 두령 별호가 어떤 것이냐? 최소한 무슨 영웅 또는 천하제일도 정도는 되겠지?"

"놀고 있네!"

"아니란 말이야? 그럼 뭐냐?"

정휴가 재차 철도정을 재촉했다.

"그러니까 그게……."

철도정이 흘낏 진소혜와 능소빈을 바라보았다. 그녀들 역시 기대 섞인 눈빛을 반짝이고 있었다. 백도 후기지수들과 명숙들을 구하고 혈영의 마수를 몇 번씩이나 막은 두령의 칭호는 그 어떤 찬사로도 부족할 것이라 생각했다.

"지옥마도(地獄魔刀)!"

"윽!"

"세상에!"

철도정의 말이 튀어나옴과 동시에 비명성이 울렸다.

"어떻게 그럴 수가 있어?"

능소빈이 억울해서 못 견디겠다는 듯 볼이 발개졌다.

"그리고 또 하나 더 있어!"

철도정이 다시 걱정된다는 표정으로 다른 사람들을 쳐다보았다.

"이번에도 비슷한 거면 말하지 마!"

능소빈이 뾰족하게 고함을 질렀다.

"이번에는 조금 나은데."

철도정이 슬쩍 진소혜의 눈치를 보았다. 그리고 내친김이라는 듯 뱉어냈다.

"암흑대제(暗黑大帝)!"

"야, 이 멍청아! 그게 뭐가 낫다는 거냐? 오히려 더하잖아!"

능소빈이 정말 못 참겠다는 듯 씩씩거렸다.

"까르르… 깔깔……."

진소혜가 갑자기 배를 잡고 웃었다. 그 웃음소리에 모두 놀라 눈이 휘둥그레지며 너무 심한 정신적 충격에 넋이 나간 것이 아닌가 하는 표정으로 소혜의 웃음이 그치기만을 기다리고 있었다.

"멋대가리없이 굴더니 당연한 결과잖아요. 정말 자업자득이네요."

소혜가 다시 한 번 배를 잡았다.

"누가 지었는지 정말 잘 지었어요. 언제 한번 제대로 웃기를 하나, 다정한 말 한마디를 하나, 꼭 지옥에서 갓 나온 저승사자 같잖아요."

소혜가 멀뚱히 서 있는 천호를 샐쭉하게 쳐다보고는 입을 삐죽거렸다.

"소혜!"

능소빈이 울지도 웃지도 못하는 표정으로 소혜를 바라보았다.

"아유, 언니 걱정 말아요. 이미 녹림십팔채 총채주인 데다가 열두 명의 야수들을 거느린 두령이잖아요. 그러니 그런 별명이 딱 어울리죠."

"야수? 이거 중 놈에다 산적에다 이젠 야수로 전락하는 게 점점 짐승 쪽에 가까워지는군!"

정휴가 툴툴거렸다.

"그런데 왜 열두 명이야? 열네 명이면 또 몰라도."

화천옥이 고개를 갸웃거렸다.

"소빈 언니와 도진화까지 무슨 야수예요. 열두 명이면 충분해요!"

소혜가 야멸차게 대답하자 철도정이 고개를 끄덕이며 팔뚝을 쳐다보았다.

"요새 들어 부쩍 털이 많이 길어진다 싶었더니 야수가 되는 과정이었군. 그래, 내친김에 오늘 저녁에는 노루라도 한 마리 잡아 생고기를 뜯으며 야수답게 술판을 벌이자구. 암흑대제의 취임식을 겸해서 말이야."

철도정이 킬킬거리며 밖으로 나갔고 화천옥, 유자추 등도 벌레 씹은 표정으로 철도정을 따랐다.

"주 소저! 어쩐 일이오?"

밖으로 나가던 유자추가 안채 앞에 서 있는 주은비를 보고 뜻밖이란 표정을 지었다.

한시도 자기 어머니 곁에서 떨어지지 않고 시중을 들던 그녀였던 것이다. 그런 그녀의 모습에 거친 산채의 무리들도 차츰 감화되어 최근에 들어서는 그녀 앞에서만큼은 깍듯한 예의와 유순한 태도를 잃지 않았다.

"어머니께서 장 공자님과 유 공자님을 뵙고 싶어하세요."

주은비가 조용히 말하고 시선을 내렸다.

"알겠소. 내 두령을 모시고 갈테니 기다리시오."

잠시 뒤 유자추가 천호와 함께 주은비를 따라 두 모녀의 처소로 향했다.

"어서 오세요, 두 분 공자님."

우아한 모습의 은의소소가 천장에 묶여진 끈을 잡고 천천히 일어섰다.

"정말 회복이 빠르시군요."

유자추가 환한 얼굴로 주은비 모녀를 바라보았다.

"모두가 두 분 공자님 덕분이지요. 얼마 후면 걸을 수도 있겠어요. 그렇게 되면 고생만 시켰던 저 불쌍한 아이의 짐을 조금은 덜어줄 수도 있을 테고……."

은의소소의 눈에 물기가 어렸다.

"어머니, 고생은 무슨 고생이에요. 그것이 자식의 도리가 아닌가요?"

주은비는 어머니가 가리키는 곳으로 부축하며 이끌어 조심스럽게 앉혔다.

"그런데 무슨 일로……?"

천호가 은의소소를 바라보았다. 병색이 걷혀지고 파리했던 얼굴에 혈색이 돌아오자 기품과 우아함이 자연스레 풍겨 나왔다. 부모의 시신 앞에서 멍하니 하늘을 바라보던 자신에게 가슴에 달린 패물을 던져 주던 그 인자스런 눈빛이 다시 되살아난 것 같았다.

"억겁의 세월에 걸쳐도 다하지 못할 공자님의 은혜를 조금이나마 갚을 수 있는 기회가 온 것 같아요."

"무슨 말씀이신지?"

천호의 질문에 은의소소는 대답없이 깊숙한 눈으로 천호를 바라보았다.

"장 공자님은 자신의 무공 내력에 대해서 얼마나 알고 계시는가요?"

은의소소의 물음에 천호가 잠시 생각에 잠겼다.

"제대로 아는 것이 없습니다. 석벽에 새겨진 문자는 고대의 갑골 문자였기에 읽을 수가 없었지요. 그래서 무공의 이름도 내력도 아는 것이 없습니다. 제가 익힌 것은 그들이 그림으로 풀어놓은 부분들뿐이었습니다."

천호의 표정이 오래전 기억을 떠올리며 아련해졌다.

지옥보다 더한 고통을 겪으며 수행한 곳이었지만 지나고 보니 그리움이 남는 곳이었다.

"하지만 그 도식의 곳곳에 아수라 문양이 선명히 새겨져 있는 것으로 봐서는 현재 강호에서 일컫는 마교와 일맥상통하는 데가 있지 않을까 짐작할 뿐입니다. 물론 그 사람들이 존재하던 때는 마교라는 말 자체도 없었겠지요. 그곳에 있는 무학들로 미루어보아 현재의 마(魔)니 정(正)이니 하는 것들은 결국 한 뿌리였던 것 같았습니다."

"누구의 칼이든 칼은 결국 칼일 뿐이지요."

유자추가 무심한 음성으로 중얼거렸다.

"그렇군요. 공자의 몸속에 흐르던 두 가지 이질적인 기운이 서로 섞이지 않고 있던 것도 제대로 된 사사를 받지 못해서 그런 것이군요."

은의소소가 안타까운 눈빛으로 천호를 보면서 고개를 끄덕거렸다.

"제대로 익히지 못한 칼이 그 정도라면 제대로 익혔다면 도대체 어느 정도란 말이오?"

유자추가 기가 막힌다는 표정으로 두 사람을 바라보았다.

"그 사람들은 우리와는 사뭇 다른 초월적인 종족인 것 같았소. 자신들의 모습을 그린 그림에는 어린아이도 가볍게 나무 꼭대기를 건너뛰는 모습과 장력 하나로 바위를 부서뜨리는 모습들이 그려져 있었소."

"정말 신비스런 얘기군요. 그런데 공자는 그곳을 어떻게 찾게 되었나요?"

은의소소의 질문에 천호가 허공을 바라보며 길게 숨을 내쉬었다.

"한이 깊으면 그 한이 자연스레 자신을 녹여줄 만한 곳으로 몸뚱어리를 이끌고 가는 것 같더군요. 다 해진 고서 한 모서리에서 그들의 기록을 읽었고 죽음의 사막 한가운데서 생명의 끈이 끊어지기 일보 직전에 악마의 안배와도 같이 모래바람에 휩쓸려 그곳에 도착하게 되었습니다. 지금 다시 찾아가려 한다고 해도 도저히 불가능한 그곳을 어떻게 찾을 수 있었는지 그때를 생각하면 아무래도 악마의 장난인 듯합니다."

"그만큼 공자의 한이 깊었다는 얘기겠지요."

은의소소가 연우촌에서 천호와의 첫 대면을 회상하는 듯 처연한 표정을 지었다.

"그런데 어머니, 장 공자님께 은혜를 갚을 수 있다고······."

주은비가 그 사실을 일깨우자 퍼뜩 눈을 돌린 은의소소가 자신의 오른팔을 움직여 보았다. 각고의 노력 덕분으로 그녀의 오른팔은 이제 정상인이나 다름없이 움직이고 있었다.

"우리 가문에는 그 시초를 알 수 없을 만큼 오래전부터 전해오는 한 가지 유업이 있었습니다."

말을 꺼낸 은의소소의 눈에 비장함이 어렸다.

"너무 오래된 유업이라 이제는 그 연유나 정확한 내력조차 거의 실전돼 버렸지요. 다만 제가 알고 있는 것은 그것이 통천문의 열쇠 역할을 하는 무공이라는 것과 지옥의 수련을 한 사람만이 그 열쇠를 이용해서 통천문에 이를 수 있다고 알고 있습니다. 통천문이 무엇인지, 어디에 있는지, 어떻게 열쇠가 되는지 전혀 알지 못하지만 어쩐지 장 공자가 익힌 무공과 인연이 있을 듯한 예감이 듭니다."

은의소소가 잠시 호흡을 가다듬었다.

"흑제에게 쫓겨 목숨이 열 개라도 모자랄 그런 상황에서도 죽지 않고 이렇게 모진 생명을 연연한 것이 장 공자의 말대로 가슴속에 응어리진 한이 녹을 곳을 찾아 이리로 몸뚱어리를 이끌고 온 것 같다는 생각도 드는군요."

소름이 끼칠 정도로 모진 인과(因果)의 업(業) 앞에서 잠시 동안 아무도 입을 열지 못했다.

"이젠 그 열쇠를 장 공자님께 전해드리겠습니다. 부디 인연이 있어

통천문을 열고 수천 겁에 얽힌 인과의 고리를 끊어주길 바랍니다. 유공자님께서는 호법을 부탁드려요."

은의소소가 구결을 암송하며 오른팔을 어지럽게 움직였다.

서서히 은의소소의 오른팔이 쪽빛으로 물들기 시작했다.

"공자! 명문혈을……."

은의소소의 재촉에 잠시 머뭇거리던 천호가 묵묵히 등을 돌려댔다. 은의소소의 오른팔이 천호의 명문혈에 닿자 순식간에 푸른빛이 천호의 명문혈로 빨려들기 시작했다.

"제가 전하는 구결대로 운기하세요, 공자."

은의소소의 전음이 천호의 귓가에 울리자 천호는 은의소소의 주문대로 운기를 시작했다.

한동안 유자추와 주은비는 숨소리도 내지 않고 두 사람을 지켜보았다.

"휴—"

한참 후에 은의소소가 땀에 젖은 얼굴로 천호의 등에서 손을 떼어냈고 천호도 감은 눈을 뜨며 숨을 가다듬었다.

"두령! 어떤가요? 통천문이 어딘지 알아냈습니까?"

유자추가 천호 곁으로 바짝 다가앉으며 눈빛을 빛냈다.

"글쎄요… 머리 속에 웅웅거리는 소리만이 잠시 들렸을 뿐 그 외 별다른 것은 느낄 수가 없는 것 같군요."

천호의 말에 은의소소가 걱정스런 표정을 지었다.

"인연이 있다면 언젠가 필연이 되어 나타나겠지요. 너무 심려 마십시오."

천호가 몸을 일으켜 방을 나섰다.

모정 어린 눈빛으로 천호의 등을 쳐다보던 은의소소가 두 손을 모았다.
　'천지신명이시여, 부디 저 공자를 살펴주옵소서. 내 모든 것을 다 드릴 테니 저 공자의 눈에 심연처럼 가라앉은 고독과 황량함을 만 분의 일이나마 덜어줄 수 있게 해주옵소서.'
　은의소소의 옷섶이 촉촉히 젖어들고 있었다.

제29장
악마의 최후

"저기 온다!"

화천옥과 형일비가 낙양 외곽의 한 허름한 주루에서 문을 열고 들어오는 단리웅천을 바라보고 있었다.

"여전히 아찔하군."

형일비가 안을 두리번거리는 단리웅천을 바라보며 중얼거렸다. 주루에 자리한 여자들은 물론이고 남자들도 한참 동안 단리웅천의 얼굴에서 눈을 떼지 못하였다.

"오랜만이오, 형 형. 그리고 화 형."

단리웅천이 빙긋거리며 화천옥과 형일비 앞에 앉았다.

"어서 오시오, 단 형. 앞으로 단 형과는 되도록 사람들이 없는 산속이나 들판에서 만나야겠소. 저 눈들을 보시오. 우리까지 저들 눈에 각인되어 활동에 지장이 많겠소."

화천옥은 말을 하면서도 다른 사람의 눈길을 피하는 듯 얼굴을 벽쪽으로 향했다. 형일비도 적당히 손바닥으로 얼굴을 가리며 사람들의 시선을 외면했다.

"두 분 노형들은 죄지은 게 많은 모양이구려? 백주대낮에도 얼굴을 가리려 애쓰는 것을 보니."

"난 뭐 별 상관 없는데 이 자식이 거지들한테 원수진 일이 좀 있어서 거지들 사이에 얼굴이 팔려 고개를 제대로 못 들고 다니는 중이오."

형일비가 화천옥을 쳐다보며 피식 미소를 지었다.

세상 곳곳 안 깔린 데가 없는 것이 개방의 눈이었다. 산에서 내려오는 순간부터 수시로 마주치는 거지 떼들 때문에 화천옥은 얼굴을 감추기에 여념이 없다가 급기야는 죽립을 하나 구해서 객점까지 왔으나 여전히 객점 안 어디엔가 박혀 있을지도 모를 거지들의 눈이 신경 쓰였다.

"왜 그러지 않겠소. 개방의 대제자에다 약관도 넘기기 전에 육결제자의 반열에 오른 기재인데 얼굴이 잘 알려진 건 너무도 당연한 일이겠지요."

느닷없는 단리웅천의 한마디에 화천옥과 형일비가 대경을 하며 자세를 바로잡고 단리웅천을 바라보았다.

'역시 이놈은!'

화천옥이 자신의 짐작이 들어맞았음을 느끼며 긴장의 끈을 조였다.

혈영의 천라지망을 탈출하며 보여주었던 불가측한 무위와 그 외 모든 정황으로 보아서 이놈은 제왕성의 소성주임에 틀림없었다. 오늘 만난 자리에서 넌지시 그것을 떠볼 심산이었는데 대담하게 모든 걸 드러내고 나올 줄이야.

'종잡을 수 없는 놈이다!'

다시 한 번 혀를 내두른 화천옥과 형일비의 귓가로 단리웅천의 목소리가 들렸다.

"개방의 화천옥 공자와 공동의 형일비 공자가 아니던가요, 두 분은?"

"그렇다면 당신은 단리웅천이겠군."

화천옥이 차갑게 단리웅천을 노려보았다.

"부인하지 않겠소."

단리웅천이 짤막하게 대답하자 형일비의 눈에서 서서히 살기가 짙어져 갔다. 척마단과의 혈전에서부터 지금까지, 그 모든 원한과 혼란의 중심에는 언제나 제왕성이 있었다. 그런 제왕성의 소성주라는 존재를 지금 눈앞에 맞닥뜨리고 있는 것이다.

"그렇다면 우리가 이 자리에서 네놈을 죽일 수도 있다는 걸 잘 알겠군!"

질식할 듯한 살기를 품은 형일비가 단리웅천을 바라보았다.

"충분히 납득이 가는 바이오!"

단리웅천이 담담히 형일비의 눈빛을 마주했다. 모르는 사람들 눈에는 별다른 점을 찾을 수 없는 평범한 자리로 보이겠지만 실상은 숨이 막히는 기 싸움이 형일비와 단리웅천 사이에 진행되고 있었다.

"후우—"

자욱한 살기를 안광에 실어 보내던 형일비가 어이가 없다는 듯한 표정으로 의자 깊숙이 물러나 앉았다. 웬만한 고수라도 망막이 파열되고 심맥이 손상될 만한 자신의 안광이 단리웅천의 담담한 눈빛에 빠져들어 흔적없이 사라지고 만 것이다.

공세를 취하지 않고 담담히 받아들이기만 했기에 망정이지 같은 기세로 마주쳐 왔다면 심맥에 손상을 입는 사람은 오히려 자신일 것이다.
'결코 두령의 아래가 아니다.'
깊이를 알 수 없는 웅천의 눈빛을 대한 형일비의 심중에 순식간에 공포감이 어렸다. 아무리 천부적인 자질을 타고났다지만 어떻게 이럴 수가 있단 말인가! 천상천(天上天) 천외천(天外天)이란 말은 들어봤으나 실감이 가지 않았는데 지금에야 알 수 있었다. 하늘 위의 하늘을 보는 듯했고 하늘 밖의 하늘을 보는 듯했다.
"제왕성으로 인하여 여러분들이 겪은 이루 말할 수 없는 큰 아픔은 이해가 가고도 남음이 있소. 내 목숨을 바쳐서라도 사죄하겠소!"
말을 마친 웅천의 눈에 뭐라 표현할 수 없는 고뇌가 어렸다. 그 눈빛에서는 손톱만큼의 가식이나 거짓을 읽을 수 없었다. 진심으로 모든 잘못을 시인하는 자의 회한이 가득했다.
'대체 이자는!'
단리웅천의 그런 모습에 대한 화천옥이 내심 당혹감을 감추지 못했다. 직접 손속을 나누어보지는 않았지만 방금 전 형일비의 살기 가득한 안광을 받아내는 모습만 봐도 둘이 합공한다 치더라도 쉽게 이길 수 있는 상대가 아니었다. 그런 사람이 너무나도 쉽게 자신의 잘못을 인정하고 진심으로 사죄하는 모습이라니!
동서고금 남녀노소를 막론하고 무공이 높아질수록 사죄니 참회니 하는 단어들과는 거리가 멀어지는 것이 인간의 공통된 심성이었다. 그러기에 강호는 칼이 곧 법이라는 말이 생겨난 것이다
"목숨을 바쳐서라도 사죄하겠다고? 그럼 지금 우리가 네 목을 취하겠다면 내놓을 수 있느냐?"

그동안 쌓였던 울분이 한꺼번에 터져 나오는 듯 형일비가 잇새로 말을 내뱉으며 언제 들어 올렸는지 넓은 도를 단리웅천의 목에 들이댔고 칼날 끝에 맺힌 살기가 금방이라도 단리웅천의 목을 자를 듯이 새파랗게 번뜩거렸다.

"야, 이 자식아! 진정해!"

화천옥이 오히려 형일비를 질책하며 소매를 끌었지만 형일비의 팔뚝은 미동도 하지 않았다. 비록 간자이긴 했지만 자신의 손으로 사문의 호법 한 명의 목을 자른 비통함이 아직도 형일비의 가슴속에 고스란히 남아 있었다. 제왕성이 아니었으면 지금의 자신은 물론 그런 간자들도 생겨나지 않았을 것이다. 지금 마주 앉은 이자는 그 모든 사건들과 직접적인 연관이 없다 할지라도 제왕성이라는 그 단어 하나만으로도 북받쳐 오르는 살기를 주체할 수 없게 만들었다.

"언젠가 당신들 칼에 목이 달아날 수도 있겠지만 지금은 할 일이 너무 많소."

단리웅천이 여전히 평온한 표정으로 형일비를 바라보았다.

그 어떤 고수라도 칼이 이렇게 목줄기에 닿은 이상 목숨은 자신의 것이 아니었다. 지금 이 상태에서 칼 쥔 자가 조금만 진기를 주입하면 목이 반쯤은 잘릴 것이다. 그런 상태에서도 단리웅천은 조금의 동요나 긴장감없이 처음 모습 그대로 앉아 있었다. 기어코 내 목이 지금 필요하다면 가져가라는 듯한 모습이었다.

"빌어먹을!"

형일비의 팔에서 힘이 빠져나갔다. 칼보다 강한 것이 진심이었고 그 진심을 단리웅천의 눈에서 읽을 수 있었다.

"이것 봐요! 싸울 의사도 없고 무기도 없는 사람에게 너무하는 것 아닌가요?"

 형일비가 천천히 칼을 거두어들이는 순간 주루 한쪽에서 짜랑짜랑한 소녀의 목소리가 들려왔다.

 뽑은 칼을 휘둘러 보지도 못하고 제풀에 꺾여 엉거주춤 내리던 형일비의 신형이 흠칫 굳어졌다가 묵묵히 자리에 앉았다.

 "호호! 그렇게 자신이 없으면 처음부터 뽑지를 말았어야지 그게 무슨 창피한 일인가요."

 다시 한 번 신경을 자극하는 고음이 울려 퍼졌고 단리웅천의 수려한 용모와 범상치 않은 화천옥과 형일비의 기도에 처음부터 주의를 기울이던 주루 안의 사람들이 흥미롭게 상황을 주시했다.

 "수아야, 알지도 못하는 사람들에게 무례하구나."

 구석 자리의 어둠에 가려져 있던 젊잖은 모습의 중년인이 부드럽게 소녀를 타일렀다.

 "아니에요, 숙부님! 대낮부터 칼을 들고 자기보다 약한 사람을 핍박하는 저런 인간들은 톡톡히 망신을 당해야 정신을 차린단 말이에요!"

 "허어!"

 처음부터 단리웅천의 용모에 넋이 나간 소녀는 어떻게 해서든 단리웅천의 관심을 끌어보려고 그러는지 굽히지 않았고 숙부라는 중년인은 못 이기겠다는 듯 고소를 지으며 고개를 저었다.

 "이보시오, 여기 술 몇 병 먼저 주고 오리 한 마리 구워서 가지고 오시오."

 화천옥이 무표정하게 화를 가라앉히는 형일비를 보고는 얼른 점소이를 불렀다. 자신이 겪은 바로 이 자식은 길길이 날뛸 때보다 무심히 가라앉아 있을 때가 훨씬 더 위험했다. 칼 든 공자라는 별명답게 고지식하고 좀처럼 감정을 폭발시키지 않지만 저렇게 무표정하게 착 가라앉아 있을 때는 극도로 화났을 때이고 그런 상태에서 폭발하면 걷잡을 수가 없었다. 어서 술이라도 한잔 권하며 주의를 딴 데로 돌려야 했다.

"흥!"

자신의 외침에 어느 집 개가 짖느냐는 듯 무시하고 있는 화천옥 일행의 반응에 볼이 발갛게 달아오른 소녀는 콧김을 한번 내뿜고는 양팔을 허리에 걸쳤다.

"조금 세게 나오는 상대에게는 눈도 못 맞추며 말꼬리를 돌리는 모습이라니! 가관이야, 정말!"

"쿡—"

소녀의 당돌한 말에 어느 곳에선가 웃음소리가 났고 득의양양해진 소녀는 더욱 앙칼진 표정으로 형일비와 화천옥을 노려보면서 쉴 새 없이 단리웅천의 모습을 훔쳐보았다.

"네가 나설 자리가 아니다, 어린 계집!"

소녀가 단리웅천의 얼굴에 잠시 정신이 팔린 순간 형일비의 차가운 목소리가 온 주루에 나지막이 울려 퍼졌다.

'망둥이 한 마리가 어렵게 가라앉힌 불길에 부채질을 하는군!'

화천옥이 염려스런 표정으로 형일비의 눈치를 살피며 시비를 말릴 방법을 찾아내느라 열심히 머리를 굴렸다.

"뭐, 뭐라고 했나요, 당신?!"

너무 기가 막힌다는 듯 잠시 말문이 막혀 있던 소녀가 팔짝팔짝 뛰며 고함을 질렀다.

"네가 참견할 자리가 아니니 어서 네 자리로 돌아가거라, 젖비린내 나는 계집!"

단리웅천에게로 향하다 속절없이 가라앉힌 형일비의 분노가 때맞춰 끼어든 소녀에게로 터져 나오고 있었다.

"어허! 너무 과하군, 젊은이!"

은은한 노기가 묻어 있는 음성과 함께 구석 자리에 있던 인자한 인상을 한 소녀의 숙부가 천천히 앞으로 몸을 내밀었다.

"아앙— 숙부님! 난 몰라—!"

소녀가 급기야 분을 못 이긴 울음을 터뜨리며 숙부에게로 달려갔다.

"그러기에 쓸데없는 참견을 말라고 일렀거늘……."

소녀를 달래던 중년인이 천천히 몸을 일으켰다. 그와 함께 중년인의 몸에서 범상치 않은 기운이 뻗어 나왔다.

"젊은 공자! 비록 내 질녀가 철이 없어 자네들 일에 참견했지만 좀 전에 던진 자네의 말투는 너무 심했네! 질녀에게 정중히 사과하게. 그럼 없었던 일로 함세!"

천천히 다가온 중년인은 노기 속에서도 부드러움을 잃지 않고 형일비를 바라보았다.

"어여쁘신 질녀님께 심한 말을 한 점 깊이 사죄드립니다!"

화천옥이 황망스럽게 고개를 숙였고 단리웅천도 덩달아 고개를 숙이며 사죄의 표정을 지었다.

"킥—"

금방 거품이라도 물고 쓰러질 듯 화가 나 있던 소녀가 단리웅천의 얼토당토않은 행동에 그만 실소를 터뜨렸다. 그는 지금껏 두 사람에게 핍박을 받던 처지로 같이 사과할 아무 이유가 없는 사람이었다.

"내 질녀가 사과를 받을 사람은 자네들이 아닐세!"

여전히 온화한 표정과 말투였지만 중년인의 음성에서는 노기가 좀 더 강하게 서려 있었다.

"그렇다면 남의 일에 쓸데없이 참견한 대협의 질녀가 먼저 사과함이 옳지 않소!"

형일비가 답변을 하며 잠시 중년인의 눈을 응시했다.

'우웃!'

형일비의 시선을 받은 중년인이 순간 움찔하며 신음성을 삼켰다.

깊이를 알 수 없는 암흑의 눈빛이었다. 그 깊은 암흑 속에 감추어진 살기는 추측을 불가능하게 했다. 그리고 그 추측 불허의 암흑은 어떤 마기(魔氣)보다도 공포스러웠다.

'잘못 본 것일 게야!'

형일비의 시선이 다시 탁자 위로 향해지자 순간적인 경직에서 벗어난 중년인이 차분히 형일비를 응시했다. 형일비의 표정에서는 결코 사과를 할 의지가 담겨 있지 않았다.

"자고로 싸움은 말리고 흥정은 붙이라 했네. 내 질녀는 자네들의 시비를 말리려고 한 행동이었다고 보네. 그러니 사과할 이유가 없지 않겠나?"

"싸움을 하든, 죽어 나자빠지든 우리 일이오! 간섭하지 마시오! 난 지금 남의 간섭 다 받아들일 만큼 유쾌하지가 않소!"

"이 자식이 감히!"

소녀와 같은 자리에 있던 다른 한 명의 젊은이가 더 두고 보지 못하겠다는 듯 자리를 박차고 나왔다. 분기탱천한 모습으로 다가오는 사내의 손에 어느덧 한 자루 긴 창이 들려져 있었다.

"숙부님, 비키십시오! 내 이놈을 따끔히 혼내주겠습니다!"

사내가 씩씩거리며 금방이라도 형일비의 몸통을 꿰뚫고 말듯이 창끝을 거두었다.

"그 창 한 번이라도 휘둘렀다가는 넌 병신 된다."

형일비가 낮게 으르렁거리자 사내가 어이없다는 듯 하— 하고 헛바람을 내쉬었다.

"야, 이 자식아! 미안하단 말 한 번 하면 될 것 가지고 왜 이러는 거냐! 괜한 시비 만들지 말고 어서 떠나자!"

화천옥이 형일비의 어깨를 흔드는 순간 창을 한 번 크게 휘두른 사내가 서서히 다가들었다.

"죽여 버리겠다."

슈욱—

긴 원을 그리며 휘둘러지는 듯하던 창이 어느새 일직선으로 형일비의 심장으로 날아들었고 그 빠름이 화살보다 더했다.

번쩍—

직선으로 뻗어 나가던 창끝에 형일비의 몸이 꿰뚫렸다고 생각이 드는 순간 보일 듯 말 듯한 빛 한줄기가 지나갔다. 하지만 그 빛을 인식한 사람은 몇 되지 않았다.

"어헉—"

너무나 순식간에 일어난 일이라 모든 상황이 끝난 다음에야 짧은 비명들이 터져 나왔다.

젊은이가 찌른 창이 형일비의 심장 깊숙이 박혀 있었다.

터져 나오는 핏물을 상상하며 모두 눈을 질끈 감았다. 그리고 천천히 눈을 떴다.

"어허, 어찌 저런!"

그들의 상상처럼 창에 찔린 형일비의 심장에서는 핏물이 흘러나오지 않았다. 대신 부들부들 떨면서 창을 거둬들이는 젊은이의 창끝이 한 자나 잘려져 나가 뒹굴었고 그 잘려 나간 단면이 형일비의 심장을 누르고 있어 심장 깊이 창이 꽂힌 것으로 착각했던 것이다.
"약속대로 병신을 만들어주지."
형일비의 도가 어느새 창을 든 젊은이의 어깨 위에 올려져 있었다.
"하앗―"
형일비가 어깨를 누르던 도를 들어 청년의 창 든 팔을 자르려는 순간 기합과 함께 은색 빛무리가 일며 또 하나의 창이 형일비를 향해 날아들었다.
따당―
이번에는 화천옥이 형일비를 밀치며 은색 빛무리 속에서 튀어나온 창을 향해 칼을 휘둘렀다. 은빛 장창이 가볍게 튕겨져 나가고 형일비의 어깨를 잡은 화천옥이 형일비와 함께 일 장 뒤로 물러서며 숨을 골랐다.
"은무신창(銀霧神槍)!"
자신의 공격을 너무나 쉽게 무력화시키고 훌쩍 뒤로 물러선 두 젊은이를 망연히 쳐다보고 있는 중년인을 보고 누군가가 소리를 질렀다.
그 외침대로라면 그는 최근 들어 강호에서 급격한 명성을 얻고 있는 마가창술로 유명한 마씨 가문의 현 가주 마종록(馬宗錄)의 동생인 마종일(馬宗一)이었다.
그는 거의 맥이 끊겼다고 전해진 마가창술의 진정한 오의를 몇 대 만에 완벽히 터득면서 최근 들어 명성이 급부상했다. 보통 사람들은 들기도 힘들다는 은색 장창을 자유자재로 휘두르고 급기야는 창을 다루는 사람은 보이지 않고 자욱한 은빛 안개만이 퍼져 나간다 하여 그

별호가 은무신창이었다.

　대체로 병기란 그 길이가 한 자 더 길어질수록 그만큼 더 유리했다. 하지만 길이가 긴 것일수록 그만큼 다루기 또한 어려웠다. 그러기에 장병기를 쓰는 사람은 많지 않았고 그중에서도 그 오의를 제대로 터득한 사람은 극소수였다.

　대부분의 무림인은 가장 다루기 쉽고 빠른 시간 내에 효용을 볼 수 있는 검(劍)을 독문병기로 선택했다. 그래서 검은 만병지왕으로 칭해진다. 그러나 창이나 곤(棍) 등 검보다 두 배 내지 세 배 더 긴 병기를 익혀 검을 익힌 사람과 같은 정도의 오의를 터득했다면 장병기를 든 사람은 검을 든 사람보다 그 병기의 길이만큼 두 배, 세 배 더 유리했다.

　마가창술의 본산인 마씨 가문은 대대로 창술을 계승해 왔고 한때는 어느 가문도 넘보지 못할 명성을 이루기도 하였지만 극히 까다롭고 익히기 힘든 절기라 자연히 쇠퇴하여 갔다. 호기 왕성한 젊은이들은 한시라도 빨리 절예를 습득하고 만인의 칭송을 받으며 뭇 여인들의 시선을 끌고 싶어했기에 수십 년은 고독하게 익혀야 고수의 반열에 오르는 가문의 절기를 멀리하기까지 했다.

　그러나 최근에 와서는 제왕성이라는 북두에 가려 어줍잖은 실력으로는 얼굴도 내밀지 못하는 시대가 되었고 자연히 한층 더 깊은 공부에 임하는 사람들이 늘어났다.

　은무신창 마종일 역시 한창 혈기 왕성하던 젊은 시절에는 이름도 알려지지 않은 무인이었으나 끓어오르는 혈기를 오직 창을 잡은 손에 모아 피땀을 흘린 결과 오십 줄에 들어선 지금에서야 인고의 세월을 보상이라도 받듯 명성이 수직 상승하고 있었다.

"정말 죄송하오. 지금 이 친구의 기분이 몹시 좋지 않아 이런 상황이 벌어진 것이니 양해해 주시오. 우린 그만 물러나겠소."

화천옥이 몇 번씩이나 형일비의 등을 떠밀며 주루의 문 쪽으로 걸음을 옮겼고 단리웅천도 연신 굽실거리며 화천옥을 따랐다.

"이젠 그런 것이 문제가 아니다!"

싸늘하게 내뱉는 은무신창 마종일의 눈에 감당할 수 없는 투혼이 일렁거렸다.

"따라 나오너라!"

마종일이 성큼 걸음을 옮겨 화천옥 일행보다 오히려 먼저 주루 밖으로 나가자 화천옥과 형일비, 그리고 단리웅천도 주춤거리며 밖으로 나갔다.

"어서 가보자!"

찬물을 끼얹은 듯 조용하게 주시하던 누군가의 입에서 나온 말을 신호로 하여 주루 안의 모든 사람들이 밖으로 몰려 나갔다.

"네놈들의 정체가 무엇이냐?"

마종일이 공터에 버티고 서서 가라앉은 눈으로 형일비 일행을 쏘아보았다.

"지나가던 무명소졸일 뿐입니다."

이번에는 단리웅천이 먼저 나서며 난감한 표정을 지었다.

자신 역시 화천옥과 형일비를 은밀히 만나 몇 가지 문제를 의논하고 둘의 도움을 받을 일이 있었다. 그런데 뜻하지 않게 시비가 일어났고 만인 앞에서 주목받는 입장이 되어버렸다.

은무신창 마종일이라면 최근 자신도 들은 적이 있는 이름이었다. 그런 사람과 한 번 더 대결을 벌이고 결과야 어찌 되든, 물론 단 한 칼에 끝날 공산이 크지만 어쨌든 그렇게 되면 온 무림에 소문이 무성할 것이고 화천옥의 염려대로 자신들을 알아보는 사람들이라도 이 자리에 있으면 일이 꽤 번거로워질 것이다.

"난 내 창이 무명소졸의 장난 같은 한칼에 속절없이 튕겨져 나간다고는 믿지 않는다! 다시 한 번 확인해 봐야겠다!"

마종일의 얼굴에 누구도 막을 수 없는 결의가 흘렀다.

'융통성이라고는 눈곱만큼도 없는 저놈 때문에 일이 귀찮게 되었다!'

화천옥이 도끼눈으로 형일비를 쏘아보고는 혹시라도 자신의 얼굴을 알아보는 사람이 있을까 염려하며 이마에 손을 대고 얼굴을 반쯤 가렸다.

"난 한가한 비무 따위나 하자고 칼을 익히지 않았소. 일단 휘두르게 된다면 피를 부를 수밖에 없소."

형일비가 낮게 중얼거렸고 마종일이 고개를 끄덕였다.

"충분히 짐작이 가네. 무가의 자손으로 태어나 그런 칼에 죽는다면 오히려 영광이겠지."

마종일이 은창을 지그시 한번 쳐다보고는 천천히 휘둘렀다.

화천옥과 단리웅천이 난감한 표정으로 바라보았고 이 시비의 발단이 된 미수아가 파랗게 질린 얼굴을 하였지만 이젠 누구도 이 상황을 저지할 수 없었다. 그것은 폭포를 거꾸로 흐르게 하는 것이나 마찬가지였다.

"조심하게!"

마종일의 창이 급격하게 회전하였고 은빛 안개가 짙어지며 급기야 창의 주인은 그 은무 속에 사라졌다.

"하앗."

슈슈슉─

짧은 기합성과 함께 은무 속에서 수십 개의 창이 한꺼번에 튀어나왔다. 그 수십 개의 창들 중 어느 것 하나 허상이나 환영이 아니었다. 촌각을 수십 개로 자른 순간에 각각의 창을 찔러 넣어 하나의 창끝이 각각의 순간 속에 살아 움직이고 있는 것이다.

"면창(綿槍)!"

보는 이의 입에서 절로 탄성이 터져 나왔다.

창끝이 넓은 면처럼 펼쳐져 작은 돌멩이 하나 넘나들지 못할 은색의 벽을 이루고 있었다.

따다당─ 땅─

수십 수백 개의 창끝이 형일비의 전신을 산산조각 낼 듯이 덮쳐드는 순간 형일비의 칼이 무섭게 회전했고 칼에 막힌 은색의 벽이 서서히 뒤로 밀리기 시작했다.

쌔액─

어느 순간 금속성이 걷히고 칼이 휘둘러지는 파공성이 울렸다.

'끝인가!'

은무신창 마종일이 두 눈을 질끈 감았다.

혼신을 다한 창끝이 형일비가 휘두른 도막에 철저하게 막혀 속절없이 튕겨나고 창을 잡은 손목이 자신도 모르게 주춤한 사이 창을 자른 형일비의 칼이 창신을 정확히 두 쪽으로 쪼개며 심장으로 다가들고 있었다.

쇠보다 더 강하게 단련시키고 은박을 입힌 흑단목(黑檀木)이 연한 메밀묵처럼 갈라지며 그 사이로 넓은 도신이 물을 가르는 연어처럼 부드럽게 헤엄쳐 올라왔다. 그 짧은 수유(須臾)의 순간이 마종일에게는 평생처럼 느껴졌다.

땅—

창신을 거의 다 쪼갠 형일비의 도가 마종일의 심장을 가르려는 순간 화천옥의 칼이 쪼개진 창신 마지막 한 치 앞에서 형일비의 도를 막았다.

"그만 해, 자식아! 동문에서 뺨 맞고 왜 서문에 와서 화풀이야!"

화천옥이 고함을 질렀다.

"형 형, 그만 합시다."

언제 다가들었는지 단리웅천 역시 옥피리 하나를 마종일의 가슴 가까이에 내밀고 있었다. 화천옥의 칼이 막지 않았더라도 형일비의 칼은 필시 단리웅천의 옥피리에 막혔을 것이다.

"이렇게 시간을 허비할 여유가 없소. 이러는 순간에 율자춘 그놈은 사라질지도 모르오."

나직한 단리웅천의 말에 형일비와 화천옥이 넋이 나간 마종일과 군중들은 안중에도 없다는 듯 얼른 눈을 치뜨며 단리웅천을 바라보았다.

"그놈, 지금 어디 있소?"

"그 괴물을 잡으려면 두 분 노형의 도움이 절대적으로 필요하오! 그래서 여기 온 것이오!"

단리웅천이 옥피리를 품속으로 갈무리하며 급히 신형을 옮겼고 행여 놓칠세라 형일비와 화천옥이 도갑에 도를 넣지도 않은 채 들고 뛰었다.

"화천옥 공자다!"

쥐 죽은 듯한 고요 속에서 꾀죄죄한 몰골의 한 소년이 중얼거리자 모든 눈이 그쪽으로 쏠렸다.

"그래, 맞아. 화(華) 대공자야!"

혼이 달아난 듯한 또 다른 음성이 들리자 묵상처럼 서 있던 군중들이 급히 두 거지에게로 모여들었다.

"오늘 네놈 두 놈 음식은 내가 살 테니 어서 자초지종을 말해 보아라."

텁석부리 장한이 두 거지를 끌다시피하며 주루 안으로 들어갔고 군중들도 순식간에 다시 주루 안으로 사라졌다.

털썩.

텅 빈 공터에서 마수아가 마침내 혼절하며 쓰러지자 마종일에 앞서 형일비에게 창을 잘린 청년이 급히 마수아에게로 달려들어 부축했다.

털썩.

쪼개진 은창을 던져 버린 마종일이 잠시 조카들에게 공허한 눈길을 주고는 터덜터덜 오후의 햇살 속으로 사라져 갔다.

* * *

낙양성 한복판의 정경은 낮보다 밤이 훨씬 더 화려했다.

청, 홍, 황 각각의 색깔로 채색된 유등이 휘황찬란하게 밤을 밝히고 유등 불빛 아래로 끊임없이 오가는 유객들의 행렬은 그야말로 불야성을 이루고 있었다.

그 불야성 가운데에서도 가장 화려한 빛을 발하고 있는 곳이 바로 만화루(萬花樓)였다.

밤이 되면 피어나는 야화(夜花)들이 만발한 만화루는 오층 누각의 건물을 중심으로 크고 작은 별채들이 병풍처럼 둘러싼 낙양 최대의 기루었다.

부귀권세가 있는 곳이면 그 넘치는 부를 활용하여 인간의 가장 원초적인 향락을 누리려는 사람들이 있었고, 또한 그런 향락을 제공해 주고 부를 나누려는 사람들이 생겨나게 마련이다.

만화루는 이름 그대로 온갖 기화요초가 만발한 곳이었다.

열여섯을 채 넘기지 않은 동기(童妓)에서부터 뇌쇄적인 아름다움을 갖춘 농염한 미녀들은 물론 금발과 벽안을 가진 이국의 미녀들도 즐비했다.

낮에는 몇몇 일하는 사람들만이 눈에 띄는 텅 빈 사찰 같지만 밤이 되면 휘황찬란한 불빛과 그 불빛 아래에서 울려 퍼지는 흥겨운 비파 소리와 맑은 웃음소리로 밤의 적막을 깨끗이 지워 버렸다.

"별천지군!"

단리웅천과 함께 별채 한곳에서 술상을 받은 형일비가 기도 안 찬다는 표정으로 바깥을 두리번거렸다. 공동의 깊은 산속에서 칼과 함께 어린 시절을 보냈고 무림성회에 참석하고자 처음으로 세상 밖으로 나왔다. 그러다가 척마단과의 사투를 벌인 후 다시 산속으로 숨어들어 지금껏 산속에서 살아왔기에 세상 물정 모르고 고지식하여 칼 든 공자라는 별명까지 얻었다. 그런 형일비에게 이곳 만화루의 밤 풍경은 말 그대로 별천지였다.

"공자님 눈에도 도화경은 보이는 모양이구나."

남자들과 함께 만화루 정원을 거닐고 있는 기녀들을 넋을 잃고 바라보고 있는 형일비를 보며 화천옥이 빈정거렸다.

"이런 걸 도화경이라 하는 게 맞는 거냐, 아니면 말세라고 하는 것이 맞는 거냐?"

손녀딸 같은 동기를 안다시피하고 정원을 거니는 비대한 노인을 보며 형일비의 미간이 좁혀졌다.
"이 자식이! 왜 또 심통을 부리는 거냐! 세상 사람들이 모두 너 같거나 두령 같다면 그게 어디 사람 살 곳이냐? 이런 사람, 저런 사람들이 조화롭게 섞여 있기 때문에 살 만한 세상인 것이야!"
화천옥이 짐짓 근엄한 표정을 지었다.
"잘났다! 이제부터 네놈이 공자해라!"
형일비가 콧방귀를 뀌었다.
"그건 그렇고 내가 보기로는 별다른 점을 발견할 수 없는 것 같은데……."
화천옥이 중앙에 있는 오층 누각을 바라보며 고개를 갸우뚱거렸다.
"누각 각 층마다 걸린 유등을 잘 보시오."
만화루의 객방에 들어선 순간부터 온통 중앙에 있는 누각으로 신경을 집중한 채 미동도 않고 있던 단리웅천이 여전히 시선을 고정시킨 채 말했다.
"저기 유등을 매달고 있는 막대 하나하나가 복잡한 진법을 형성하고 있소. 그리고 그것들은 일정한 시간에 따라 위치가 바뀌고 있소."
단리웅천의 설명에 따라 유등을 바라보던 화천옥의 눈에 놀라움의 빛이 짙어졌다.
많은 사람들이 왕래하는 건물 곳곳에 다른 사람들이 의식하지 못하게 복잡한 진법을 만들어놓은 사람도 무서웠지만 짧은 순간에 그것을 간파한 단리웅천의 능력은 정말 가공스러웠다.
"그리고 보니 진이 형성되어 있는 것도 같은데 그렇다면 저 안을 멀쩡히 걸어다니는 사람들은 어떻게 된 것이오?"

진법에 관해서 일가견이 있는 형일비가 이해할 수 없다는 표정으로 단리웅천을 쳐다보았다.

'으음……'

단리웅천을 바라보는 형일비의 눈빛이 일순 일렁거렸다.

오층 누각의 한곳을 뚫어지게 응시하는 단리웅천의 모습은 마치 숨도 쉬지 않는 듯했고 밤하늘을 가로질러 누각으로 폭사되는 안광은 온 어둠을 밀어낼 듯한 현기를 발했다. 이제껏 보여준 치기 어린 장난기나 엉뚱한 표정 따위는 어느 한구석에서도 찾아볼 수 없었다.

도저히 그 깊이와 끝을 예측할 수 없는 단리웅천의 모습에서 화천옥과 형일비는 언뜻 공포감을 느꼈다.

'이자가 버티고 있는 한 제왕성은 예전과 진배없는 철옹성이고 제왕성에 의한 무림의 억압은 재현될지도 모른다.'

자신도 모르게 화천옥의 눈에 살기가 피어 올랐다 조용히 사라졌다.

"저곳 삼층 전각 왼쪽 끝에 매달려 있는 청색 유등을 보시오."

뭔가 실마리를 찾은 듯한 단리웅천이 손가락으로 한 지점을 가리켰다. 형일비가 단리웅천이 가리킨 곳으로 시선을 고정시키자 단리웅천의 설명이 계속됐다.

"저곳이 기점이오. 저곳을 시작으로 해서 십면매복진(十面埋伏陣)을 짚어보시오. 그리고 다음으로 구요성궁진(九曜星宮陣)을 역으로 짚고, 다음 삼방천지진(三方天地陣), 다음으로……."

단리웅천의 설명이 쉴 새 없이 이어졌고 형일비의 눈이 어지럽게 움직였다.

"가만가만, 그렇다면 저 오층의 한 지점만이 감쪽같이 사라지게 되는군… 이럴 수가……."

악마의 최후 181

화천옥의 목소리가 떨려 나왔다.

독을 독으로 제거하고 남은 독을 또 다른 독으로 제거하며 결국에는 한 가지 원하는 효용만을 끄집어내는 이독제독의 원리처럼 오행과 구궁의 원리를 이용한 진법과 그 역을 교묘히 배열하여 완벽한 절진을 펼쳐 놓았다.

지금 이렇게 여러 개의 진이 배합되어 있을 때는 서로가 서로를 상쇄시키며 율자춘 자신이 기거하는 공간을 감추는 효과만을 나타내지만 누군가가 그 공간을 뚫고 들어가기 위해 한 개의 진이라도 깨뜨린다면 나머지 수십 개의 진들이 발동하여 상상도 못할 만큼 복잡한 변화를 일으키게 된다. 그 복잡한 변화 속에서 우왕좌왕하는 순간 괴물은 사라지게 될 것이다.

"정말 인간의 능력으로 이런 진을 만들 수 있단 말이오?"

화천옥이 동그랗게 뜬 눈으로 단리웅천과 형일비를 쳐다보았다.

"충분히 가능할 것이오. 제왕성 깊은 실내에서 십수 년 동안 한 발짝도 밖으로 나오지 않고도 온 중원을 혼란에 빠뜨린 자이오. 설사 악마라 할지라도 그 앞에서는 무릎을 꿇고 말 것이오."

단리웅천의 눈빛이 차갑게 가라앉았다.

"그럼 이제 어떻게 할 셈이오? 저 진을 파해한다는 건 불가능해 보이는데. 차라리 영웅탑을 무너뜨린 당신의 장력으로 저 건물 전체를 한꺼번에 날려 버리면 어떻겠소?"

형일비가 자신이 떠들고도 말이 안 된다는 듯 고개를 흔들었다.

"저곳과 이 별채에는 수천 근의 화약이 곳곳에 설치되어 있소. 최악의 경우 그것이 터지면 저 누각 속에 있는 수백 명의 죄없는 사람들과 또 별채에 있는 그만큼의 사람들이 희생될 것이오. 그중에는 가족의 생계를 위해 자기 한 몸을 판 어린 소녀도 있소. 도와준 대가로 가족들에게 돌려보내 준다고 그 소녀에게 약속했소."

단리웅천의 몸에서 짙은 아픔이 금세라도 바닥에 떨어질 듯 출렁거렸다.

'도대체 알 수 없는 놈이다.'

화천옥이 고개를 흔들었다. 혈영의 본거지인 흑유부에서의 첫 대면에서 보여주었던 그 엉뚱한 행동과 가공할 무학, 그런 모습에서는 평생 동안 아픔이라고는 단 한 번도 겪어보지 못한 영락없는 명가의 귀공자였다. 그런데 지금의 이 모습은 인생 밑바닥의 슬픔을 다 겪어본 사람에게서나 느낄 수 있는 애수가 녹아 있었다.

한참 동안 단리웅천을 응시하던 형일비 또한 단리웅천의 그런 모습에 넋을 잃었다.

"정말 누가 괴물인지 모르겠군."

피식 웃는 형일비의 표정에서 단리웅천에 대한 무조건적 적개심이 말끔히 사라진 듯했다.

"그럼 단 형의 생각은 어떤 것이오?"

형일비가 재차 질문을 던졌다.

"진들이 합치는 지점에 미세한 틈이 있소. 그곳을 뚫고 들어갈 생각이오. 그동안 두 분 노형들은 이곳 별채와 누각 아래층에 설치되어 있는 도화선을 모두 잘라주시오."

말을 계속하며 단리웅천이 품속에서 한 장의 도면을 꺼냈다.

"화약이 설치된 곳과 도화선이 연결된 곳을 그린 것이오. 이곳에는 각기 몇 명의 보초들이 포진해 있소. 두 분 노형들이라면 저 괴물이 아무런 낌새도 채지 못하게 할 수 있으리라 생각합니다."

"만약 실패하면 어떻게 되는 것이오?"

형일비가 걱정스런 표정을 지었다.

"그럼 저 괴물은 망설임없이 화약을 터뜨려 버릴 것이오."

"그럴 리가? 그렇게 되면 자신도 산산조각이 나서 죽을 텐데."

"죽고 사는 데 연연하는 인간이 아니오. 오직 자기 가슴에 응어리진 복수심을 세상에 터뜨리고자 오늘에 이른 인간이오."

단리웅천의 눈이 다시금 오층 누각을 향했다.

"어쩌면 그는 온갖 부귀를 모아 이곳에서 향유하고 있는 많은 사람들을 저승길의 동반자로 삼고자 만화루에 똬리를 틀고 있는지도 모르오."

"정말 악마적이군!"

화천옥이 혀를 내두르는 순간 단리웅천이 급히 몸을 일으켰다.

"잠시 후면 저기 이층 누각 가운데 있는 홍색 유등이 두어 자쯤 왼쪽으로 이동할 것이오. 그 순간부터 일각 이내에 모든 일을 끝내야 하오!"

세 사람은 금세라도 날아갈 듯한 자세로 누각을 응시했고 어느 순간 단리웅천이 가리킨 홍색 유등이 조용히 왼쪽으로 미끄러졌다.

"지금이오!"

단리웅천의 신호와 함께 세 개의 인영이 비조처럼 어둠 속으로 파고들었다.

* * *

"정말 놀랍소, 소성주!"

"오랜만이군요, 율 총사!"

온통 땀에 젖은 얼굴을 한 단리웅천이 율자춘 앞에 서 있었고 경악스런 표정과 허탈한 표정의 율자춘이 음울한 눈빛을 한 채 의자에 앉아 있었다.

그렇게 한참 동안 말없이 서로를 응시하던 두 사람은 누가 먼저랄 것도 없이 큰 한숨을 한번 내쉬고는 긴장을 풀었다.

어쩌면 이 하늘 아래에서 서로에 대해 가장 잘 아는 두 사람이었다.

단리웅천의 숨겨진 능력과 성격을 그의 부친보다 정확히 알고 있는 사람이 율자춘이었고 율자춘의 가슴속에 있는 한과 그가 획책한 악마적인 계략들을 훤히 꿰뚫고 있는 사람이 단리웅천이었다. 그러기에 서로를 잠시 응시하는 것만으로 수천 마디의 대화를 한 것이나 마찬가지였다.

"큭큭!"

율자춘이 기괴한 웃음소리를 흘렸다.

"오로지 소성주 당신 한 사람을 염두에 두고 설치한 진이었소. 중원 천지에서 날 찾아낼 수 있는 사람은 당신뿐일 것이고 그에 대비해서 내 모든 심혈을 짜내어 만든 진이었소. 그것을 일각도 안 되는 시간 안에 파해하다니……. 도대체 당신의 능력은 어디까지가 그 한계인지 모르겠구려."

율자춘의 표정에 웃음이 떠올랐다. 그러나 웃는 얼굴이 오히려 더 흉측한 모습으로 일그러졌다.

"꼭 이렇게 해야만 했소?"

단리웅천이 담담히 율자춘의 눈을 바라보았다.

"글쎄요. 소성주라면 어떻게 했을 것 같소?"

"……."

"후후, 그런 건 의미없는 질문이오. 그러니 집어치우고 현실적인 대화나 좀 나누어봅시다."

율자춘이 다시 한 번 입술을 일그러뜨린 후 단리웅천에게 질문을 던졌다.

"내가 이곳에 있는 것을 어떻게 그리 빨리 알아냈소. 날 이곳으로 옮긴 자들은 이미 저 세상으로 갔는데."

"율 총사가 제왕성을 나간 후 가장 힘을 쏟은 일이 정보를 모으고 소문을 퍼뜨리는 일이더군요. 중원에서 그런 일에 제일 적합한 곳은 동창이고 다음으로 이 만화루지요."

"그렇군요! 내가 아무 일도 하지 않고 꼭꼭 숨어 있지 않는 한 조만간 날 찾아내리라 생각했소. 하지만 생각보다 훨씬 빠르군요."

율자춘이 몸통에 비해서 비정상적으로 크고 앞으로 툭 튀어나온 머리통을 끄덕거렸다.

"그건 그렇고, 소성주는 지금껏 어디에 계시다 온 것이오? 모든 정보망을 총 동원했지만 오리무중이었소."

"꽤 먼 곳이었소. 그곳에서 잠마혈경을 지울 무공을 연마했지요."

잠마혈경이라는 단리웅천의 말을 듣는 순간 율자춘의 눈이 더 이상 커질 수 없을 만큼 크게 떠졌다. 잠마혈경은 자신이 이 세상에서 사라지더라도 세상을 어지럽히고 피로 물들이며 자신의 한을 뭇 사람들이 두고두고 기억하게 할 무공이었다. 그런데 그것을 단리웅천이 알고 있다면 단리웅천의 무한한 능력으로 보아 그건 휴지 조각처럼 땅속으로 묻히고 말 것이다.

"어떻게! 어떻게! 소성주가 그것을 아시오? 아니, 언제부터 알고 있었던 것이오?"

"당신이 그것을 만들기 시작했을 때부터 알고 있었던 일이오."

율자춘의 고개가 좌우로 흔들렸다. 도저히 믿을 수 없는 말이었다.

"율 총사가 관리하던 전서구 중 몇 마리는 새끼 때부터 내 처소에서 데리고 놀던 놈들이었소. 그놈들에게 좋아하는 먹이를 주고 귀여워해 주었더니 친구들도 데리고 오더군요. 그렇게 제왕성 밖을 나가기 전 내 처소에 들러 먹이를 얻어먹고 나가던 놈들을 통해서 당신이 꾸민 일들과 제왕성이 저지른 일들을 자연히 알게 되었소. 그리고……."

단리웅천이 담담하게 그간의 일들을 설명해 주었다. 간단하게 요약된 짧은 설명이었지만 그동안 율자춘의 표정은 수십 번도 더 변했다.

"크크크… 내가 상상할 수 있는 한 최대로 당신의 능력을 평가해 두었는데 결국 그것마저 과소평가였군… 정말 대단해……."

율자춘이 한참을 더 괴소를 흘리다 눈빛을 빛냈다.

"소성주! 당신은 내가 세상에서 유일하게 정을 느꼈던 사람이오! 하지만 내 계획을 위해선 살려둘 수가 없소!"

율자춘의 눈에 짧은 순간 고뇌의 빛이 떠올랐다 사라졌다.

"같이 떠나는 거요. 당신만 없다면 세상은 앞으로도 수백 년은 더 피를 흘리며 내 한을 기억할 것이오. 그러면 된 것이지."

율자춘은 이제껏 단 한 번도 손을 떼지 않고 있던 의자의 손잡이에 지그시 힘을 주었다.

"미안하오, 소성주!"

말과 함께 율자춘이 손잡이를 강하게 비틀며 눈을 감았다. 묵묵히 쳐다보는 단리웅천의 눈빛이 어둠을 발했다.

"소용없는 짓이오."

대폭발과 함께 죽음을 기다리며 반쯤 혼이 나가 있던 율자춘이 벼락을 맞은 듯 일어서며 주위를 두리번거렸다.
"이게! 이게! 어떻게 된 일이오?"
몇 번을 더 손잡이를 돌려보았지만 결과는 마찬가지였다.
"도화선은 모두 잘랐소."
단리웅천이 품속에서 천천히 옥피리를 꺼냈다.
"대체 어떻게? 아무리 소성주의 능력이 뛰어나도 진을 통과하면서 동시에 도화선을 자를 수는 없을 텐데……."
율자춘의 눈에 경악을 넘어선 공포감이 어렸다.
"조력자가 있소. 어쩌면 나보다 더 무시무시한 칼을 가진."
"말도 안 되는……."
율자춘이 불신에 가득 찬 눈을 하다 아주 천천히 발끝을 움직였다.
"당신의 가슴에 맺힌 한을 모르는 바는 아니지만 이젠 어쩔 수 없소."
단리웅천이 옥피리를 들어 올렸다.
"내세에서는 만복을 갖춘 사람으로 태어나시오."
파앗—
율자춘의 발끝이 바닥의 작은 장치에 닿기 직전 한줄기 백광이 율자춘의 심장을 꿰뚫자 경악과 고통에 일그러진 율자춘의 눈이 한껏 부릅떠졌다.
쿵!
몇 번을 뒤뚱거리던 난쟁이 꼽추의 몸이 바닥을 뒹굴었다.
정마대전에서부터 모든 음모와 혼란의 중심에 서서 소용돌이를 일으킨 장본인인 꼽추 난쟁이가 덧없는 생을 마치는 순간이었다.
마지막 순간까지도 자신이 혐오해 마지않는 부류의 사람들 수백 명과 함께 죽음을 맞으려 독랄한 안배를 해놓은 희대의 악마가 제왕의 발 아래서 최후를 맞았다.

"와장창!

문이 박살나며 화천옥과 형일비가 실내로 뛰어들었다.

"뭐야, 이거? 이렇게 싱겁게 끝난 건가?"

형일비가 율자춘의 시신을 내려다보고는 탄식을 내뱉었다. 상상도 못할 암계와 능력으로 온 세상을 뒤흔든 악마를 한번이나마 대면하고 싶었던 것이다. 그리고 자신의 손으로 도륙하고도 싶었다.

"웬만하면 내 몫도 좀 남겨두지 그랬소."

화천옥이 무거운 눈빛으로 심장에서 더운피가 흘러나오고 있는 율자춘을 바라보았다.

"그러기엔 너무 위험한 자였소."

단리웅천이 아직도 긴장을 풀지 못하고 뚫어지게 율자춘의 시신을 응시했다.

"한꺼번에 수십 가지 생각을 동시에 하는 사람이오. 태연히 대화를 나누는 순간에도 수십 가지의 악랄한 흉계를 꾸밀 수 있는 능력을 가졌소."

단리웅천이 이마에 흐른 땀을 훔쳤다.

"짧은 순간이었지만 정말 피를 말리는 시간이었고 그 어떤 상대보다 무섭고 온몸을 긴장시키는 인간이었소. 화약뿐만 아니라 극독, 암기, 함정 어떤 것이 튀어나올지 모르는 상황이었소."

단리웅천의 말에 화천옥과 형일비가 다시금 긴장하며 그 자리에서 꼼짝도 않고 주위를 두리번거렸다. 단리웅천의 말대로 지금 당장이라도 뭘 잘못 건드려 극독을 묻힌 암기들이 우박처럼 쏟아질지도 모를 일이다.

"화약이 설치되어 있다는 것을 내가 모른다고 생각했기에 다른 짓은 하지 않았던 것 같소. 만약 화 형과 형 형이 조금이라도 실수를 하여 낌새를 챘다면 화약을 포기하고 형 형 왼쪽에 있는 목갑 속의 부시독(腐屍毒)을 터뜨렸을 것이오."

"이크—!"

형일비가 대경을 하며 옆으로 물러섰다.

"형 형은 부시독보다 강침을 더 좋아하는 모양이구려."

단리웅천의 말에 우뚝 선 형일비가 전면을 응시했다. 안력을 돋우어 자세히 보니 벽면 곳곳에 미세한 구멍이 수없이 뚫려 있었다.

"미치겠군!"

형일비가 고개를 저었다.

"너무 걱정할 것 없소. 이 방에 들어오기 전에 그 기관 장치는 정지시켜 두었소. 이 부시독만 처리하면 안전하오."

단리웅천이 목갑을 향하여 손을 뻗었다.

우웅—

목갑이 허공으로 떠올랐다. 그리고 서서히 붉은색으로 변했고 급기야는 은백색의 빛을 발하며 일렁거리다 허공 속으로 흩어졌다.

'순화(純火)!'

단리웅천의 수법을 본 화천옥이 속으로 외쳤다.

지극한 열화강기의 수준을 넘어선 순화지공(純火之功)이었다.

붉은색 열기가 더 강해지면 은백색으로 바뀌고 마침내 순백의 태양광과 같은 상태가 된다. 그런 순백의 빛은 대장간에서 수천 번의 풀무질을 연속으로 하여도 한순간 겨우 볼 수 있는 열기였다. 그런 열기만

이 만년한철을 제련하여 보검을 만들 수가 있는 것이다. 그것이 사람의 몸에서 뿜어져 나온다고는 들어본 적도 없다.

"제기랄!"

놀람도 거듭되고 보니 쉽게 체념으로 바뀌는가 보다.

형일비가 허탈하게 투덜거렸다. 제왕성의 소성주는 뿌리 깊은 분노와 원한의 대상이었지만 그가 어찌해 볼 수 있는 상대가 아니었다.

"정말 우습군!"

형일비가 창밖의 하늘을 바라보았다.

이제껏 모든 악업을 일으킨 제왕성에 또다시 이런 힘을 던져 준 저 하늘은 정말 역겨운 노인네 같다. 탐욕과 심술로 쭈글쭈글 주름진 고약한 냄새가 진동하는 노인네!

형일비가 천천히 밖으로 걸어나갔다.

"형 형!"

단리웅천의 목소리에 형일비가 우뚝 걸음을 멈추었다.

"술 한잔 같이 합시다."

"쿡쿡!"

형일비의 어깨가 크게 들썩거렸다.

"술? 좋지! 저 고약한 노인네보다는 몇백 배 더!"

"화 형도 같이 합시다."

단리웅천이 화천옥에게 시선을 던지자 화천옥이 고개를 끄덕거렸다. 그렇게 천천히 고개를 끄덕거리던 화천옥의 눈에 언뜻 살기가 비쳤다.

쌔액—

화천옥이 무섭게 도를 휘둘렀다.

놀란 단리웅천과 형일비가 움찔 물러서는 순간 화천옥의 도가 바닥에 나뒹굴고 있는 율자춘의 오른쪽 가슴을 사정없이 부수었다. 난쟁이의 작은 가슴이 완전히 으깨어져 두 쪽이 났다.
"이따금씩 심장이 오른쪽 가슴에 달린 괴물도 있지."
철컥 하고 도갑에 도를 집어넣은 화천옥이 휘적휘적 밖으로 걸어나갔다.

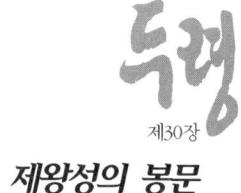

제30장
제왕성의 봉문

 오층 누각에서 일어난 일을 알 리가 없는 만화루는 여느 날과 다름없이 웃음소리로 벅적거렸다. 그들 중 누구 한 사람이라도 조금 전의 일을 알았고, 그래서 자신들 모두가 대폭발과 함께 천 갈래 만 갈래 찢어져 죽을 수도 있었다는 것을 안다면 온 만화루는 난리 굿이 났을 것이다.

 "제왕성은 봉문을 할 것이오, 앞으로 이십 년 동안!"
 처음 들었던 별채의 한 객실에서 술상을 마주한 단리웅천이 빈 잔을 내려놓으며 던진 말이었고, 그 말을 들은 화천옥과 형일비가 얼른 눈을 들어 단리웅천을 바라보다가 서로를 바라보았다. 도무지 믿어지지 않는 폭탄 같은 말이었다.
 "뭐라고 하셨소, 방금? 봉문이라 했소?"

"하루도 모자라지 않는 이십 년 동안 봉문을 할 것이오."

단리웅천이 한 잔 술을 게 눈 감추듯 더 들이켰다. 그의 앞에는 벌써 여러 병의 빈 병이 모여 있었다. 술상을 들고 같이 들어온 세 명의 기녀 중 이제껏 단리웅천을 도와주었다고 한 어린 기녀가 만류를 거듭했지만 단리웅천의 술잔은 속도를 늦추지 않았다.

"무슨 말씀이신가요? 제왕성이라니? 그리고 봉문이라니요?"

단리웅천의 폭탄과도 같은 말에 형일비와 화천옥 두 사람이 놀란 눈을 뜨고 한참이나 말이 없자 화천옥의 옆에 앉아 있던 기녀가 눈을 반짝이며 질문을 던졌다. 아울러 형일비의 옆에 있던 궁장 차림의 다른 기녀도 눈을 크게 떴다. 극구 사양하는 형일비의 옆에도 단리웅천은 억지로 한 명의 기녀를 앉혔고 화천옥마저도 형일비의 옆구리를 찌르며 핀잔을 주자 마지못해 형일비도 누그러졌던 것이다.

"그대들은 제왕성도 모르오? 정파무림의 태산이라던 그 위선에 가득한 제왕성 말이오."

단리웅천의 혀가 어느새 꼬이고 있었다.

"이 중원 하늘 아래에서 제왕성을 모르는 사람이 어디 있겠어요. 그런데 그 제왕성이 지금 공자님과 무슨 상관이지요?"

이번에는 형일비의 옆에 있던 기녀가 꾀꼬리 같은 목소리로 입을 열었다.

"상관이라… 상관이 있지. 암, 있고말고. 그 잘난 제왕성의 소성주가 누군지 아시오? 그 이름하여 단리웅천. 바로 나지!"

단리웅천이 트림을 하며 자신의 가슴을 두드렸다.

"호호호, 미남 공자님, 정말 웃겨서. 단리웅천은 아무나 하는 줄 알아요? 한 번에 영웅탑을 무너뜨릴 수 있는 사람이 바로 그 사람이에요.

소문에 의하면 삼 년 전 집을 뛰쳐나가 경천동지할 무공을 익혀 돌아왔다던데…….”

기녀의 말에 단리웅천의 눈빛이 약간 빛났다. 그와 동시에 화천옥과 형일비의 눈빛도 빛을 발하며 방금 말을 한 기녀에게로 모아졌다. 제왕성의 소성주가 집을 뛰쳐나갔다는 말은 금시초문이었다.

"크크, 정말 중원에서 소문이 제일 빠른 곳 중의 한곳이라더니 놀랍기 짝이 없군. 우리 가족과 가솔들밖에 모르는 그 사실을 정확히 알고 있다니. 하긴 뭐, 이젠 놀랄 일도 아니지. 율자춘의 소굴이 바로 여기였으니까."

단리웅천이 입꼬리를 비틀며 웃었다.

"끝까지 재미있네, 미남 공자님."

기녀들이 까르르 배를 잡았다.

"그동안 별의별 손님 다 겪었을 테니 무공을 보는 눈도 있겠지?"

단리웅천이 손바닥을 펴서 술병으로 향했다.

스스스―

술병 속의 여아홍(女兒紅)이 뿌연 기체로 변하며 세 기녀들의 빈 잔으로 빨려들었다. 그리고 빨려든 기체는 순식간에 다시 액체로 화하여 술잔 속에서 찰랑거렸다.

"어머나!"

"세상에!"

기절할 듯한 비명 소리가 쏟아져 나왔다.

단리웅천의 말대로 별의별 손님 다 겪어온 그들은 무공에 대한 지식 또한 수준 이상이었다. 실제로 보지는 못해도 들은 얘기만으로도 무공의 종류 및 그 수준의 고하(高下) 정도는 훤히 외우고 있었다. 방금 단리웅천이 보여준 수법은 절정의 공력으로 액체의 형상을 변화시키고 그 형상을 마음대로 이끌어가는 극상의 운기법이었다. 직접 본 적은 없지만 아주 드물게 들어본 적이 있는 전설적인 수법이었다.

"저, 정말 단리웅천 공자이신가요?"

한참 만에 정신을 차린 기녀 하나가 떠듬떠듬거리며 단리웅천을 바라보았다.

"후후, 그대들 곁에 있는 두 사람에게 물어보면 될 것 아닌가. 저 두 분은 거짓말이라고는 못하는 사람들이거든."

단리웅천이 짓궂은 표정으로 두 사람을 바라보았고 세 명의 기녀도 화천옥과 형일비에게 눈길을 돌렸다.

"대체 왜 이러는 거요, 단 형?"

화천옥이 당황하여 몸을 덜썩거렸다.

"큭큭! 소문을 퍼뜨리기엔 여기보다 좋은 곳이 없지. 아마 내일쯤이면 제왕성이 봉문을 했다는 소문이 온 중원으로 퍼져 나갈 것이오."

"의도적으로 이 여자들을 부른 것이군!"

형일비가 눈살을 찌푸렸다. 지금껏 단리웅천의 행동이 이해가 갔다. 이런 데서 자신을 내세우거나 어줍잖게 무공 자랑을 할 인간이 아니었다.

"정말… 정말 제왕성 소성주인가요, 공자님?"

단리웅천 곁에 있었던 어린 기녀가 두 눈을 크게 뜨고 조심스럽게 단리웅천을 바라보았다.

"그럼, 그럼! 내가 어디로 보아 거짓말을 할 것 같으냐. 아하, 그러고 보니 이젠 소성주가 아니라 성주라고 해야 맞는군! 가만있자, 이게 어디로 갔나……."

단리웅천이 품속을 이리저리 뒤적거리다 뭔가를 끄집어내었다.

"자, 이것을 보거라! 우리 아버지이신 성주께서 나보고 성주 하라며 이걸 주더군. 끄윽— 그런데 말이야, 난 제왕성이라면 이젠 신물이 나거든. 그러니 오늘 밤 이걸로 술이나 진탕 마실 작정이다."

단리웅천이 웅장한 용 무늬가 조각된 옥패 하나를 동기의 손에 내밀었다.

"이게 무엇인가요?"

동기가 조심스럽게 옥패를 받아 들었다. 옆에서 제왕성 성주의 신패를 알아본 두 명의 기녀가 벌린 입을 다물지 못했다.

"그걸 이곳 만화루 주인에게 가져다 주거라! 그리고 그 가격만큼의 술을 내오라 전하거라!"

단리웅천이 혀 꼬부라진 소리로 외쳤고 새파랗게 얼어붙은 두 명의 기녀를 바라본 동기가 주춤거렸다.

"어, 언니!"

두 명의 기녀가 얼어붙은 얼굴을 펼 줄을 몰랐다.

온간 세상 풍파를 일찍부터 겪은 그들은 세상 물정을 너무도 잘 알았다. 제왕성의 소성주, 아니, 이젠 성주가 된 사람이 신패를 저당 잡히고 술을 마시려 했다는 소문이 퍼지면 그 소문을 막으려는 제왕성에 의해 만화루 정도는 단 하룻밤 새 흔적없이 사라질 수도 있는 일이었다. 세상 밖으로 잘 드러나지 않은 제왕성의 어두운 힘을 그들은 알고 있는 것이다.

"살려주십시오, 공자님!"

두 명의 기녀가 머리를 땅에 박았다.

"더러워서 못 봐주겠군!"

형일비가 두 기녀의 머리채를 잡아 앉혔다.

"너희 둘은 마시던 술이나 마저 마셔! 그리고 넌 어서 그걸 들고 가서 주인을 불러와! 이 잘난 공자의 의도는 이곳 주인을 만나는 것이니까 말이야!!"

동기가 부들부들 떨며 밖으로 나갔고 형일비가 단리웅천을 쏘아보았다.

"의도가 뭐요?"

"의도라니? 아하! 봉문을 하는 의도 말이오?"

단리웅천이 고개를 크게 끄덕거리다 두 명의 기녀를 쳐다보았다.

두 명의 기녀가 얼른 밖으로 사라졌다.

"의도란 건 없소. 그럴 만한 짓을 했으니 대가를 치러야지."

단리웅천이 여아홍을 병째 들이켰다.

"정말 영리하군."

화천옥이 비릿하게 웃었다.

"뭐가 말이오?"

"제왕성이 봉문을 하게 되면 혈영이 뛰쳐나오겠지. 그리고 정파무림이 혈영과 싸우다 양패구상을 하고 나면 제왕성은 예전처럼 다시 뒤통수를 치겠다는 생각 아니오?"

"충분히 그런 생각을 하리라 예상했소."

단리웅천이 다시 고개를 끄덕거렸다.

"아니란 말이오?"

"그렇소."

단리웅천이 담담히 화천옥의 눈을 응시했다.

"정말 웃기는군. 그걸 우리보고 믿으란 말이오? 당신 같으면 믿을 수 있겠소?"

"아마 힘들 것이오."

"그런데 우리보고는 무조건 믿으라고 하는 거요?"

"무조건적으로 믿을 수 없다면 믿을 수 있는 조건을 말해 보시오!"

단리웅천과 화천옥의 눈빛이 허공 중에 얽혀들었다.

"당신의 팔 하나를 내놓을 수 있소?"

화천옥의 제의에 형일비가 눈을 크게 떴다.

"가져가시오!"

조금의 망설임도 없이 단리웅천이 왼팔을 들어 올렸다.

쨍!

화천옥이 도를 뽑아 들었다. 그리고 살기를 피워 올리며 단리웅천을 바라보았다.

쉬익—

단리웅천의 왼쪽 어깨 쪽으로 화천옥의 칼이 무섭게 떨어져 내렸다.

퍼억— 쨍!

살을 가르는 섬뜩한 소리와 함께 날카로운 쇳소리가 울렸다.

단리웅천의 왼쪽 어깨 깊숙이 화천옥의 칼이 박혀 있었고, 그 칼을 형일비의 칼이 막아 더 이상 전진하지 못하고 있었다. 쩍 갈라진 단리웅천의 어깨에서 피보라가 튀었다.

"이런 미친 자식! 정말로 휘둘렀잖아?!"

형일비가 화천옥에게 이빨을 드러내었다.

그때까지도 단리웅천의 팔은 그대로 들려 있었다.

"당신도 미친 인간이야!"

끝까지 자르라는 듯이 계속해서 팔을 내밀고 있는 단리웅천을 형일비가 밀쳐 냈다.

"나쁜 자식!"

형일비가 낮게 으르릉거리며 화천옥의 목에 칼을 들이댔다.

"이 자식! 어떻게 이렇게 악독할 수가 있어?!"

"제왕성이 우리에게 한 짓에 비하면 이건 약과야!"

화천옥이의 입김이 열을 뿜었다.

"아무리 그래도 이건 비겁한 짓이야! 그리고 따지고 보면 이 사람이 직접 한 짓도 아니잖아?"

형일비가 천천히 화천옥의 목에 들이댄 칼을 내렸다.

"후후, 누가 보면 형 형과 내가 더 친한 줄 알겠소."

단리웅천이 지혈을 하며 빙글거렸다.

"이 와중에서도 웃음이 나오는 거요?"

"형 형의 칼이 막지 않았어도 화 형의 칼은 멈추어지던 참이었소. 형 형의 칼이 조금 빨랐던 것이오."

"너, 정말 멈추려 한 것이 맞는 거냐?"

말을 하던 형일비가 화천옥의 손을 바라보았다. 화천옥의 칼 쥔 손목에서 중도에 멈추려 한 강한 의도를 읽을 수 있었다.

"미친 인간들!"

형일비가 혀를 내둘렀다.

"저놈이 정말 칼을 멈추려 하지 않았다면 어쩔 뻔했소?"

"그럼 한쪽 팔이 확실히 잘려 나갔겠지요."

화천옥의 말에 형일비가 어이없어하며 단리웅천의 어깨를 바라보았다.

"치료하지 않아도 되는 것이오?"

"괜찮소. 우리 집안은 특이 체질이라 회복력이 남들 다섯 배는 되오. 아주 멋진 핏줄이지. 아마 조상 중에 도마뱀 꼬리를 많이 삶아먹은 사람이 있는 모양이오. 큭큭."

단리웅천이 주절거리면 술잔을 입 안에 털어 넣었다. 그것을 바라보는 화천옥의 눈빛이 흔들리고 있었다.

도대체가 상상을 초월하는 인간이었다. 정말로 벨 의도가 있었더라도 저 인간은 팔을 빼지 않고 고스란히 잘렸을 것이다. 강한 자의 오만함이던가? 아니다, 그러기엔 희생이 너무 컸다. 그렇다면 자신을 돌보지 않는 진정한 사내의 용기이던가? 정말로 그렇다면 이자는 도저히 뛰어넘을 수 없는 벽이다.

타고난 운명이 다복한 사람일수록 많은 것을 소유하고 유리하게 싸워 나가지만 극한 상황에 가서는 자신을 최우선으로 돌보는 오래된 천성으로 인하여 움츠러들게 마련이다. 그 움츠리는 순간이야말로 험한 운명을 타고난 사람들이 칼을 찔러 넣을 수 있는 표적이다. 화천옥은 언제나 그런 확신이 자신감을 갖게 했고 오늘의 자신을 만들었다.

"이불 속에서 더운 먹거리를 받아먹는 고양이로 태어나지 못하고 독충이 우글거리는 험한 밀림에서 태어났다면 스스로 표범이 되거라! 고양이 같은 건 새끼발가락 하나로도 찍어 죽일 수 있는 사나운 표범 말이다!"

사부 호걸개가 언제나 하던 말이었다. 사부의 말대로 이제껏 살아오면서 스스로 표범이 되고자 노력했고 고양이의 다복을 부러워해 본 적이 없었다. 그런데 이자는 고양이의 다복함과 표범의 거칠고 사나움을 다 갖추고 있는 것 같다. 신이 내린 축복받은 신체와 밑바닥 인생들에게서나 볼 수 있는 질긴 근성이 있었다. 선천적인 무골의 체질과 후천적인 바닥 근성! 그것은 더할 나위 없는 전사의 조건이었다.

"이젠 믿을 수 있겠소?"

단리웅천이 화천옥을 바라보았다. 깊은 생각에 잠겨 있던 화천옥이 고개를 들었다.

"믿기로 하지. 하지만 봉문 선언을 한다고 무림이 그냥 그러시오 하고 넘어갈까? 그러기엔 제왕성은 무림의 자존심을 너무 크게 짓밟았어."

화천옥이 단리웅천의 눈을 강하게 쏘아보았다.

"그때는 또 오른팔을 내어드려야지. 그래도 안 된다면 한쪽 다리, 그 다음은 남은 다리."

"당신이 무슨 부처라도 된단 말이오!"

형일비가 버럭 고함을 질렀다.

"결자해지(結者解之)라 하지 않았소. 그래야만 더 이상 혼란이 없을 것 아니겠소?"

"세상이란 원래가 혼란한 것이오. 당신이 그런다고 영원한 평온이 유지되는 것도 아니오. 언젠가는 또 다른 곳에서 이무기가 나타날 것이오. 그러니 그런 얼토당토않는 얘기는 집어치우시오. 어쨌든 제왕성의 봉문은 믿겠소. 그것이 가능할지 않을지는 더 두고 보기로 합시다!"

바깥의 인기척에 형일비가 말을 맺었다.

"공자님."

동기(童妓)의 조심스런 목소리가 들렸다.

"들어오시오."

중년의 사내와 함께 동기가 들어왔고 방 안에 낭자한 핏자국을 보곤 비명을 지르며 얼어붙었다.

"그렇게 놀랄 것 없소. 술이 과해서 자빠진 것이 하필 이분 노형의 칼날 위였소."

단리웅천이 빙글거리며 서 있는 두 사람에게 자리를 권했다.

"평생의 영광이오, 단리 소성주! 아니, 성주!"

중년인이 머리를 숙이며 몸을 떨었다. 왠지 어울리지 않는 주인의 모습에 화천옥이 미간을 좁혔다. 이런 곳의 주인이라면 그 격에 맞는 인성이 있는 것이다. 그가 겪은 바로는 이런 곳의 주인은 대체로 뱀이나 도마뱀 같은 파충류의 모습에 가깝다. 그런데 이자는 많이 어색하다.

"내 이름을 걸고 루주에게 돈을 빌린다면 얼마까지 줄 수 있소?"

단리웅천이 중년인을 바라보았다.

"그, 그게……!"

중년인이 곤혹스러워했다.

"왜 그러는 것이오? 내 이름은 이제 가치가 없소?"

"그, 그런 게 아니라, 실은 이곳의 실질적인 주인은 따로 있고 전 명목상의 주인일 뿐입니다. 그러니 이런 중대한 결정은 혼자 할 수 없습니다."

중년인이 이마의 땀을 닦았다. 제왕성 성주의 이름 값을 매기는 자리였다. 그 금액을 자신으로서는 매길 수 없었다.

"그럴 리가! 그럼 진짜 주인은 누구란 말이오?"

화천옥이 중년인을 뚫어지게 바라보았다. 예상대로 이자는 뭔가 부족했다.

"아직 한 번도 보지 못했습니다. 정기적인 연락만 해오고 그에 따라

제가 만화루를 이끌어가고 있습니다."

화천옥이 잠시 생각에 잠겼다가 고개를 끄덕거리며,

"정말 대단한 괴물이야. 이곳에서 벌어들인 엄청난 돈을 혈영의 건설에 쏟아 부었군."

"이제부터 그런 연락은 오지 않을 것이오."

생각에 잠겨 있던 단리웅천 역시 고개를 끄덕거리며 중년인에게 말했다.

"무슨……?"

중년 사내가 의아한 표정으로 단리웅천을 쳐다보았고 단리웅천이 빙그레 웃었다.

"이 만화루가 생긴 것이 언제였소? 아마 십수 년 전쯤이 아닌가 하는데?"

단리웅천의 말에 중년 사내가 잠시 생각에 잠겼다.

"햇수로는 십사 년째입니다."

"확실하군! 그럼 다시는 진짜 주인의 지시를 받을 수 없을 것이오. 이제부터는 당신이 주인이고 구워먹든 삶아먹든 당신이 꾸려 나가야 하오."

이번에는 화천옥이 빙글거렸다.

"대체 무슨 말씀이신지……?"

중년인이 도저히 알아들을 수 없다는 듯 멍한 표정을 지었다.

"자세한 건 몰라도 되오. 내 이름을 걸고 말하겠소. 이젠 당신이 이곳 주인이오. 그러니 얼마를 빌려줄 수 있소?"

단리웅천의 재촉에 중년인이 여전히 이해할 수 없다는 표정을 짓다가 생각에 잠겼다.

"얼마가 필요하신지요?"

고개를 든 중년인이 단리웅천을 바라보았다.

"식구가 몇이라 했소?"

단리웅천이 중년인의 물음에 대한 대답 대신 동기를 바라보았다.

종잡을 수 없는 대화에 멍하게 쳐다보고 있던 동기가 깜짝 놀라 더듬거리며 대답했다.

"여섯, 아니, 저까지 일곱입니다."

"일곱 식구가 평생을 걱정없이 살려면 얼마나 필요하겠소?"

단리웅천이 중년 사내를 보고 다시 질문을 던졌다.

"은화 삼천 냥 정도……."

이번에는 중년인이 망설임없이 대답했다.

"좋소. 은화 삼천 냥을 이 소저에게 주시오. 그리고 이곳 무사들을 시켜 고향까지 바래다 주시오."

중년 사내의 입이 벌어졌고 동기의 눈이 부릅떠졌다.

"공자님, 그게 무슨 말씀이신지?"

"내가 약속하지 않았소, 가족들 곁으로 돌려보내 준다고?"

단리웅천이 씨익 웃으며 동기를 바라보았다. 그리고 다시 중년인을 바라보고 다짐을 받았다.

"내일 아침 일찍 보내주시오. 그리고 오늘 술값은 에……."

단리웅천이 화천옥과 형일비를 차례로 쳐다보자 두 사람은 앗 뜨거라 하며 얼른 고개를 돌렸다.

"술값 걱정은 마시지요. 성주님 말씀이 사실이라면 이제 이 사람은 낙양에서 다섯 손가락 안에 드는 갑부가 됩니다. 공자님들은 물론 공자님들과 같이 오는 사람들 평생 술값은 공짜로 해드리겠습니다."

중년인이 웃으며 대답하자 화천옥이 입맛을 다시며 쾌재를 외쳤다.
"거지 놈들 살판났군!"
형일비가 피식 웃으며 술잔을 들었고, 아직도 믿기지 않는 얼굴로 중년인과 함께 밖으로 나가는 동기의 눈이 초점을 잃고 있었다.

      *   *   *

"제왕성이 봉문을 했단 말인가? 그것도 이십 년 동안이나? 정말 권불십년이군."
자신의 반평생을 바친 곳이고, 그곳의 번영에 가장 큰 역할을 하였다가 이제는 또 그 몰락의 주역이 된 혈영의 영주 나백상이 복잡한 심정으로 중얼거렸다.
"무슨 음모가 있을지도 모릅니다, 영주!"
혈영의 부영주 섭장혼이 나백상을 조심스럽게 쳐다보았다.
혈영 영주임을 나타내는 영패를 들고 처음 혈영의 문을 두드렸을 때보다 지금은 훨씬 더 패도적인 분위기를 풍기고 있었다. 영패보다 더 소중히 여기고 깊이 간직하는 무공 서적을 펼쳐 놓고 하루의 대부분을 무공 수련에 열중하는 지독한 무공광이었다. 칠십을 바라보는 나이에 무슨 무공에 욕심이 더 있을까 머리를 흔들게 했지만 무공 수련과 훈련에 있어서는 그 어떤 젊은이들보다 더 지독하고 강인했다.
혈영을 건설하는 데 있어 처음부터 온 힘을 다한 자신과는 달리 장막 속에 가려져 있다 갑자기 나타난 영주라는 존재는 애초부터 순순히 받아들이기 힘든 존재였지만 처절할 정도로 강함을 추구하는 그의 모습 앞에서 두려움을 느낄 수밖에 없었다.

"음모라니! 무슨 음모 말이냐?"

나백상의 안광이 섭장흔의 눈을 찔러갔다.

"후우!"

시선을 마주하던 섭장흔이 얼른 시선을 거두어들였다. 자신의 내력과 온 심력을 다하여도 감당할 수 없는 안광이었다.

"우리 혈영과 정파무림이 전쟁을 벌이고 같이 힘이 쇠락하면 그때 힘을 비축한 제왕성이 어부지리를 노리려는 게 아닐까요?"

섭장흔이 수염을 쓰다듬었다.

"누구나 생각할 수 있는 그런 것이 무슨 음모가 된단 말이냐?"

나백상의 한마디에 제법 의기양양하던 섭장흔의 얼굴이 와락 구겨졌다.

"비록 율자춘 그놈이 사라졌지만 제왕성은 대대로 용의 피를 이은 가문이다! 소성주 단리웅천 그놈은 잠룡을 넘어선 신룡이다. 하려고만 한다면 율자춘 그 괴물보다 더 신출귀몰한 계책을 꾸밀 수 있는 인간이야! 그런 인간이 삼척동자라도 생각할 수 있는 그런 음모를 꾸몄다고 생각한단 말이냐?"

구겨진 인상을 한 섭장흔을 쏘아보던 나백상이 고개를 돌렸다. 그의 시선은 통나무 벽을 지나 먼 곳으로 향하고 있었다. 비록 반도의 수장이 되어 떠나왔지만 반평생을 바친 그곳이 그립기라도 한 듯이.

"어릴 적 그놈은 제 아비인 단리운극보다도 더 뛰어난 천부의 신체와 자질을 타고난 놈이었다. 무공을 소화하는 능력은 마치 모래가 물을 빨아들이는 듯했지. 그런데 열 살이던가 열한 살이던가 그때부터 예상치 못하게 변해가더군. 만사에 회의적이고 염세적인 모습으로 말이야."

혈영으로 온 후 단 한 번도 긴 얘기를 하지 않았고, 특히 제왕성에 관한 얘기는 한마디도 하지 않은 나백상의 얘기를 듣는 섭장흔의 얼굴이 호기심으로 빛났다.

"지금 와 생각하니 놈은 제 아비와 율자춘이 암중으로 추진하고 있던 제왕성의 어두운 실상을 알았던 것이야. 그렇게 몇 년을 허무한 웃음과 함께 술에 찌들려 다니던 놈이 어느 날 소리없이 사라졌지. 온갖 부귀영화가 보장된 제왕성 소성주 자리를 헌신짝처럼 버리고 말이야!"

나백상의 얼굴에 언뜻 감탄의 빛이 어렸다.

"끝내 그의 모습이 보이지 않자 이틀 후부터 비영단의 수색이 시작되었다. 추종술과 은신술에 있어서는 설사 귀신이라 할지라도 당할 수 없는 비영단의 수장들이 직접 나서서 그놈의 행방을 쫓았지."

통나무 벽을 지나 먼 곳을 향하고 있던 나백상의 시선이 다시 섭장흔에게도 돌려졌다.

"비영단이 어떤 놈들인지 알고 있나?"

섭장흔이 움찔 고개를 저었다.

"후후, 그럴 테지. 네깐 놈들 눈과 귀에 모습이 드러날 정도라면 비영단이 아니지."

나백상이 입술을 씰룩거렸다.

"제비를 한 마리 잡아와서 표식을 한 후 날리고 그 제비를 쫓아서 화살이나 그물 등의 도구를 사용하지 않고 맨손으로 하루 안에 다시 잡아 와야만 비영단의 일차 관문을 통과했다고 볼 수 있다. 그렇게 훈련 받은 놈들이 제왕성의 비영단이다. 나 역시 잡아 죽일 수는 있겠지만 추적을 뿌리칠 자신은 없는 놈들이야."

섭자흔이 믿을 수 없다는 듯 고개를 흔들었다.

"그런 비영단의 수장들이 단리웅천 그놈의 행방을 쫓았지만 몇 군데서 흔적을 발견했을 뿐 끝내는 종적을 놓쳐 버렸지. 있을 수 없는 일이야… 도저히……."

이번에는 나백상이 고개를 저었다.

"그렇게 사라진 후 근 삼 년 만에 풍비박산이 된 제왕성에 불쑥 나타나서 영웅탑을 부숴 버렸다! 청옥석으로 만들어 견고하기 그지없는 영웅탑을 장력 하나만으로 말이야……."

말꼬리를 흐리는 나백상의 목소리가 가늘게 떨려 나왔다.

"그런 놈이 두더지처럼 숨었다가 어부지리나 노릴 생각을 하고 있단 말인가?"

또다시 태울 듯한 나백상의 시선을 받은 섭장흔이 헛기침을 하며 딴청을 부렸다.

"그놈은 어릴 적부터 꽃을 좋아했지. 만개한 꽃과 그 꽃을 찾아온 나비를 보며 활짝 웃는 모습이 마치 선동(仙童) 같은 놈이었지."

말을 맺고 잠시 생각에 잠긴 나백상의 눈빛이 깊숙이 가라앉았다. 곁에서 나백상을 지켜보던 섭장흔이 안절부절못했다. 자신으로서는 감당하기 힘든 노인네였다. 무공으로 보나 심계로 보나. 저런 인간들이 버티고 있었던 제왕성이란 곳이 얼마나 무서운 곳인가 다시 한 번 실감이 났다. 외부의 공격으로는 도저히 무너뜨릴 수 없는 철옹성! 그러나 그런 곳은 언제나 내부의 균열에 의해서 무너지고 만다. 그것은 만고의 진리였다.

"어쩌면……."

나백상의 목소리가 다시 울려 나왔다.

"그놈은 제왕성을 무너뜨리려 하고 있는지도 모른다!"

"그게 무슨……?"

도저히 나백상의 말뜻을 알아듣지 못한 섭장혼이 두 눈만 껌벅거렸다.

"제 놈이 보기에 복마전 같았던 제왕성을 허물어 버리고 어디 깊고 외딴 곳에서 밭을 일구고 살아가려 할지도 모른단 말이다!"

섭장혼이 무슨 말을 하려는 듯 입술을 움직거렸지만 입을 다물고 말았다. 어설픈 생각을 말했다간 돌아오는 것은 결국 핀잔뿐일 것이다. 말도 안 되는 소리 같지만 차라리 듣고 있는 것이 나을 것 같았다.

"이십 년이면 제왕성의 흔적을 서서히 지워 버리고 어느 순간 아무도 모르게 사라지기엔 충분한 기간이지……."

한참을 혼자 얘기하던 나백상이 문득 섭장혼에게로 고개를 돌렸다.

"왜? 말이 안 되는 것 같나?"

섭장혼을 바라보는 나백상의 얼굴에 쓴웃음이 떠올랐다.

혈영이라는 어마어마한 조직에 비해서는 도저히 어울리지 않는 인간이었다. 저런 인간이 어떻게 부영주란 자리를 맡고 이제껏 버텨왔는지 이해가 가지 않는 일이다. 결국은 나백상 자신에게 차질없이 혈영의 모든 것을 넘겨주기 위한 율자춘 그 괴물 놈의 안배이리라. 고맙다고 웃어야 할지, 뒤뚱거리며 제대로 걷지도 못하는 난쟁이 놈 손바닥에서 놀고 있다는 사실에 울어야 할지 모를 일이다.

"솔직히 그렇습니다!"

나백상의 조소가 짙어지자 오기가 발동했는지 섭장혼이 불쑥 외쳤다.

"어린 시절부터 지켜보아 온 그놈의 모습을 보면 어느 정도 짐작이 가는 일이야. 제왕성의 상징처럼 세워진 영웅탑을 부숴 버린 것도 그렇고."

 나백상이 천천히 수염을 쓰다듬었다.

 "그놈은 혼란과 분쟁을 싫어하는 놈이야. 그렇기에 하늘이 내려준 천부의 능력을 이용하여 제 아비와 율자춘이 일으켜 놓은 소용돌이를 잠재우려 은밀히 움직이고 있는 중이야! 틀림없어… 틀림없는 일이야……"

 나백상이 중얼거리며 다시 긴 생각에 잠겼다. 그런 나백상을 섭장흔은 우두커니 바라볼 뿐이었다.

 여태껏 혈영의 부영주 자리를 맡아오면서 자기 의도대로 생각하고 이끌어본 적이 거의 없었다. 정기적으로 제왕성에서 보내오는 서찰과 무공비급을 받아 그에 따라 행동하면 한 치의 차질도 없었다. 모든 것이 너무 순조롭게 움직이고 세상이 마치 자기 자신을 중심으로 돌아가는 것 같았고 태어나면서부터 자신은 혈영의 부영주로 운명 지어진 것 같았다.

 그러나 언제부턴가 서신이 뚝 끊겼고 그때부터 자신의 운명은 급전직하하였다. 우선 서신이 끊기자 바깥 사정부터 어떻게 돌아가는지 알 수가 없었다. 자체적으로 정보망을 가동시키지 못했던 터라 곧바로 흑유부의 계곡에 갇힌 꼴이 되었다. 그리고 이제껏 익혀오던 악마적인 무공 또한 완성을 보지 못하게 되니 불안하기 짝이 없었다. 나백상이 나타나고부터 다시 명령만 받고 움직이면 되는 처지가 되었으나 윗자리에 누가 있다는 것과 그렇지 않은 것은 천양지차였다. 당분간은 조직의 통솔을 위해서 자신이 필요하겠지만 그마저도 영주란 자가 장악하고 나면 자신은 그야말로 개 밥의 도토리 신세가 될 것이다.

 '차라리 달아나 버릴까?'

가면 또 어딜 간단 말인가! 그것도 내키지가 않았다. 그렇다고 무림의 신으로 추앙받던 제왕성주를 꺾은 저 무서운 영감을 상대로 반란을 일으킬 수도 없었다. 칼을 들고 피를 뿌리며 사는 놈들은 강한 인간의 편에 서기 마련이다.

'에라, 모르겠다! 될 대로 되라지!'

섭장혼이 의자에 등을 파묻으며 눈을 감았다.

한참을 더 나백상의 상념이 계속된 후 천천히 입을 열었다.

"어쨌든 봉문을 선언했다면 누가 억지로 쳐들어가지 않는 이상 그놈은 움직이지 않을 것이다. 그것만으로도 큰 바위 하나가 치워진 셈이다."

나백상이 가슴을 쭉 폈다.

"이젠 중원 한가운데 혈영천하의 깃발을 꽂을 시기가 왔다. 겨울이 지나가고 얼어붙은 계곡 물이 녹는 봄이 오면 혈영은 어둠의 계곡을 벗어나 대명천지에 우리의 세상을 구축한다. 그리고 온 무림을 혈영의 발 아래에 꿇인 후 제왕성마저 쳐부수어 군림천하할 것이다! 크하하하!"

나백상의 웃음소리에 탁자에 있던 찻잔이 바닥으로 떨어져 산산조각났다. 하지만 그 소리마저 나백상의 광소에 묻혀 사라졌다.

"내년 봄까지면 시간은 충분하다! 그동안 모든 준비를 빈틈없이 하라!"

나백상이 섭장혼에게 지시를 내리자 이제껏 주눅 들어 있던 섭장혼의 눈빛도 기대감으로 이글거렸다.

"담무개에게 연락을 할까요?"

섭장혼이 소리치자 나백상이 천천히 고개를 저었다.

"이미 연락이 되어 있다. 그러니 넌 이곳 흑유부만 신경 써라."
'빌어먹을!'

섭장혼이 내심 욕지거리를 터뜨렸다. 자신을 통하지 않은 별개의 연락망이 있는 것이다. 자신의 역할은 점점 축소되고 결국은 아무 할 일이 없게 될 것이다.

"계곡 지하에 숨겨두었던 갑주(甲冑)와 장창들을 모두 꺼내어 손질하라. 그리고 식량도 준비하라."

"얼마만큼의 분량을 준비할까요?"

"만오천이 한 달을 먹을 수 있는 분량이다."

"만오천이라니요? 우리 혈영의 인원은 삼천이 채 안 되는 걸로……."

"멍청한 놈!"

나백상이 조소를 터뜨렸다.

"넌 혈영의 총인원이 얼마인지도 모르는 놈이다. 네가 알고 있는 그 인원은 흑유부의 병기 관리와 경계를 위한 인원이고 실제의 힘은 장강수로연맹에 집결되어 있다. 굽이굽이 끝이 없는 장강의 곳곳에 만반의 준비를 하고 있단 말이다."

"어떻게 그런……?"

"그것이 네놈의 한계인 것이다."

나백상이 고개를 저었다.

"애초에 혈영은 정파무림 연합과 제왕성을 상대하기 위해 만들어진 조직이다. 그럴 만한 힘이 갖추어지지 않았다면 애시당초 봉기할 생각을 말아야 하는 일이었고, 그런 힘을 갖추기 위해 십 년도 넘는 기간을 굼뱅이처럼 땅속에 움츠리고 있었던 것이 아니더냐?"

섭장혼의 입이 다물어지지 않았다. 저 노인네의 말이 사실이라면 혈영은 자신의 생각보다 다섯 배는 더 강한 것이다. 이건 정말 경천동지할 일이 아닌가! 놀란 섭장혼의 고막 속으로 다시 나백상의 음성이 흘러들었다.

"내가 진정으로 두려운 상대는 제왕성이야… 아니, 단리웅천 그놈이야! 그놈만 아니라면 아무것도 두려울 게 없어. 모조리 쓸어버리는 것이야. 그런 후에 단리웅천 그놈과도 건곤일척의 승부를 벌일 테다. 그때가 되면 그놈 손에 죽는다 해도 여한이 없는 일이지!"

나백상의 눈에 광기가 일렁거렸다.

"무인의 삶을 살아오며 한번쯤 세상을 모두 차지하고, 혹여 그러지 못하고 마지막 승부를 벌이다 죽는다 하더라도 그것은 오히려 복이지! 더 이상 무슨 여한이 있겠느냐. 크하하하!"

나백상의 광소에 목조 지붕이 흔들거렸고 섭장혼의 얼굴에 굵은 힘줄이 돋우어지며 광포한 음파에 대응하느라 비지땀을 흘렸다.

"어서 나가 한 치의 빈틈도 없이 준비를 하거라! 군림천하의 날이 멀지 않았다! 어서… 어서!"

나백상의 재촉에 섭장혼이 꽁지 빠진 여우처럼 밖으로 달려나갔다.

섭장혼이 나간 후 나백상은 여느 때처럼 율자춘이 만들어준 잠마혈경의 주해본을 펼쳐 들었다.

"그 어린 놈이 나에게 또 다른 시야를 깨우쳐 주었어."

나백상이 중얼거리며 눈을 지그시 감았다.

지금 자신이 들고 있는 잠마혈경의 주해서에는 악마적인 검결이 나열되어 있었다. 하지만 그것이 아무리 악마적이고 전대무미한 것이라 할지라도 결국은 일정한 형과 틀이 있었다. 하지만 단리장영을 구해간 그놈의 칼은 형과 틀을 뛰어넘은 스스로 생명을 띤 칼이었다.

칼 든 자의 의도에 앞서 그 칼은 스스로 빈 곳을 찾아 찔러왔다. 내공이나 경험이 부족하여 그 빛을 완벽히 발하지 못하였지만 스스로 살아서 움직이는 칼, 그것은 정말로 놀라웠다.

무당의 태극혜검(太極慧劍)이 춤을 추다 소림의 달마십삼검이 미끄러져 나오고 삼재검법의 횡소천군(橫掃千軍)이 빈 곳을 메웠다. 무당과 소림의 칼이 지나간 자리를 역으로 쓸어오는 비천하게까지 여기는 팔방풍우(八方風雨), 태산압정(泰山壓頂)의 한 초식은 어떠한 절세의 무학보다 빛이 났다.

"어린 놈이 어디서 그런 칼을 익혔을까?"

나백상의 얼굴에 미소가 떠올랐다. 어떤 노인네에게 배웠지만 그놈은 그것이 결국은 자신의 칼이라 했다.

"그래, 맞는 말이야!"

나백상이 고개를 끄덕거렸다. 자신의 심성과 체질에 가장 잘 어울리는 자신만의 칼! 그 칼은 어떤 보검보다 강하고 무서운 것이다. 그런 자신의 칼을 극한으로 연마해 간다면 결국에는 신검합일(身劍合一)도 이룰 수 있을 것이고 더 나아가서는 심검(心劍)의 경지에까지도 이를 수 있을 것이다.

"크하하하하!"

통나무 벽 사이사이로 쌓인 먼지가 자욱이 날아 오를 정도로 광소를 터뜨린 나백상이 자신의 칼을 쓰다듬었다.

"그래, 율자춘 그 괴물 놈의 칼과 제왕성의 칼을 합해서 내 칼을 만드는 것이다. 마음이 일기 이전에 먼저 살아 움직이며 제 갈 길로 찾아가는 살아 있는 칼을 만들 것이다. 그리고 그 칼에 어울리는 상대를 찾아 마음껏 휘두를 것이다! 이것이야말로 내가 살아 있음을 느끼는 일이 아닌가! 하하하!"

나백상의 노안에 희열이 넘쳐흘렀다.

"징그러운 놈! 그 괴물 놈은 나 자신보다도 더 나를 잘 꿰뚫어 본 놈이야. 내 가슴속에 있는 끊임없는 승부욕과 정복욕을 정확히 읽어내고 그에 합당한 일을 시키는군. 어쨌든 그놈 덕분에 황혼이 무료하지 않게 생겼어. 정말 살맛나는 날들이구나."

문을 열어 흐읍 하고 바깥 공기를 마신 나백상이 높은 계곡 틈 사이로 하늘을 쳐다보았다. 대혈란을 예고하듯 하늘이 온통 먹물을 머금고 있었다.

*　　　*　　　*

장강수로연맹 총타주 담우개는 나백상의 연락을 받고 깊은 생각에 잠겼다.

"드디어 내년 봄이면 세상은 내 것이 되는가?"

혼잣소리로 중얼거리는 담우개의 얼굴에 열기가 이글거렸다.

"정말 오랜 기다림이었다."

담우개는 사천성의 지도를 꺼내놓고 장강 물줄기를 따라 부지런히 시선을 옮겼다.

요새나 마찬가지인 사천 땅은 군사를 숨기면 그곳이 바로 철옹성이 될 만한 천혜의 지형들이 많았다.

무산삼협(巫山三峽)에 시선이 이르던 담우개가 안광을 빛내며 한동안 눈을 떼지 않았다. 사천성 봉절현(奉節縣)에서부터 시작하여 호북성의창현(宜昌縣)까지 이어지는 험란한 협곡은 외부의 접근은 용이하지 않으면서도 장강분타의 인원들을 요소요소에 숨겨두었다가 언제든지 소형 목선을 띄워 끌어낼 수 있는 곳이기도 했다.

"역시 사천 땅이 좋겠어."

담우개가 고개를 끄덕였다.

그동안 수십 번이 넘게 장강 줄기를 오르내리며 보아왔던 지형들이 앞에 펼쳐진 지도 위에 투영되어 왔다.

네 개의 큰 강이 성내를 흐르는 사천성은 많은 인원을 숨기고 또 그들을 적재적소에 물길을 통해 활용하기가 용이하여 고래로부터 많은 군웅들의 터전이 된 곳이다.

"그렇다면 이제 은밀히 대인원을 이동시키고 집결시킬 수로와 육로를 살펴봐야 할 것인데… 길은 어디가 좋을까? 소리 소문 없이 이동시켜 일거에 괴멸시킬 수 있는 장소를 골라 그곳으로 허영심 가득 찬 무림인들을 몰아넣는다면 승리는 따논 당상이지."

담우개가 펼쳐진 지도를 다시 뚫어지게 응시하기 시작했다.

"이곳과 이곳, 그리고 이곳으로 길을 택한다면 은밀하게 적들의 목전까지 도달할 수 있다. 대규모의 인원들이 소리없이 모여들어 폭우에 계곡 물이 불어나 하류에서는 그 모인 물들이 한꺼번에 사태가 나듯 쓸어버린다면 아무리 개개인의 무공이 뛰어난 정파 나부랭이라도 휩쓸려 떠내려갈 수밖에 없을 것이다."

지도를 어지럽게 훑어보던 담우개가 눈을 감고 사천의 험지들을 떠올려 보았다. 태어나서 지금껏 장강변에서 생활하고 그 반은 배 위에서 생활한 그의 머리 속에는 장강의 작은 곁가지까지도 빠짐없이 머리 속에 새겨져 있었다.

"결국 이 절벽이 문제군."

한참을 생각에 잠겼던 담우개가 머리를 절레절레 흔들었다.

자신이 생각한 장소를 떠올렸고 그 주변의 장소까지 떠올리며 전략을 구상하던 중 한 가지 난관에 봉착했다.

싸움을 할 수 있는 넓은 장소, 그리고 그 주변으로 많은 작전을 세울 수 있는 야트막한 산지들… 그런데 넓은 평원 한가운데를 가로지르며 아가리를 쩍 벌리고 있는 절벽이 문제였다.

장강수로를 따라 인원을 이동시킬 길목은 그런대로 찾을 수 있겠으나 그 길을 통하려면 절벽을 건너야 한다. 그 장소를 전장으로 선택한다면 정파무림은 바보가 아닌 이상 여러 갈랫길이 있어 기습을 당할 수 있는 그쪽 평원은 비워두고 훤히 앞이 보이는 반대쪽 평원에 진지를 구축할 것이다. 그렇다면 은밀히 숨어들 수 있는 길목의 이점을 전혀 살릴 수 없다.

"포기해야 하나?"

담우개가 허리를 펴며 한숨을 내쉬다가 뭔가 생각난 듯 눈빛을 빛냈다.

'옳지, 그놈에게 물어보면 되겠군! 아울러 미끼를 함께 던져 볼 수도 있고.'

담우개가 눈가를 좁히다 부하를 시켜 한 사람을 불러오게 했다.

"부르셨습니까, 총타주?"

한 청의장한이 담우개에게로 다가왔다.

"어서 오게."

담우개가 눈을 들어 앞에 선 사내를 바라보았다.

삼십 대 초반쯤의 철탑을 연상시키는 사내가 허리를 숙였다.

사내는 언제나 마찬가지로 거무튀튀하게 묵광을 발하는 굵은 쇠사슬을 네댓 바퀴 둥글게 말아 허리에 차고 있었다.

보통 사람이라면 쇠사슬 전체를 끌어올리는 데도 땀을 뻘뻘 흘릴 정도이겠지만 앞에 선 장한의 허리에 달린 쇠사슬은 방년에 이른 처녀들의 장신구인 양 너무도 가볍게 허리에 매달려 한줄기 바람이라도 불면 흡사 비단 자락처럼 나풀거릴 것 같은 착각이 들게 하였다.

묵쇄철탑(墨鎖鐵塔) 여균(呂均)!

그의 독문병기는 바로 자신이 허리에 차고 있는 검은색 쇠사슬[墨鎖]이었다. 워낙 체구가 커 쇠사슬이 상대적으로 가늘어 보였지만 그것을 상대하는 사람들은 천 근 몽둥이보다 더 무섭게 여겼다.

위잉위잉, 몇 바퀴 머리 위로 돌리다 상대를 향해 무섭게 뻗어가는 묵쇄는 웬만한 사람은 병기째 같이 휘감아 물속으로 처넣어 버려 장강 일대에서 그를 아는 수적들은 사신보다 더 무섭게 생각하고 있었다.

"이곳을 알고 있나?"

담우개가 여균을 보며 지도상의 한 지점을 가리켰다.

손가락 끝을 바라보는 여균의 이마가 찌푸려지며 곤혹스런 표정을 지었다.

"왜 그러나? 무슨 문제라도 있는 것인가?"

담우개의 질문에 다시 눈살을 찌푸리던 여균이 입을 열었다.

"어딘지 잘 모르겠습니다. 말로 설명해 주시지요."

여균의 말을 들은 담우개가 사정을 알겠다는 듯 고개를 끄덕이며 한심한 표정을 지었다.

"이런 답답한 인간을 봤나. 아직도 지도 하나 제대로 볼 줄 모른단 말인가?"

담우개는 어이가 없어 고개를 저었다.
"전 먹물로 쓰여진 건 무조건 싫습니다. 글씨든, 그림이든……."
여균이 무뚝뚝하게 답했다.

그의 말대로 그는 아직 글도 제대로 모른다. 그래서 서신으로 연락할 것이 있으면 항상 부하를 시켜서 읽게 하고 또 대필시킨다.

'무인은 칼을 잘 휘둘러야지 칼보다 붓이나 세 치 혀를 더 잘 휘두르는 인간은 진정한 무인이 아니다' 라는 것이 그의 생각이었다.

"애초에 지도를 보여준 내가 잘못이지."

담우개가 지도를 보여주는 것을 포기하고 그곳의 위치를 차근차근 설명해 주었다.

"어딘지 짐작이 가나?"

"그곳이라면… 정확한 명칭은 모르겠으나 낙혼애(落魂崖)라고 부른 절벽이군요. 어릴 적 한 번 가본 적이 있었지요. 그곳에 갔다 왔다는 말을 들은 아버지께 반쯤 죽도록 얻어맞은 기억도……."

여균이 말끝을 흐렸다.

"자네가 태어난 곳이 근방이라 알 것 같아 불렀는데 역시 가본 적이 있구먼. 그런데 그곳에 갔다 왔다는 이유만으로 두들겨 맞았다니, 그건 무슨 말인가?"

여균의 뒷말이 궁금한 담우개가 질문을 던졌다.

"워낙 험한지라 떨어지면 시신은커녕 혼백도 건지지 못한다는 얘기가 있지요. 그래서 혼백마저 떨어진다는 뜻으로 낙혼애라 부른다더군요. 혼백마저 떨어져 건져 올리지 못하면 원귀가 되어 구천을 헤맨다고 하여 그곳에는 아예 가지 못하게 했고, 그래서 갔다 온 날 젖은 땅에 먼지가 날 정도로 맞은 것이지요."

"그런가? 먼 기억이겠지만 그래도 직접 보지 못한 나보다는 훨씬 낫겠군. 양 절벽의 가장 가까운 끝은 얼마 거리나 되는가?"

"적어도 삼십 장은 될 것입니다."

"삼십 장이라……."

여균의 대답에 담우개가 턱을 괴었다.

"그럼 절벽 이쪽 면은 어떤가?"

"무엇을 말씀하시는지요?"

"숨어서 이동하여 기습을 하거나 하기엔 어떻냔 말일세."

담우개의 설명에 말뜻을 알아들은 여균이 고개를 젖히며 잠시 생각에 잠겼다.

"그쪽은 작은 야산 몇 개만 있을 뿐 대체로 넓게 트인 곳이라 소리 없이 다가가거나 기습을 하기에는 불가능한 곳입니다."

먼 기억을 떠올리던 여균이 단정 짓듯 말했다.

"그런가? 그럼 그곳은 전면전을 해야 할 곳이군."

담우개의 말에 여균의 눈이 조금 커졌다.

"전면전이라면……? 전쟁이라도 일어나는 것입니까?"

여균이 눈빛을 빛내며 담우개와 탁자에 펼쳐진 지도를 번갈아 쳐다보았다.

"전쟁이라… 그래, 전쟁이지. 세상이 발칵 뒤집힐 전쟁이 일어날 것일세."

담우개의 표정에 복잡하고 음습한 색깔이 번져 나갔다.

"그 전쟁이 일어나는 곳이 바로 낙혼애 평원인 모양이군요?"

"그렇게 될지도 모르지. 좀 더 검토해 보고 마땅하다면 그곳으로 할 수도 있지."

담우개가 다시 지도 위로 눈길을 돌렸다.

"싸우기 좋은 곳이지요. 절벽 쪽으로 밀어붙여 절벽 아래로 처넣어 버릴 수도 있고, 넓은 평원에서 모두 베어 넘길 수도 있지요."

여균이 당장이라도 싸움터로 달려나갈 듯 주먹에 힘을 가했다.

'못 말릴 백정 놈!'

싸운다는 말에 콧김을 내뿜으며 흥분하는 여균을 보고 담우개가 머리를 저었다. 싸움 자체만 좋아하고 그 외 다른 것은 일절 생각하지 않는 이런 놈들은 싸움에는 이길지 몰라도 절대로 세상을 차지할 수는 없다. 이런 놈들은 언젠가는 바둑판 위의 사석이 되어 버려질 것이다. 담우개 자신은 멀찌감치 물러서서 바둑돌을 움직이는 그런 싸움을 즐기고 그것에서 얻어지는 전리품을 챙기는 것이야말로 진정한 전쟁의 묘미라 생각했다. 아무것도 얻는 것 없이 칼을 휘두르는 것만이 신이 나서 거품을 물고 날뛰는 여균 같은 인간들을 보면 한심스러워 하품이 먼저 나오는 것이다.

"그럼 낙혼애 평원 한가운데에 먼저 가서 진을 치면 되겠군요. 약간은 비스듬한 평원이지만 몇 만의 군사가 한꺼번에 싸운다 하더라도 조금도 불편함을 느끼지 않을 만큼 넓은 곳이지요."

흥분하여 지껄이는 여균의 말에 담우개가 결국 끄응 하고 신음을 흘리고 말았다.

"멍청한 놈, 싸움이란 것이 언제나 네놈 생각대로 그렇게 단순하게만 이루어진다고 하더냐? 골목에서 놀이를 할 때처럼 신호를 울리면 한꺼번에 우르르 몰려 나와 좌충우돌 부딪쳐 많이 살아남는 쪽이 이긴다면 지금 당장이라도 그곳으로 달려가 진을 치고 말지 왜 여기서 이렇게 골머리를 싸매겠느냐?"

담우개가 조소를 피워 물었다.

"네놈같이 칼에 환장한 인간들은 치열한 싸움의 한복판에 뛰어들어 미친 듯이 칼을 휘둘러야만 싸운 것 같은 기분이 들겠지만 그런 짓은 멍청이들이나 하는 짓이야. 계략으로 내 손에는 피 한 방울 묻히지 않고 적을 괴멸시키거나 서로를 이간질시켜 차도살인을 하여 두 쪽 모두 회생 불능의 상처를 입힌다면 그것만큼 멋진 싸움은 없는 것이지. 멀찍이 떨어져서 그런 싸움을 구경하는 것이야말로 전쟁의 진정한 즐거움이다."

담우개가 취한 목소리로 열변을 토했다. 담우개의 열변을 듣고 있던 여균의 눈빛에서 언뜻 경멸의 빛이 비쳤다 사라졌다.

"왜 그러나? 내 말이 마음에 안 드는 것이냐?"

담우개가 차가운 얼굴을 한 여균을 보고 비릿하게 미소를 지으며 물었다.

"그런 건 생각해 보지 않았습니다. 난 내 칼로 직접 상대를 베어 이긴 싸움이 아니면 아무것도 아닌 것이라는 생각을 할 뿐입니다."

여균이 묵묵히 답했다.

"후후."

담우개가 나즈막하게 소리 내어 웃었다.

하긴 저런 인간들이 있어야 자신처럼 멀찍이 떨어져서 깃발 몇 개만 흔들며 싸우는 사람도 있을 수 있는 것이다.

'그건 그렇고……!'

담우개가 입가에 물린 조소를 지우고 여균의 눈을 쳐다보았다. 이자를 이곳에 부른 본래의 목적을 실행할 단계이다. 먼저 미끼를 던져 반응을 살펴야 할 것이다.

"혈영 영주 나백상을 어떻게 생각하나?"

갑작스런 질문에 영문을 모르겠다는 듯 여균이 눈만 껌벅거렸다.

"개인적인 의견을 묻는 것이네. 무인으로서… 또는 영주로서 자질이나 뭐 그런 것 말일세."

담우개가 등을 돌려 창밖을 내다보았다. 마주 보고 안색과 눈빛을 살피면 오히려 깊은 속뜻을 말하기 힘들지도 모른다. 그래서 등을 돌리고 마음껏 생각하고 말해 볼 기회를 준다는 뜻이었다.

"극강을 추구하는 진정한 무인이지요."

잠시 말없이 담우개의 등을 쳐다보던 여균이 짤막하게 답했다.

"그런가? 그렇다면 현재 명성을 높이고 있는 지옥마도란 놈과 대결한다면 어떻게 될 것 같나?"

창밖으로 등을 돌리고 있던 담우개가 천천히 등을 돌려 다시 여균을 바라보았다.

처음보다 더욱 음침해진 담우개의 눈빛을 보고 여균이 잠시 눈길을 돌리며 말했다.

"지옥마도 그자가 아무리 악마적인 칼을 익혔다 해도 영주님을 이길 수는 없을 것입니다. 극강의 힘을 가지고도 여전히 하루도 칼을 갈지 않는 날이 없다고 합니다."

여균이 나백상을 다른 누구와 비교하는 것 자체가 어불성설이란 듯 조금 흥분한 목소리를 내질렀다.

"존경심이 대단하군. 그리고 영주의 근황을 소상히도 알고 있는 것 같군, 자네는."

담우개가 싸늘하게 웃었다.

"자네 말대로라면 나백상을 이용하여 지옥마도 그놈을 처단하려는 내 계획은 성공할 확률이 아주 높겠구먼?"

"이용하다니요?"

여균이 굳은 표정으로 담우개를 응시했다.

"남의 칼을 빌어 적을 치겠다는 말이지. 그러니까 나백상 그 영감을 이용하여 지옥마도 그놈을 치고 누가 이기든 힘이 빠진 사람을 우리가 없애면 세상은 우리 것이 되지."

담우개가 기광이 번뜩이는 눈빛으로 여균을 바라보았다.

"반역을… 생각하고 계시는 겁니까?"

여균의 눈빛이 엄중해졌다.

"반역이라…… 흑유부에 있는 혈영 본단의 인원이 얼마이던가? 겨우 몇천을 넘지 않네. 하지만 우리 장강수로연맹의 인원은 그 다섯 배가 넘지. 그런데 내가 고분고분 칼 한 자루만 들고 온 그 영감에게 영주 자리를 내어줄 것 같은가? 아직은 그 영감이 쓸모가 있기에 그냥 놔두는 것일세. 지옥마도 그놈… 물론 내 손으로 직접 꺾을 수도 있지만 그건 귀찮은 일이야. 그러니 그놈은 나백상 그 영감쟁이가 꺾도록 일을 꾸며야지. 그 영감쟁이는 자네처럼 강한 상대가 나타나면 천 리를 멀다 않고 달려가 칼을 마주해 보고 싶어할 인간이지. 누가 죽든 같이 동귀어진하면 더 바랄 게 없지만… 한쪽은 죽고 다른 한쪽은 힘을 잃고 나면 일이 훨씬 쉬워지지. 흐흐흐."

담우개의 웃음소리가 실내에 음산하게 울려 퍼졌다.

"그럼 더 이상 물으실 것이 없으시다면 나가보겠습니다."

여균이 징그러운 파충류의 동굴에서 어서 빠져나가고 싶다는 표정으로 말했다.

"그래, 나가보게."

담우개의 눈빛이 점점 더 음습해지고 있었다.

"퉤! 뱀 같은 놈."
담우개의 처소에서 돌아온 여균은 창밖으로 침을 뱉으며 인상을 찌푸렸다. 자신과는 정반대의 생각을 하고 있는 사람들. 담우개는 그런 인간이었다.
칼을 갈기보다는 그 시간에 기회를 포착하기 위해 눈을 번쩍이는 그런 채주에게 신뢰를 잃어버린 지 오래였다. 그러기에 술수보다는 강한 힘을 더 높이 평가하는 새로운 영주 나백상에게 자연히 끌리게 된 것이다.
스륵.
여균이 탁자 속 서랍을 빼내었다. 서랍 속에는 소지품 몇 개만이 가지런히 담겨 있었다.
달그락—
서랍을 뒤집어 서랍 속의 내용물을 바닥에 비운 여균이 서랍 밑 부분의 판자를 당겼다.
판자 하나가 당겨진 곳에는 작은 공간이 하나 더 존재하고 있었고 그곳에는 작은 붓과 먹물 통, 그리고 종이 한 장이 접혀 있었다.
여균은 신속히 종이를 펼치고 붓을 먹물 통에 넣어 먹을 묻혔다.
쓰윽— 쓰윽—
비록 지렁이 기어가는 듯한 글씨였지만 몇 자의 글씨가 한 장의 종이 위에 쓰여졌다. 부분적으로 어려운 글자들은 빼먹었지만 의미를 알아차리기에는 큰 무리가 없을 것 같았다.
서찰을 다 적은 여균이 서둘러 종이를 접어 가슴속으로 갈무리하려는 순간 날카로운 낚싯바늘 하나가 날아들어 서찰을 낚아챘다.

"어헉!"

여균이 깜짝 놀라 손을 흔들었지만 서찰을 낚아챈 낚싯줄은 벌써 창문 밖으로 사라졌다.

"회하조옹(淮河釣翁)!"

한소리 외침과 함께 여균이 문을 박찼다.

문밖에는 여러 명의 인영들이 눈빛을 빛내며 칼을 들고 서 있었고 그 뒤에 담우개가 비릿한 미소를 흘리며 뒷짐을 지고 있었다.

"키키키! 드디어 꼬리를 잡았구나. 글이라면 질색을 하는 놈이 은밀히 글자를 익힌다는 소리를 들었을 때부터 이상했는데 결국 나백상에게 밀지를 보내기 위함이었구나. 크크크."

이빨이 듬성듬성 빠진 왜소한 몰골의 늙은이가 빠진 이빨 사이로 연신 괴소를 흘렸다.

여균의 눈살이 찌푸려졌다.

앞에 선 추괴한 몰골의 노인은 외모와는 달리 그 무공 수위와 내공이 추측을 불허하는 인물이었다. 회하(淮河) 일대에서 낚싯대 하나로 인근에 적수를 찾지 못할 공포의 대명사였다. 언젠가 강 한복판에서 여균은 저 노인이 싸우는 모습을 직접 본 적이 있었다.

두 척의 배가 서로 접근하기도 전에 긴 낚싯대를 휘익 하고 휘둘러 낚싯바늘에 건너편 배 위 수장인 듯한 사내를 걸어 마치 한 마리 작은 물고기를 매단 듯 마음껏 휘둘렀다. 낚싯줄에 꿰인 동료의 몸체에 부딪친 그 배의 수적들은 제대로 싸워보지도 못하고 강물 속으로 수장되고 말았다.

한 대의 가는 낚싯대에 장한 한 사람을 꿰어 마치 공깃돌 가지고 놀

듯 마음대로 휘두르는 회하조옹의 내력과 긴 낚싯대에 더하여 그보다 더 긴 낚싯줄을 마치 자신의 팔인 양 수발(受發)을 자유자재로 하는 그 노인의 솜씨는 감탄사와 함께 모골이 송연해짐을 느끼게 했다.

만약 저 노인네를 자신이 상대한다면 당해낼 수 있을까 하는 자연스런 비교를 하게 되었다. 그때 여균은 자신도 모르게 고개가 가로저어짐을 느낄 수 있었다. 자신의 애병인 금강묵쇄(金剛墨鎖)는 저렇게 가늘고 쉽게 휘어지는 낚싯대와는 비교할 수 없을 정도로 무겁고 흉악스럽지만 이유제강(以柔制剛)의 이치처럼 회하조옹의 낚싯대에 서린 그 한없는 부드러움을 이길 것 같지 않았다.

물이 흐르는 듯한 순간의 멈칫거림도 없이 자연스럽게 휘어지고 뻗어 나가던 그 낚싯대와 낚싯줄의 현란함이 아직 눈에 선한데 그 당사자를 상대해야 할 상황이 목전에 도달했다.

"이 배은망덕한 놈! 언제부터 이런 밀자 노릇을 한 것이냐?"

회하조옹이 입술을 실룩거리며 여균을 닦달했다.

"영주에게 부하 된 자가 서찰을 보내는 것이 어찌 밀자의 행위란 말이오? 영주의 이목을 속이고 뭔가 다른 음모를 꾸미는 당신들이 오히려 반도가 아니오?"

여균이 당당히 대꾸했다.

"이런 찢어 죽일 놈! 우린 필요에 의해서 혈영이란 조직에 가담했지만 결국 혈영의 주인은 우리들이다! 인원으로 보나 역할로 보나 우리 장강수로연맹이 뭐가 아쉬워 흑유부의 그 졸자들 아래에 속한단 말이냐?"

회하조옹이 눈을 부릅떴다.

"그럼 처음부터 손을 잡지 말 것이지, 겉으로는 동료인 양 간이라도 빼어줄 듯하다 마지막 순간에 가서 뒤통수를 친다면 그런 조직은 앞날이 없다고 생각하오. 그러면 우리 혈영은 이제껏 보아온 많은 흑도의 무리들처럼 힘이 반분되고 결국은 정파 나부랭이들에게 도륙되어 다시 어두운 진창 속으로 내몰릴 것이오. 난 그걸 막고 싶었소. 누가 영주가 되든 그건 상관없소. 서로가 서로를 배신하는 그런 꼴은 보고 싶지가 않소. 영주 자리가 탐나거든 지금 당장이라도 나백상 영주와 칼을 맞대시오. 그래서 총타주가 이긴다면 새로운 영주의 자리에 오르시오. 그런다면 나 같은 놈은 절대로 생기지 않을 것이오. 그리고 진다면 깨끗이 물러나시오. 그건 조직을 위한 아름다운 행위가 될 것이오. 진정으로 조직을 위한다면 그렇게 하시오."

여균이 한 치의 흔들림 없이 자신의 뜻을 피력하자 회하조옹도 일순 눈을 껌벅거리며 대꾸할 말을 찾지 못하였고 다른 여러 사람들도 주춤 시선이 흔들렸다.

"이, 이놈! 안 되겠다. 내 조침(釣針) 맛을 봐야 정신을 차릴 모양이구나."

회하조옹이 동요하는 부하들을 추스르려는 듯 과장된 행동으로 낚싯대를 흔들며 여균을 향해 달려들었다.

휘리릭―

머리카락보다 더 가는 낚싯줄이 수많은 물살을 그리며 여균을 향해 쏟아져 나갔고, 그 끝에 걸린 낚싯바늘이 아가리를 벌리며 여균의 목을 노리고 날아들었다.

파앗―

여균이 살짝 어깨를 들어 조침을 막았고 조침이 스친 여균의 어깨에서는 핏물이 솟아올랐다.

제왕성의 봉문 229

"이것으로 노선배에 대한 내 마지막 예의는 차렸다고 보오. 이제부터 내 손속이 무례하다는 말은 하지 마시오. 당신도 그만한 경지에 이른 사람인 이상 무엇이 옳고 무엇이 그른지 판단할 자질은 있으리라 생각하오. 순간의 안락과 평온을 위해 양심을 저버린 이상 설사 내 목을 친다 하더라도 가슴속 깊이 자리한 패배감은 지울 수 없을 것이오."

"이, 이놈!"

회하조옹의 볼이 부르르 떨렸다.

"자, 그럼 노선배의 솜씨를 기꺼이 견식하겠소."

여균이 철렁 하는 소리와 함께 허리춤에서 금강묵쇄를 풀어 한 손에 굳게 쥐었다.

"어린 놈이 너무 당돌하구나!"

회하조옹이 콧김을 내뿜으며 낚싯대를 휘둘러갔지만 왠지 그의 손에서 전해져 오는 낚싯대의 감촉은 이제까지와는 판이하게 달랐다.

마치 이제껏 본 적 없는 커다란 월척을 놓치고 난 후 잔챙이를 끌어올릴 때의 손맛처럼 모든 동작들이 심드렁해졌고 권태로워졌다.

휘청 휘어지는 낚싯대의 탄력도, 휘익 하고 허공을 베어가는 낚싯줄이 뿜어대는 짜릿한 파공성도, 어느 것 하나 지금껏 느꼈던 전율을 주지 못했다.

철컹!

무디어진 조침이 여균의 쇠사슬에 걸렸다.

여균이 불끈 힘을 주어 쇠사슬을 잡아당겼다.

파앗—

회하조옹이 월척을 걸어 올리듯 낚싯대를 강하게 위로 잡아챘다.

피잉—

낚싯줄 중간이 뚝 끊어졌다.

"이런 빌어먹을 경우를 보았나?"

회하조옹이 한심스런 얼굴로 자신의 낚싯대를 바라보았다.

설사 장정 몇 명을 한꺼번에 낚아 휘두른다 하더라도 꿈쩍하지 않을 교룡삭(蛟龍索)이 허무하게 끊어졌다. 그것은 결코 여균의 힘이 남달라서도, 교룡삭이 손질이 덜 되어서도 아니었다. 낚싯대를 잡은 회하조옹의 손에서 뻗어 나간 내력이 순탄치 못하고 주춤거려 낚싯줄의 그 끊어진 진기의 틈에 균열이 가 끊어진 것이다.

"에구! 에구! 이 몸도 이제 늙었구나. 예전엔 저런 팔팔한 놈들을 보면 군침이 먼저 돌아 나도 모르게 손에 힘이 들어갔는데, 이젠 정반대로 젊디젊은 놈과 마주하니 오금부터 저려와 제대로 힘을 쓰지 못하겠구나. 쯧쯧… 어디 가서 농어회라도 한 접시 하고 와야지 이대로는 안 되겠다. 너희들이나 마음껏 싸워라. 내 몫은 했으니 난 가봐야겠다."

회하조옹이 낚싯줄을 거둬들이며 꼬리를 말았다.

'저 늙은이가?!'

담우개가 눈살을 찌푸렸지만 본인이 싫다고 꽁지를 마는 이상 어떻게 해볼 도리가 없는 일이다. 늙은이의 말대로 여균에게서 밀지를 뺏어 챙겨준 것만 해도 영감의 몫은 다한 것이다. 내친김에 저놈까지 한번에 잡아주었다면 자신은 느긋하게 구경만 해도 될 상황이었으나 저 노인이 빠진 이상 남은 사람들로는 여균 저놈을 확실히 잡기가 어려웠다. 천상 자신이 나서서 매듭을 지어야 할 일인데 그건 정말 귀찮은 일이다. 자칫 몸 한 군데 작은 상처라도 생긴다면 며칠을 두고 신경이 쓰여 입맛을 잃을 것이다.

쩝 하고 담우개가 입맛을 다셨다.

"한꺼번에 덤벼 저놈을 잡아라!"

담우개가 손짓을 하자 주춤거리며 서 있던 사내들이 여균을 향해 서서히 포위망을 좁혔다.

"하앗!"

한소리 외침과 함께 한 사내가 여균의 머리 위로 뛰어오르며 수직으로 칼을 내리찍었다.

철렁—

여균의 손목이 크게 한 번 움직였고 땅바닥에 늘어져 있던 쇠사슬 끝이 무섭게 휘말아져 올라왔다.

퍼억!

허공에서 칼을 내리찍던 사내가 쇠사슬에 부딪쳐 피를 토하며 날아갔다.

"차—"

"타앗—"

그것을 신호로 사방에서 여균을 향해 칼을 휘두르며 달려들었고 여균의 쇠사슬이 미친 듯이 춤을 추었.

때로는 덤불 속을 빠져나가는 뱀의 몸체처럼 휘리릭 앞으로 쏘아져 나와 뛰어드는 사내의 가슴을 때렸고, 때로는 크게 휘어지며 측면을 공격하는 사내의 허리를 두드리는 쇠사슬에 사내들이 속절없이 나가떨어졌다.

순식간에 여균을 공격하던 네 명의 사내들이 피떡이 되어 널브러졌고 다른 사내들도 주춤거리며 여균의 주위를 빙빙 돌기만 할 뿐이었다.

'망할 늙은이!'

한번 낚싯대를 휘두르고는 횅하니 사라진 회하조옹을 욕한 담무개가 천천히 걸어나왔다.

"다들 비켜라."

담무개의 목소리에 여균을 둘러싼 사내들이 신속히 뒤로 물러나 좀 더 큰 포위망을 형성하며 위치를 잡고 섰다.

"묵쇄철탑(墨鎖鐵塔)이라는 별호가 무색치 않군."

담우개가 묵묵히 고개를 끄덕였다.

키는 여균보다 한참이나 작았지만 디룩디룩 살찐 몸통 때문에 담우개의 신형이 여균을 압도하는 듯했다.

"귀찮은 놈이다, 네놈은."

담우개가 양쪽 소매를 걷어붙였다.

"후후, 이런 날이 언젠가는 오리라 예상했지만 이렇게 빨리 올 줄은 몰랐소."

여균이 입을 한껏 벌리고 웃었다.

"건방진 놈 같으니. 네놈이 감히 나와 손을 맞댈 생각을 하고 있었단 말이냐?"

담우개가 어이없다는 듯 소리를 질렀다.

"이제껏 몇 번씩이나 당신의 그 구역질나게 살찐 몸뚱이를 이 쇠사슬로 두들겨 보고 싶었지. 아마 당신의 몸뚱어리 속에서는 피가 터져 나오기보다는 구렁이 새끼들이 와글거리며 기어나오지 않을까 생각해 보았소. 오늘 그걸 확인해 본다며 아주 재미있을 것 같소. 하하!"

말을 마친 여균이 통쾌하게 웃었고 반면 담우개의 얼굴은 천천히 일그러지기 시작했다. 그러나 그것도 잠시, 뚱뚱한 체구 위에 딱 달라붙은 목을 한두 번 돌린 담우개가 곧바로 냉정을 되찾았다.

"그랬나? 그럼 진작 얘길 하지 않고. 내 직접 웃통을 벗어 내 뱃속에 뭐가 들었는지 자네에게 만져 보게 했을 텐데 말일세. 자네처럼 닭보다 더 단순한 사람들은 종종 그런 궁금증을 품더란 말이야. 죽으러 가는지 살러 가는지도 모르고 칼만 한 자루 쥐어주면 제 세상을 만난 듯이 설치는 자네 같은 인간들을 잘 이용하고 적재적소에 배치한다면 그것이 곧 내 배부름으로 이어지는데 내가 그 정도도 못해주겠나."

격장지계로 담우개를 흥분시키려 했던 여균이 오히려 담우개의 격장지계에 말려들어 얼굴이 벌겋게 달아올랐다.

"정말 역겨운 인간이군. 그만 싸움이나 하지. 더 들었다간 토할 것 같으니까 말이야."

여균이 잡고 있던 금강묵쇄를 출렁 흔들었다.

쇠사슬이 경련을 일으키며 펄쩍 뛰어올랐다가 다시 땅바닥에 떨어지며 풀썩 한줄기 먼지를 일으켰다.

"그럼 어디 놀아볼까!"

담우개가 무심하게 쌍장을 내밀었다.

슈욱—

담우개의 쌍장에서 한줄기 무형의 기운이 뻗어 나왔고 여균이 심상치 않음을 느끼고 쇠사슬을 맹렬히 회전시켰다.

파파팡!

아무런 소리 없이 밀려오던 잠력이었는데 막상 쇠사슬과 부딪치자 폭음과 함께 불꽃이 튀었다.

'우웃!'

여균이 내심 당혹성을 질렀다.

쇠사슬 끝마디가 세 개씩이나 떨어져 나갔다.

견고한 바위를 두드린다 해도 바위 속을 파고들지언정 이렇게 끊기는 일은 없는 금강묵쇄였다. 그런데 평범해 보이는 손짓과 함께 슬며시 흘러나온 무형의 기운에 묵쇄의 마디가 세 개나 끊어지다니……?

담우개 저 인간은 역시 구렁이였던 것이다. 음침한 눈빛 속에 무엇을 얼마나 감추고 있을까 짐작이 가지 않았는데 직접 대하고 보니 훨씬 무서운 이무기였다.

깊은 심계와 이만한 무공이라면 언젠가 세상을 집어삼킬 생각을 품을 만했다. 하지만 도저히 같은 배를 타고 싶지 않은 인간임은 어쩔 수 없었다.

철거렁—

여균은 쇠사슬을 짧게 감아쥐었다. 길면 그만큼 유리하게 공격할 수 있겠지만 그 속에 담긴 힘은 그만큼 감소된다.

한 바퀴, 또 한 바퀴… 팔뚝에 쇠사슬을 감고는 그 끝을 굳게 쥐었다.

"하앗!"

이번에는 여균이 선제공격으로 담우개에게로 쇄도해 들었다.

위잉—

휘잉—

짧게 말아 쥔 여균의 쇠사슬이 파공성을 울리며 훨씬 더 강맹하고 신속하게 담우개를 향해 날아들었다.

휘리릭—

여균의 눈이 부릅떠졌다.

그물처럼 가로세로 얽히며 짓쳐드는 쇠사슬 사이로 담우개의 몸이 믿어지지 않을 만큼 자유자재로 흔들리며 옷깃 하나 다치지 않고 빠져나갔다.

그 비대한 몸집에 어찌 그런 움직임들을 보이는지 직접 보고도 믿지 못할 노릇이었다.

여균이 일시 쇠사슬을 내리고 멍하니 담우개를 쳐다보았다.

"왜 그러나? 내 춤이 너무 우아했나? 하긴 그럴 걸세. 이 춤을 추느라고 가죽신을 수십 켤레씩이나 갈아 신었지. 그런데 자네의 그 쇠사슬은 보기보다 훨씬 뻣뻣하더군. 이렇게 살찐 내 몸 하나 건드리지 못한다면야 개 목걸이가 더 잘 어울리지 않겠나?"

담우개가 조소를 잔뜩 머금은 채 비아냥거렸다.

"제길!"

여균이 팔뚝에 감았던 쇠사슬을 풀어 다시 길게 고쳐 잡았다. 최대한 길이를 늘여 더 넓은 그물을 짜서 담우개를 옭아맬 작정이었다. 길게 잡은 결과로 사슬 끝의 내력이 반감된다 하더라도 어쩔 수 없는 일이었다. 옷깃 하나 건드리지 못한다면 강맹하게 실린 내력이 무슨 상관이 있으랴!

취리릭—

여균의 팔이 어지럽게 움직이고 쇠사슬이 다시 춤을 추었다.

철컹!

쇠사슬이 팽팽하게 당겨지며 비명을 질렀다.

보이지도 않을 정도로 어지럽게 움직이는 쇠사슬 끝이 담우개의 손에 잡혀 있었다.

"하앗!"

담우개가 쇠사슬을 갑작스레 잡아당겼고, 아직 대뇌의 명령을 받지 못한 여균의 손가락은 잡고 있던 쇠사슬을 놓지 못하고 그대로 끌려갔다.

펑!

담우개가 남은 한 손을 활짝 펴서 급속히 끌려오는 여균의 가슴을 사정없이 때렸다.

쇠사슬을 놓고 신형을 멈춰야 한다는 생각이 떠오르기도 전에 여균은 가슴 한복판에 섬뜩한 느낌을 받았다. 그것은 마치 얼음 기둥이 강하게 가슴을 누르는 듯한 느낌이었다. 그리고 그것은 다른 세상의 느낌이었다. 아직은 가고 싶지 않은, 그러나 언젠가는 가야 할 다른 세상의 느낌이 가슴 한복판으로부터 급격히 온몸으로 퍼져 나갔다.

쿵!

가슴 한복판이 시퍼렇게 썩어버린 여균이 통나무 쓰러지듯 쓰러졌다.

"결국 옷에 피를 묻히고 말았군."

손바닥이 여균의 가슴을 때릴 때 여균의 입에서 터져 나온 핏줄기에 옷을 적신 담우개가 오만상을 찌푸렸다.

"이놈을 돌에 매달아 아무도 모르게 강물 속으로 처넣어 고기밥이 되게 하라. 그리고 오늘 일은 절대로 입 밖에 내지 말아라. 만약 오늘 일이 밖으로 새어 나가면 네놈들도 이놈과 똑같은 꼴이 될 것이다."

담우개가 뱀처럼 쏘아보자 사내들이 벼락 맞은 듯 온몸을 떨며 고개를 끄덕였다.

제31장

흑수채(黑首寨)의 겨울

겨울이 깊어지고 첫눈이 내렸다. 그 첫눈과 함께 흑수채에서는 뜻밖의 경사스런 소식에 후기지수들과 온 산채 사람들이 박장대소를 하며 웃다가 산채가 떠나갈 듯한 환호성을 질렀다.

천방지축으로 설쳐 대던 조화영이 어느 순간부터인가 행동이 조심스러워지고 현모양처처럼 굴어 보는 이의 고개를 갸우뚱거리게 했다. 어떤 사람은 한영에 대한 깊은 사랑이 천방지축 말괄량이를 양순한 여자로 만들었다고 했고, 또 다른 이는 이제 시집이 가고 싶어 한영의 마음을 꽉 잡기 위한 내숭을 떠는 것이라고도 했지만 이유는 자연히 밝혀졌다.

아무리 감추려 애를 썼지만 날이 갈수록 불러오는 배는 어쩔 도리가 없었던 것이다. 결국 진소혜의 공표로 조화영의 임신 소식이 온 흑수채에 알려졌고, 그 소식은 훈련을 하느라 하루 종일 병장기 부딪치는 소리만 울려 퍼지던 삭막한 산채에 활력과 생명의 기운을 충만케 했다. 조화영의 임신 소식이 알려지자 그날 흑수채의 모든 훈련은 중단되었다. 어차피 눈발이 드세어지고 삭풍이 부는 날이며 훈련 자체가 힘들기도 하거니와 훈련을 시키느라 고함을 치고 있던 철도정, 신도기문 등이 제일 먼저 병기를 팽개치고 안채로 달려가 버렸기 때문이다.

"화영 누님, 축하하오!"

철도정이 얼굴 가득 미소를 머금은 채 조화영과 한영을 번갈아 바라보며 빙글거렸다.

"정말 축하합니다, 누님!"

신도기문도 장난기와 호기심 가득한 눈빛으로 조화영의 얼굴과 배를 쳐다보았다.

"고마워요, 모두들."

조화영이 얼굴을 붉히며 신도기문의 눈길을 피해 몸을 돌렸다.

"그렇게 부끄러워하는 모습을 보니 누님이 정말 여자라는 생각이 드는군요."

신도기문이 여전히 조화영의 배 언저리를 쳐다보며 짓궂은 미소를 거두지 않았다.

"자꾸 그렇게 짓궂게 굴 건가요? 난 뭐 평생 시집도 못 가고 처녀 귀신으로 늙어 죽었으며 좋을 뻔했군요."

조화영이 부끄러운 기색을 보이면서도 눈을 흘기며 신도기문을 쳐다보았다.

"아이구, 아닙니다! 화영 누님이 처녀 귀신이 되었다간 온 중원 남자들이 밤마다 화영 누님 귀신 등살에 하루도 편안하게 잠들 날이 없었을 텐데… 한영 대협이야말로 온 중원 남자들의 은인이십니다!"

신도기문이 능청스럽게 한영을 쳐다보았고, 한영도 근엄한 표정을 지으며 고개를 끄덕거렸다.
"뭐라구요? 이 남자들이 정말……!"
조화영의 눈썹이 역팔자로 모아지자 소기의 목적을 달성한 신도기문과 철도정이 킥킥거리며 문 쪽으로 뛰어나갔다.
꽝!
"아이쿠, 이게 웬 날벼락이냐!"
갑작스레 왈칵 열리는 문짝에 신도기문이 이마를 부딪히고 벽을 잡고 비틀거렸다.
"화영 누님, 정말이십니까?"
화천옥, 형일비, 유자추가 헐레벌떡 뛰어 들어오며 조화영의 얼굴과 아랫배에 번갈아 시선을 던졌다.
신도기문의 횡액(橫厄)에 고소해 못 참겠다는 듯 깔깔거리던 조화영이 우뚝 웃음을 그치며 조심스럽게 아랫배를 감싸 안았다. 넘어가듯 웃다가 불현듯 아랫배에 힘이 들어가는 것을 느꼈음이다.
"정말이군요, 누님! 축하드립니다!"
유자추가 진심으로 축하의 인사를 표했다.
"고마워요, 유 공자님."
조화영이 언제나 점잖고 예절 바른 유자추에게 진심 어린 답례를 했다.
"아이구, 이마야! 야, 이 자식들아! 좀 조용하게들 다니면 어디가 덧나냐! 혹이 계란만하다! 다 늦게 와서는 웬 호들갑들이냐!"
신도기문이 벌겋게 부어오른 이마를 주무르며 죽을상을 했다.
"어라? 저 자식은 훈련시킨다고 있는 고함, 없는 고함 다 지르더니 여기서 뭐 하는 거냐?"

화천옥이 철도정과 신도기문을 보며 뚱하게 외쳤다.

"네놈들이 여기 와 있으니 훈련받던 산적들이 전부 산채 밖으로 나간 게 아니냐!"

형일비가 못마땅하다는 표정으로 철도정과 신도기문을 쏘아봤다.

"밖으로 나가다니? 이 인간들이 맞아 죽으려고 작정을 했나! 그럼 네놈들이라도 말려야지 그냥 뒀단 말이냐?"

철도정이 씨근덕거리며 자리를 박차려 하자 화천옥이 철도정의 어깨를 잡았다.

"놔둬, 자식아! 도망가려는 게 아니라 모두 화영 누님 몸보신시킬 꿩이라도 한 마리 잡고 약초 뿌리라도 다려줘야 한다며 입이 함박만하게 벌어져 나가는데 뭘 말리냐."

"그런 거냐? 그럼 처음부터 그렇게 말을 해야 할 것 아니냐, 자식아. 험, 험, 그래도 내가 헛가르치지는 않았군."

철도정이 헛기침을 하며 거들먹거렸다.

"그런데 누님은 언제부터 그렇게 추종자들을 많이 만든 겁니까? 이러다 머지않아 여두목 하나 탄생하겠소."

철도정이 다시 빙글거리며 조화영에게로 시선을 돌렸다.

"하라면 못할 것 같아요? 여러 공자님들 힘이 부치면 언제든지 말하세요. 내가 한곳 맡아서 최고의 산채로 만들어놓을 테니."

조화영도 지지 않고 맞장구를 쳤다.

"휴우~ 걱정된다, 걱정돼."

철도정이 한영을 슬쩍 쳐다보고는 히죽거리며 머리를 저었다.

흑수채에 자리를 잡고 처음 얼마 간은 험상궂고 무식한 산적 무리들

보기 겁난다고 안채 밖으로 얼씬도 않더니만 며칠이 더 지나자 갑갑증을 이기지 못하고 꼬두리를 틀다가 몇몇 얼굴들과 낯이 익은 후엔 야금야금 산채 내에 자기 영역을 넓혀 나갔다.
 결국은 산채 내에서 그녀를 모르는 사람이 없게 되었고, 그렇게 되자 본색이 드러나며 제철 만난 듯이 설치게 되었다.
 산짐승 사냥을 하는 자리에도 빠지지 않고 따라나서서 도움보다는 방해를 훨씬 많이 했고, 신도기문 철도정 등이 주도하는 훈련장에도 불쑥불쑥 나타나 잔뜩 무게를 잡고 있는 두 사람의 체면을 와락 구기게도 만들었다. 그럴 **때면** 산적들은 고된 훈련을 시키는 후기지수들에게 복수라도 하듯 목청껏 고함을 지르며 대소하여 분풀이를 했다. 그런고로 훈련 시간 때의 흑수채 산적들은 조화영 보기를 오랜 가뭄에 소낙비 보듯 했다.
 오늘도 눈발이 내리기 시작하는 추운 날씨에 훈련을 중도에 마치게 해준 조화영을 위해서라면, 그리고 그녀가 새 생명을 잉태했다면 눈 속에서 딸기라도 따올 심정이었다.
 "모두들 와 계셨군요."
 문이 열리며 소혜가 장천호, 능소빈과 함께 활짝 웃은 얼굴로 들어섰다.
 "갑자기 어딜 갔다 오는 거야, 소혜?"
 한참을 기뻐하다 갑자기 천호와 능소빈의 손을 끌고 밖으로 나갔다가 지금에야 나타난 소혜를 보고 조화영이 물었다.
 "으응, 언니. 기쁜 소식도 알리고 천호 오라버니랑 능소빈 언니랑 의논도 좀 하고."
 "의논이라니? 무슨 의논?"

조화영이 궁금해하는 눈으로 세 사람을 차례로 쳐다보았다.

세상에서 가장 멋대가리없는 두령은 언제나처럼 무덤덤한 눈빛으로 서 있었고 소혜는 지혜가 반짝이는 눈빛을 빛냈다. 그리고 능소빈은 온화하고 사려 깊은 표정으로 기쁨을 감추지 못하고 있었다.

'저 선녀 같고 항아 같은 여자들이 멋이라고는 약에 쓰려고 해도 찾아볼 수 없는 사내를 뭐가 좋다고 그렇게 목을 달아 매는 것일까?'

그런 생각으로 머리를 젓던 조화영이 피식 웃고 말았다.

멋대가리없기로 따지자면 옆에 있는 이 살수 아저씨도 절대로 만만치가 않다.

"의논해 봤는데, 이제 언니는 더 이상 여기 있으면 안 된다고 얘기가 되었어."

"그게 무슨 소리야? 여기 있으면 안 된다니?"

조화영이 말뜻을 알아듣지 못하고 눈을 동그랗게 떴다.

"아무 말 말고 들어봐, 언니. 우선 언니와 한영 아저씨의 결혼식이 급선무야. 언니의 배가 더 불러오기 전에 가까웠던 사람들 초대해 놓고 성대하게 결혼식을 올려야 해. 그리고 몇 달 후면 아기가 태어날 텐데 여긴 아기를 키우기엔 너무 춥고 부족한 것이 많은 곳이야. 갑자기 체하거나 열이라도 나면 의원도 없고… 더욱이 이런 데서 아기를 키울 수는 없잖아?"

소혜의 말을 듣는 조화영이 천천히 걱정스런 얼굴이 되어갔다. 천방지축으로 날뛰며 산적들과 노는 일은 자신이 있었지만 방금 소혜의 말처럼 결혼 준비를 하여 결혼식을 올리고 아기를 키우고… 도무지 추측이 안 되는 일들이었다. 사람의 일이란 게 닥치면 누구나 할 수 있는 것들이 다반사였지만 지금 당장은 아무런 해결책이 떠오르지 않았다.

흑수채(黑首寨)의 겨울 243

우선 결혼식을 하려면 혼수 준비에서부터 신방을 꾸밀 집이랑 세간살이 등등… 많은 돈이 들어갈 것인데 자신이나 저 엉터리 살수, 어느 한쪽도 그런 데는 문제를 해결할 능력이 없었다. 어디 적당한 장소에서 정한수 한 그릇 떠놓고 조촐히 올릴 수도 있지만 그것은 너무 슬프다. 그렇다고 저 사내보고 지금 당장 살수 짓 큰 거 한 건 맡으라고 할 수도 없는 일이고. 더욱이 이런 곳에서 아기를 키울 수도 없고 아기가 아프기라도 한다면… 하는 소혜의 얘기를 듣는 순간 조화영은 차라리 울고 싶었다. 서른이 다 되어가는 지금에서야 이런 걱정을 하게 되는 자신이 한심했다.

아득해지는 조화영의 뇌리 속으로 소혜의 음성이 흘러들었다.

"눈이 그치고 날씨가 좋아지면 곧바로 여기를 떠나서 악양(岳陽)에 있는 우리 집으로 가, 언니."

"으응… 무슨 말이야? 소혜네 집이라니?"

"그래, 우리 집으로 가. 거기서 결혼식도 올리고 아기도 낳고… 아빠도 무척 좋아하실 거야."

진소혜가 마치 자기 일인 양 한참을 더 신나게 떠들고 앞으로의 계획을 설명했다.

"그럼 이곳은 어떡하란 말이오? 그냥 이곳에서 조촐하게 식을 올리고 애 낳아 키워도 될 것 같은데… 올 겨울만 넘기면 큰 문제도 없을 테고……."

"말도 안 되는 소리 그만두지 못해요!"

한영의 말이 끝나기도 전에 소혜가 갑자기 고함을 꽥 하고 지르며 얼굴을 발갛게 물들였다.

발작과도 같은 소혜의 고함 소리에 한영이 깜짝 놀라 입을 다물고

소혜를 멀뚱히 쳐다보았다. 당차고 야무진 아가씨였지만 자기에게 이렇게 한 적이 없었다.

"어떻게 여자 마음을 몰라도 그렇게 몰라요?!"

소혜가 다시 한 번 어깨를 들썩이며 심호흡을 한 후 말을 이었다.

"남자에겐 귀찮은 하루 일정쯤일지 몰라도 여자에게 있어서 결혼식이란 천금을 주고도 바꿀 수 없는 소중한 시간이란 말이에요! 평생을 통해 가장 화려하고, 가장 빛나고, 세상 누구보다도 행복하게 치르고 싶은 것이 결혼식이에요! 그런데 험상궂은 산적들이 득실거리는 이곳에서 아무렇게나 치르고 애까지 낳아 기른다는 말인가요? 어떻게 생각이 그렇게 단순할 수가 있어요!"

소혜의 말에 시무룩하게 걱정에 잠겨 있던 조화영이 쌤통이라는 듯 한영을 흘겨보았다.

"아무 소리 말고 내가 하자는 대로 따라요! 언니 결혼식은 처음부터 끝까지 내가 맡아서 해요! 누구보다 화려한 혼수를 준비하고 온 악양이 떠들썩하도록 치를 거예요! 그리고 언니 살던 곳의 불쌍한 사람들도 모두 다 불러요! 그래서 며칠이고 회포를 풀고 함께 지내요! 우리 집 대들보를 뽑는 한이 있어도 언니 결혼식은 가장 화려하게 치를 거예요!"

소혜가 잠시 눈을 돌렸다. 그런 소혜를 바라보는 조화영의 눈에 눈물이 그렁하게 맺혀갔다.

"그리고 한영 아저씨가 여기 없으면 당장 흑수채가 무너지기라도 할까 봐 여긴 어쩌냐고 걱정해요? 특급 살수니 뭐니 하고 말만 요란했지 천호 오라버니 일초지적도 되지 못했잖아요! 그런 사람이 걱정은 혼자서 다 하는 건가요? 애만 가지게 하면 다 아버지인 줄 알아요?"

"킥—"

능소빈이 결국 웃음을 터뜨렸고 산사태가 무너지듯 거침없이 쏟아져 내리는 소혜의 말에 한영을 비롯한 실내의 남자들은 모두 얼이 빠져 버렸다.

"지금부터 몇 달 동안은 온 세상이 얼어붙는 겨울이에요. 그런 엄동에 누가 전쟁이라도 일으킬까 봐 그래요? 정신 나간 살수들이나 눈 속에 구덩이를 파고 죽네 사네 생고생을 하죠!"

"와하하하—"

마침내 실내가 온통 웃음바다가 되었다.

눈물 범벅이던 조화영마저도 웃음을 참지 못하고 눈물을 닦기에 바빴고 말 한번 잘못한 죄로 한영은 당찬 주인집 아가씨에게 몽둥이 찜질을 당한 꼴이 되었다.

"그건 맞는 말이에요. 이런 겨울에 섣불리 움직인다는 것은 자살 행위예요. 그러니 내년 봄까지는 별일없을 겁니다. 더구나 율자춘 그 괴물도 처치했으니 안심하고 한영 대협은 소혜 말대로 하세요."

소혜에게 혼줄이 나고 있는 한영이 보기 안쓰러웠는지 능소빈이 부드럽게 분위기를 가라앉혔다.

첫눈이 내리기 시작했으니 곧 혹한이 몰려올 것이고 온 세상은 얼어붙기 시작할 것이다. 이런 상황에서는 치열한 국가 간의 전쟁도 소강 상태를 보이며 대치 국면으로 접어들게 마련이다. 꽁꽁 얼어붙은 대지 위에서는 땔감은 물론이고 두껍게 얼어붙은 강에서 식수를 구하는 일도 만만치 않다. 온통 눈과 얼음으로 뒤덮인 벌판에서는 말들 역시 먹을 것을 구할 수 없어 일일이 사람들이 건초 더미를 준비하고 다녀야 하기에 배보다 배꼽이 더 큰 지경이 되고 만다. 그렇기에 대규모의 전쟁은 불가항력의 경우가 아니고는 겨울에는 일어나지 않았다. 그런 겨울에는 누구라도 먼저 움직이는 쪽이 그만큼 더 불리하게 마련이다.

"어허! 저 아줌마 병법에도 조예가 깊네. 어쨌든 말은 맞는 말이니 한영 대협께선 진 소저 뜻을 따르시지요. 안 그랬다간 여기 있는 남자들이 한꺼번에 무식하기 짝이 없는 악당으로 내몰려 견디지 못할 것 같소."

화천옥이 고개를 끄덕이며 미소를 지었다.

실로 오랜만에 찾아오는 한가로움이었다. 지옥 같은 수련과 쉴 새 없는 혼란 속에서 한시도 긴장을 늦추지 못하고 삼 년도 넘는 시간을 지냈다. 그 혼란과 암계의 원흉인 율자춘을 제거하고 그가 만들어놓았던 모든 장애물을 치운 지금 칼을 맞대야 할 상대는 혈영 하나만으로 좁혀졌고, 능소빈의 지적대로 그들 역시 겨울을 넘기고 얼음이 녹는 내년 봄이 되어야 움직이기 시작할 것이다.

그때는 이제껏 본 적이 없는 큰 혈풍이 일어나겠지만 어쨌든 이번 겨울은 모든 것을 잊고 예전처럼 지낼 수 있을 것 같다.

눈이 걷히고 날씨가 좋아지면 사문으로 가서 사부님과 문도들을 만나보아야겠다. 그리고 내년 봄에 일어날 대란에 대해서 의논을 나누고 미력이나마 힘을 보탠 후 살아남는다면 칼을 버릴 수 있을 것이다. 화천옥이 천천히 고개를 돌려 모두를 쳐다보았다. 아무도 말은 하지 않았지만 같은 생각일 것이다. 이젠 숨소리만 들어도 그들의 생각을 알 수 있을 것 같다.

어둠이 깔리기 시작할 즈음 왁자한 소리와 함께 밖으로 사냥을 나갔던 사람들이 돌아왔다. 곧 이어 바깥채 한곳에 천막이 쳐지고 술판이 벌어졌다. 그렇지 않아도 무당산의 대혈투와 율자춘의 제거 후에 후련

함과 함께 몸에 배인 피 냄새를 씻어내고자 술판을 벌이고 싶었지만 같이 있던 사람들이 뿔뿔이 흩어져 있는 상태인지라 크게 흥이 일어나지 않았다.

자기 가문의 혈풍을 종식시키고 뒷정리를 하고 있는 남궁우현과 도진화, 영호성이 빠졌고 무당산 혈투 후 사부 곁에서 그간의 모든 것을 바로잡고 있는 이가송과 정사청도 없었다. 그리고 임무열 역시 한 팔이 잘려 나간 종남의 장문인 강문옥을 보필하여 일단 사문으로 돌아갔다. 흑수채에서 훈련받은 인원들과 함께 전 산채를 돌며 강궁과 군진합공을 수련시키고 있는 조대경과 모진성까지 보이지 않는 상황이라 아무리 술귀신들이지만 크게 술맛이 일지 않고 있다가 첫눈과 함께한 조화영의 임신 소식에 둑이 터지듯 술벌레들이 기어나왔다.

"야, 중 놈! 너, 내년 봄 후에는 파계(破戒)하는 것이 어떻겠냐? 술이 그렇게 좋고 고기 맛 또한 일품인데 어떻게 중 생활을 계속할 수 있겠느냐?"

철도정이 정휴를 집적거리며 그동안 속에 가두어놓아 발작을 하고 있는 악머구리를 슬슬 끄집어내었다. 남궁우현, 영호성 등이 가세하고 모진성 그놈까지 거든다면 더없이 좋은 한패가 되어 두령이든 누구든 가릴 것 없이 골탕을 먹이고 요절복통할 일을 만들 수 있었는데 지금은 영 판이 서질 않았다.

신도기문 저놈과 화천옥은 언제나 자기 머리 꼭대기 위에 올라 앉아 애초에 씨도 먹히지 않았고, 어쩐지 쉽게 걸려든다 싶을 때는 아니나 다를까 함정을 파놓고 기다려 되려 거름통 속에 빠지는 경우를 당하기 일쑤였다. 그렇다고 고지식하기 짝이 없는 형일비 저놈을 건드렸다간 제대로 흥이 일기도 전에 칼을 들고 설쳐 걸음아 날 살려라 하고 도망치게 될 것이고, 유자추 저놈은 아예 상종 못할 정도로 재미없는 놈이다. 뭐니 뭐니 해도 제일 쉬운 상대는 두령인데 능소빈, 저 여왕 여우와 구미호 열 마리가 와도 못 당할 진소혜가 한시도 떨어지지 않고 옆에 앉아 있으니 입맛만 다실 일이다. 결국 술고래 중 놈이라도 집적거려 그동안 쌓였던 울화를 풀려고 수작을 걸고 있는 중이다.

"어허, 이놈아! 술 속에 도가 있고 고기 맛 속에 해탈이 있는 것을 네놈 같은 하등 동물이 어찌 알겠느냐?"

이놈도 어쩐지 만만치 않다! 소림사 장경각 안에서 '아미타불' 하고 불경이나 읊고 살았을 줄 알았는데 이것저것 모르는 게 없고 엉뚱하기 짝이 없어 어디로 튈지 감을 잡을 수가 없다.

"하등 동물이라니! 이놈이 술이 몇 잔 들어가더니 보이는 게 없는 모양이구나! 하기야 타락한 중 놈 눈에 뭐가 제대로 보이겠느냐! 세상 만물이 모두 타락한 것으로밖에 더 보이겠냐!"

철도정이 정휴의 눈치를 슬쩍 살피며 약을 올렸다.

"타락이 곧 해탈이요, 해탈이 곧 타락을 통해서도 이루어질 수 있는 이치를 네놈은 꿈이나 꾸겠느냐? 심심하면 저기 저 공자 놈이나 집적거려 보거라. 이 부처님은 네놈 상대가 아니다, 어리석은 중생아."

정휴가 인자한 표정을 지으며 철도정의 머리를 쓰다듬었다.

"빌어먹을 중 놈!"

철도정이 콧김을 내쉬었다.

"바랑을 메고 빌어먹지 않으면 중이 어떻게 살아가겠느냐? 참으로 지당한 말을 뜻도 모르고 지껄이는구나, 네놈은."

이놈은 아예 철벽이다! 소림사 경전에는 집적거리는 놈 퇴치법이라도 있는 모양이다. 철도정이 김빠진 표정으로 정휴의 민머리를 쳐다보앉다.
"깔깔깔!"
아까부터 철도정의 하는 양을 지켜보던 진소혜가 웃음을 터뜨렸다.
"이곳에는 천호 오라버니만 빼면 도정 공자님보다 하수는 한 사람도 없어요. 그러니 괜한 힘 빼지 마시고 술이나 드세요, 도정 공자님."
"끄응……."
철도정이 살맛 안 난다는 표정으로 원망스럽게 주위를 휘둘러보고는 저 멀리 혼자 떨어져 묵상처럼 술잔을 기울이는 유자추에게로 자리를 옮겼다.
"이봐요, 도정 동생! 유 공자 괴롭히면 내가 가만 안 둘 거예요!"
조화영이 깨소금 씹는 표정으로 철도정의 뒤통수에 대고 고함을 질렀다.
"사해만리에 온통 적들뿐이구나."
철도정이 투덜거리며 걸음을 빨리했다.
"야, 이 화상아! 넌 뭐 하는 놈이길래 장작불 타오르는 천막 놔두고 여기서 눈을 맞으며 청승을 떨고 있는 것이냐!"
철도정이 유자추의 뒤통수라도 한 대 갈기려다 멈칫하고 손을 거두었다.
'이 자식이!'
얼른 고개를 돌리는 유자추의 눈가에 굵은 물방울이 맺혀 있었다.
잠시 주춤한 철도정이 못 본 체하고 털썩 옆 자리에 앉았다. 그리고 게걸스럽게 한 잔 들이켠 후 유자추에게 술잔을 내밀었다.
"자, 마셔라."
"술은 나도 있어, 자식아!"

얼른 좀 전의 표정을 지운 유자추가 볼멘소리를 질렀다.

"술은 서로 권해야 맛인 것이야. 네놈은 아직도 못 깨우쳤느냐?"

"중 놈 옆에서 얼쩡거리더니 노는 꼴이 똑같군."

유자추가 피식 고소를 머금고는 철도정의 술잔을 받았다. 그리고 단 한 번에 목 안으로 털어 넣었다.

"모두 네놈 보기 싫다고 쫓아내더냐? 그래서 여기까지 밀려온 것이냐?"

유자추가 입꼬리를 말며 철도정을 바라보았다.

"오라는 덴 없어도 갈 데는 많은 몸이다, 이놈아! 네놈이 여기 앉아 오만 궁상을 다 떨고 있으니 어디 술맛이 나겠느냐!"

철도정이 잠시 말을 멈췄다가 작정을 한 듯 다시 말을 이었다.

"낮에 주은비 모녀에게 갔다 오더니 무슨 일이 있는 것이냐? 그래서 이 청승이냐?"

"무슨 봉창 두드리는 소리야, 이 자식이!"

철도정의 말에 유자추가 발끈했지만 눈을 맞추지 못했다.

"네놈이 주은비 소저를 가슴 깊이 담고 있다는 사실은 주 소저 자신만 모르고 다 아는 사실이다."

유자추가 아무 대꾸 없이 앉아 있다가 철도정에게 술잔을 내밀어 술을 받아 한 잔 더 들이켰다.

"이젠 데려다 주어야 할 것 같다."

유자추가 무심한 어조로 말했다.

"데려다 주다니! 누구를? 어디로 데려다 준단 말이냐?"

철도정이 눈을 크게 뜨고 소리를 질렀다.

"살살 좀 얘기해라, 자식아. 귀머거리만 있는 곳에 살다 왔나."

유자추가 철도정을 책망하며 고개를 돌렸다.
"이젠 주 소저 어머님의 상세도 거의 치료가 되었고 혼자서도 짧은 거리 정도는 운신이 가능하니 살던 곳으로 보내주어야지. 이곳은 너무 춥다. 그리고 피 냄새도 진동을 하고……."
유자추가 혼잣소린 듯 중얼거리며 어깨에 쌓인 눈을 털었다.
"내년 봄이면 또 얼마나 더 많은 피보라 속에서 목욕을 할지도 모르는 일이고… 그러니 그전에 살던 곳으로 데려다 주어야 할 것 같다."
철도정은 일순 말문이 막혔다. 정말 상종 못할 만큼 재미없는 놈이다!
"자식아, 그렇게 가슴이 쓰려오면 네가 데리고 살면 될 거 아니냐! 어디 가서 무슨 짓을 하고 살든 너만큼 주 소저를 위해줄 사람이 어디 있겠느냐!"
철도정의 목소리에 안타까움을 넘어선 역정이 묻어났다.
"이런 곳에는 어울리지 않는 사람들이다."
유자추가 먼 곳으로 시선을 던졌다.
"그래서 이렇게 뚝 떨어져 온갖 궁상을 떨고 있는 것이냐, 이 자식아?"
철도정이 자신도 똑같이 술을 한 잔 목구멍 속으로 털어 넣었다.
"이 자리가 어떤 자리냐? 화영 누님이 새 생명을 잉태하고 그걸 축하하기 위해서 만든 자리가 아니냐? 그런데 네놈이 여기서 온갖 궁상을 떨고 있으니 평소에 네놈을 눈에 넣어도 아프지 않을 것같이 귀여워하던 화영 누님이 안절부절못하고 있지 않느냐! 세상에 널리고 널린 것이 여자다, 이 못난 놈아!"
철도정이 벌겋게 달아오른 얼굴로 씩씩거렸다.

"자식이 괜한 사람 우습게 만드는군."

유자추가 엉덩이를 툭툭 털며 일어섰다.

"화영 누님 축하하기 위한 자리에서 이런 모습 보인 건 미안하게 생각한다. 누님이 임신을 하고 한없이 기뻐하며 그 생명을 위해 온갖 조심을 하는 모습을 보니 문득 한 여자가 생각나더군. 네놈 말대로 널리고 널린 게 여자지만 그 여자는 세상에서 유일한 여자였지. 그 여자도 나를 잉태했을 때 저랬겠지 하고 생각하니 나도 모르게 눈물이 흘러서 잠시 여기 있었을 뿐이야."

말을 마친 유자추가 성큼성큼 조화영에게로 다가갔다.

"누님, 이건 제가 어머님에게서 받아 어릴 적부터 갖고 놀던 것인데 전 이제 다 컸으니 누님께 드리겠습니다. 아기가 태어나면 삼촌 선물이라고 주십시오."

유자추가 품속에서 비단 주머니를 꺼내어 조화영에게 건넸다.

동그랗게 뜬 눈으로 비단 주머니를 건네받은 조화영이 두 눈만 말똥거리며 주머니를 풀지 못하고 있었다. 유자추의 어머니에 대한 얘기를 알고 있는 조화영은 이것이 유자추가 간직하고 있던 자기 어머님 신물이나 마찬가지라 짐작할 수 있었다.

"어서 펴보십시오, 누님!"

"유 공자, 어떻게 내가 이걸……."

조화영이 망연한 눈으로 비단 주머니와 유자추의 얼굴을 번갈아 바라보았다.

"별거 아닙니다. 지금 당장에 가진 거라고는 그것밖에 없군요. 아기가 태어나면 정말 좋은 선물을 할 테니 우선은 그것을 받으십시오."

유자추가 재촉을 하자 조화영이 조심스럽게 주머니를 열었다. 주머니 속에는 말을 탄 장군 모양의 목각 인형이 들어 있었다.

얼마나 매만지고 꺼내보았으면 닳고 닳아서 놋쇠처럼 반질거렸다.

"비록 손때가 묻고 오래된 것이지만 근 몇 달에 걸쳐 깎아 만든 어머님의 정성과 내 마음이 들었으니, 이 녀석이 태어나 가지고 놀면 튼튼하게 잘 클 겁니다."

유자추가 싱긋 웃고는 술병을 두 병 더 챙겨 들고 멍하니 바라보고 있는 철도정 곁으로 돌아갔다. 조화영 역시 넋 나간 표정으로 손에 든 목각 인형을 바라보다 왈칵 눈물을 쏟았다.

"언니, 산모가 자꾸 눈물 흘리면 애도 울보로 낳는대."

소혜가 조화영의 눈물을 닦아주며 손에 든 목각 인형을 주머니 속에 넣고 조화영에게 갈무리시켰다.

밤이 깊어지자 눈발은 잦아들었지만 세찬 바람과 함께 기온이 급격히 떨어졌다. 아무리 밥보다 술을 좋아하는 사람들이었지만 살을 엘 듯한 삭풍 속에서도 술자리를 계속할 수는 없었다. 먹다 남은 술안주들을 챙겨 들고 무리를 지어 자신들의 숙소로 들어갔다. 남은 술과 안주는 숙소에서 말끔히 치울 것이다.

다른 사람들은 떨쳐 버리고 천호의 처소에서 천호와 능소빈, 진소혜, 이렇게 세 사람이 오랜만에 자리를 같이했다. 그들도 다른 사람들과 마찬가지로 몇 병의 술과 잘 구워진 고깃덩이를 잘라와 탁자에 올려놓고 다시 술잔을 들고 있었다.

"정말 좋은 생각이오, 소혜."

천호가 진소혜를 바라보며 입을 열었다.

"뭐가 말인가요?"

소혜가 능소빈에게서 받은 술을 쭈욱 들이켜고 오만상을 쓰며 천호를 바라보았다. 능소빈이나 도진화처럼 무공으로 단련된 몸이 아니기에 진소혜의 주량은 그들과는 비교가 되지 않았다. 그래서 언제나 한 잔을 들이켜고는 인상을 찌푸렸다. 하지만 모든 술자리에는 빠지는 적이 없었고 권하는 술은 절대로 사양하지 않았다. 주는 족족 다 받아 마시고 정신을 잃은 척 스르르 쓰러지면 언제나 천호가 처소에까지 자신을 안아다 주기 때문이었다.

"화영 낭자 혼인식을 소혜 집에서 치르고 그곳에서 지내도록 하겠다는 생각 말이오."

천호가 대견하다는 듯한 표정으로 빙긋이 미소 지었다.

"그게 뭐 그리 특별할 게 있나요? 그동안 외롭고 힘들게 살아온 언니인데 서로 도와가며 지내야죠."

소혜가 뭐 대수롭냐는 듯이 짤막하게 대답했다.

"그래도 대뜸 그런 생각을 하기가 쉬운 일이야? 나 같아도 이 근처 어느 마을에서 화촉을 밝히고 신방을 꾸미게 했을 거야. 화영 언니가 살던 곳 사람들 모두 불러서 성대하게 식을 올릴 생각은 못했는걸. 이럴 때 보면 소혜가 오히려 제일 큰언니 같아."

능소빈이 소혜를 보며 미소를 지었.

여리고 앳돼 보이는 모습이지만 당찬 성격과 깊은 속에서 나오는 지혜로움은 감탄을 자아내게 했다. 저런 여자였기에 단 두 달여 만에 두령의 마음을 꼼짝없이 묶어버렸을 것이다. 그러면서 조금도 자기 혼자서 독차지하려 하지 않고 능소빈 자신도 꼼꼼히 챙겨주며 두령과 가까워질 수 있는 기회를 자연스럽게 만들어주어 언제나 많이 어색해하고 멀뚱거리던 두령도 이제는 그녀와 단둘이 있게 되어도 전혀 불편해하지 않았다. 저런 여자에게 포로가 된 남자는 항우장사라 해도 속수무

책일 것이다. 능소빈의 얼굴에 화사한 미소가 짙어졌다.

"칼 들고 강호를 질주하는 여자들은 성격도 남자 같잖아요? 그러니 한영 대협과 비슷한 생각을 하겠죠. 화영 언니도 무공은 익혔지만 울보에 겁보예요. 한영 아저씨도 비슷하고. 이번 기회에 두 사람을 완전히 강호에서 쫓아내어 평범하게 살게 해주고 싶어요. 그리고 여기 있어봐야 별 도움도 안 되잖아요?"

소혜가 야멸차게 말을 맺었다.

"후후, 무림에 몇 되지 않는 특급 살수가 도움이 안 되는 곳은 이곳뿐일 거야."

능소빈이 어이없는 웃음을 지었다.

"그렇게 합시다. 이런 곳에는 어울리지 않는 사람들이오."

천호가 묵묵히 고개를 끄덕거렸다.

"그러는 오라버니는 얼마나 이곳에 잘 어울리는가요? 오라버니야말로 이곳에 가장 안 어울리는 사람이 아닌가요?"

소혜가 상기된 얼굴로 천호를 쏘아보았다. 그런 소혜의 눈빛을 받은 천호가 할 말을 잃고 우두커니 소혜를 바라보고만 있었다.

"모든 걸 잊을 순 없나요? 제왕성이고, 흑제고 모두 잊고 고향으로 돌아가면 안 되나요? 복수라는 것이 그렇게 중요한가요?"

소혜가 내친김이라는 듯 울음 섞인 목소리로 쏟아내었다.

"소혜, 취한 것 같아. 그만 해."

능소빈이 어쩔 줄 몰라 하며 소혜를 달랬다.

"취하지 않았어요! 하루에도 수십 번씩 하고 싶은 말이었어요! 나도 화영 언니처럼 결혼하고 애 낳고 오순도순 살고 싶어요! 칼 든 사람들의 복수라는 것이 그것보다 더 중요한가요? 이젠 제왕성도 흑제도 무너졌잖아요?"

소혜가 급기야 오열을 터뜨렸다.

"소혜, 그만 해, 제발!"

능소빈이 소혜를 안고 달래기에 여념이 없었다.

한동안 능소빈과 소혜를 묵묵히 바라보던 천호가 조용히 입을 열었다.

"복수라는 건 이젠 중요하지 않소. 오히려 부질없는 일이오."

천호의 목소리에 소혜와 능소빈이 흠칫 고개를 들었다.

"칼을 들고 강호로 나온 후 많은 격전을 치렀소. 그 와중에 아무 상관 없는 초부의 아들이 나처럼 부모를 잃을 수도 있었고 다급한 순간 속에 나 역시 흑제처럼 눈길 한번 주지 못하고 몸을 날릴 상황은 얼마든지 발생할 수 있었소. 그러기에 이젠 그런 복수심 따위는 무의미한 것 같소."

천호의 목소리가 공허하게 울렸다.

"그럼 이젠 모든 것을 떨쳐 버리고 집으로 가요. 우리 집이든, 아니면 오라버니가 살던 연우촌이든 어디든 상관없잖아요?"

소혜의 눈빛이 애절하게 타올랐다.

"나도 그러고 싶소. 한시라도 그런 생각을 안 한 적이 없소. 선녀 같은 당신들과 함께라면 심산유곡 단칸 초가에서 쌀겨를 씹고 산다고 해도 한없이 행복할 것이오."

천호의 목소리에서 만년석 같은 고독이 묻어 나왔다.

"지금 당장이라도 그렇게 하면 되잖아요?"

소혜가 어깨를 들썩이며 오열을 토했다.

"조금만 더 기다려 주시오. 아직은… 아직은 그럴 수 없소. 나와 인연을 맺고 나를 두령이라 부르며 따르는 사람들, 그들이 급류 속에서 헤어 나와 안전하다고 생각되면 그땐 우리들만의 세상으로 떠납시다. 내년 봄이 지나면 필시 그렇게 될 것이오. 그때까지만 기다려 주시오."

"두령!"

능소빈의 눈에도 이슬이 맺혔다.

"정말 훌륭한 두목 하나 나셨군요!"

진소혜가 기가 차서 말이 안 나온다는 듯이 입을 벌렸다.

"그들이 누구이던가요? 오라버니가 산에서 나무하고 괭이질하기 이전부터 그들은 칼을 휘두르며 희열을 느끼던 사람들이에요! 칼이 좋아서 칼을 든 사람들! 그 사람들을 나무꾼이던 오라버니가 보살펴 주어야 하는가요?"

소혜의 칼날 같은 말에 능소빈이 문득 몸서리를 쳤다. 화산의 칼을 너무나 좋아했던 자신의 손이 두려워졌다.

칼 든 사람들!

소혜에게서 다시 듣는 그 한마디가 가슴을 파고들었다.

"예전에 내가 누구였든 간에 일단 칼을 들게 되면 그것을 버리기 전에는 다 똑같은 사람이오."

"그럼 지금 당장 버리세요! 그리고 아무도 찾지 못할 곳으로 가면 되잖아요!"

소혜의 눈이 붉게 충혈되었다.

"그런 생각도 해보았소. 하지만 그렇게 되면 난 항상 나를 따르던 사람들이 생각날 것이오. 그들의 모습이 눈에 밟혀 영원히 칼을 버릴 수 없을지도 모르오."

천호가 천천히 술잔을 들이켰다.

"정말 훌륭한 두령이군요! 어쩌다 이렇게 훌륭한 두목이 되셨나요?"
진소혜가 눈물 가득한 얼굴에 어이없는 웃음을 머금었다.
"안아줘요."
"어헉! 소, 소혜!"
갑작스럽게 품을 파고드는 진소혜를 엉거주춤 붙잡으며 천호가 얼른 능소빈을 쳐다보았다.
"나도 같이 안아줘요."
능소빈 역시 눈물로 흠뻑 젖은 얼굴을 하고 천호의 품으로 파고들었다.
"왜들… 왜들 이러시오?"
천호의 목소리가 경악으로 가득했지만 아랑곳하지 않은 소혜가 몸을 옆으로 빼며 독차지하고 있던 천호의 가슴을 능소빈에게 내어주었고, 능소빈도 천호의 가슴을 파고들어 두 여자가 경쟁이라도 하듯 깊이 깊이 안겼다.

제32장
철효민

겨울의 초입에서 내리는 첫눈인지라 많이 내리지는 않았지만 산속의 모든 정경들을 하얗게 바꾸어놓기에는 충분했다.

아침 일찍 숙취를 달래고자 흑수채 밖으로 나와 한바탕 경공을 펼치고 무공 연습을 하는 유자추의 얼굴에는 땀방울이 굵게 맺혔다.

'무서운 도법이야!'

암흑류의 내공과 함께 시전한 자신의 도법을 보면서 유자추는 언제나처럼 스스로 놀라고 있었다.

무섭도록 빠르고 소름 끼치도록 많은 변화를 내포한 단 한 초식의 이 도법을 익히기 위해 두령 밑에서 이 년 동안 지옥보다 더한 고통을 겪지 않았던가! 두령조차도 이름을 제대로 알지 못했기에 모두들 가장 잘 어울리는 이름으로 지옥참마도법(地獄斬魔刀法)이라 이름 지었다.

그 도법을 익히기 위해 암흑류라는 패도적인 내공심법과 마환보라는 보법을 익혔다.

　암흑류라는 내공심법 역시 자신들이 지은 이름이고 마환보의 보법만이 무림에서 악마의 경공술로 전설처럼 전해 내려오고 있었다. 두령이 휘두르는 칼처럼 극강하게 휘두르려면 암흑의 내공과 함께 상반된 기운인 폭염의 내공도 같이 익혀야 하지만 그러기엔 너무나 많은 시간을 요구했고, 결국은 속성으로 이룰 수 있는 암흑류와 지옥참마도법을 익혔다. 그것만으로도 지난날의 자신과는 반딧불과 횃불만큼의 차이를 느낄 수 있었다. 두령 또한 은의소소의 지적대로 두 가지 기운이 융화되지 못한 불완전한 칼을 익힌 상태라면 그 궁극의 도법은 어떤 것일까? 절로 머리가 가로저어졌다.

　뿌드득—

　발 밑에 쌓인 눈을 한 줌 집어 들어 땀이 솟아난 얼굴에 문질렀다.

　숙취가 말끔히 가시며 흐읍 하고 숨을 들이쉬자 가슴이 뻥 뚫려왔다. 천천히 벗어놓은 상의를 걸치던 유자추의 눈이 이채를 띠었다. 긴 말 울음소리와 요란한 발굽 소리가 들렸다.

　"아악!"

　곧 이어 여인의 날카로운 비명 소리가 울리며 여인을 태운 한 필의 말이 미친 듯이 질주하고 있었다.

　'위험하다!'

　말의 속도와 움직임으로 봐서 정상적인 상태가 아니었다. 무엇엔가에 놀랐거나 독초를 먹었을 때와 같았다.

　휘익—

　유자추가 신형을 날렸다.

　"서! 서! 제발 서란 말이야, 이 못된 짐승아! 내리기만 하면 죽여 버리고 말 테다!"

 광분하여 질주하는 말 등에서 떨어지지 않으려고 기를 쓰면서도 여인은 고함을 고래고래 지르고 있었다. 저런 식이면 말은 더 흥분하여 날뛰게 될 것이다.

 '꽤나 사나운 여인이군.'

 마환보를 시전하며 쏜살같이 달리면서 유자추가 피식 웃었다.

 "엄마야—"

 미친 말보다 더 빠르게 곁으로 달려오는 유자추를 보고 말 등의 여인이 비명을 질렀다. 저건 필시 귀신이거나 낮도깨비일 것이다.

 "이랴! 더 빨리 달려!"

 이제껏 기를 쓰고 말을 멈추려던 여인이 말에 채찍질을 하며 오히려 더 속력을 내게 했다.

 히힝—

 "아악!"

 마침내 돌부리에 발굽이 걸린 말이 허공으로 치솟았고 여인이 비명을 지르며 퉁겨져 날아갔다.

 휘익—

 마지막으로 땅을 박찬 유자추의 신형이 떨어지는 여인을 향해 섬전처럼 쏘아져서 여인을 받아 들고는 근처 바위 위로 내려섰다.

 쿵! 와르르르…….

 미친 듯이 질주하던 말이 땅에 나뒹굴어지며 몇 번을 더 아래로 구르다 마침내 벼랑 밑으로 추락했다.

 유자추의 품에 안겨 비몽사몽간에 자신이 타고 온 말의 최후를 지켜보던 여인이 눈을 질끈 감으며 유자추의 목을 바짝 끌어안고는 얼굴을 파묻었다.

"아악!"

잠시 후 정신을 추스른 여인이 외마디 비명을 지르며 유자추의 품에서 빠져나오려 바둥거렸다.

"이크!"

유자추도 얼른 안고 있던 여인을 내려놓으며 뒤로 몇 발짝 물러섰다.

"가까이 오지 마! 이 귀신! 악적!"

여인이 악을 쓰며 차고 있던 칼을 마구잡이로 휘둘렀다.

"진정하시오, 소저. 계속해서 가까이 오고 있는 사람은 소저이잖소."

유자추가 손을 흔들며 몇 걸음 더 뒤로 물러섰다. 그제야 여인은 주위를 살피며 놀란 가슴을 진정시켰다.

"당신! 누구신가요? 사람인가요, 귀신인가요?"

공포에 질린 눈을 한 여인이 칼을 치켜들고 더듬거렸다.

"해가 솟은 지 오랜 시간에 무슨 귀신타령이오? 나도 귀신이라면 소저 못지 않게 겁나는 사람이오."

유자추가 빙긋이 웃으며 여인을 안심시켰다.

"사람이 어떻게 그렇게 빨리 움직일 수 있나요? 그런 경공술은 본 적이 없어요!"

여인이 계속해서 질린 얼굴로 긴장을 풀지 않았다.

"어쨌든 난 사람이오. 나보다 소저야말로 도깨비가 아니오? 이런 시간에, 또 이런 첩첩산중에 여인 혼자 말을 달리는 경우는 쉽게 생각할 수가 없는 일이군요."

잠시 고개를 돌려 주위를 살피던 여인은 천천히 칼을 거두고 유자추를 유심히 살폈다.

분명히 귀신은 아닌 것 같았다. 말 그대로 첩첩산중에서 귀신처럼 맞닥뜨린 사내였지만 온몸 구석구석에서 자연스레 풍기는 기운이 명가의 후예다웠다.

"휴……."

여인이 긴 한숨을 내쉬었다. 창졸지간에 이승과 저승을 넘나들고 사람인지 귀신인지 모를 사내에게 큰 은혜를 입었다.

"늦었지만 감사드려요. 전 철효민(鐵效敏)이라 해요."

여인이 가볍게 머리를 숙였다.

"유자추라 하오."

유자추도 가볍게 포권을 하며 답했다.

"어머나! 그럼?"

마주 답하며 고개를 끄덕인 유자추를 보고 철효민이 얼른 고개를 들었다.

"점창의 대공자이신 유자추 공자님이란 말인가요?"

갑작스런 여인의 질문에 유자추가 일순 멍하니 여인을 바라보았.

아침부터 난데없이 나타나 온 산이 깜짝 놀라도록 난리를 치고는 자신을 귀신으로 몰아붙이며 어이없게 만들더니 이제는 대뜸 이름을 듣고 자신을 아는 체했다. 이런 깊은 산중에서 갑작스레 만난 여인이 자신을 알고 있으리라고는 꿈에도 생각지 못할 일이었다.

"소저께서 날 어찌 아시오? 소저야말로 진정 낮도깨비인가 보오."

유자추가 여전히 멍한 표정으로 여인을 쳐다보았다.

"푸후……."

여유롭던 모습에서 이제는 반대로 자신을 낮도깨비로 확신하는 듯

한 유자추의 표정을 보고 여인이 실소를 터뜨렸다.

"지옥마도 장천호 공자를 비롯해 열네 명의 정파무림 후기지수들의 이름은 이제 온 무림에 모르는 사람들이 없답니다. 무당산에서 위기일발의 정파명숙들을 구한 얘기는 날이 갈수록 더 부풀려지기까지 해서 지금은 살아 있는 신화가 되어가고 있어요. 그러니 알 수밖에요."

여인이 점점 더 멍한 표정을 짓는 유자추를 바라보며 손으로 입술을 가리고 웃었다.

"거참, 우리만 모르고 있었군."

유자추가 혀를 찼다.

"그건 그렇고 이런 산중에 소저 혼자 어쩐 일이시오?"

"혼자 온 건 아니에요… 그것보다 제 오라버니 이름이 철도정이에요. 물론 아시겠죠?"

철효민의 말에 유자추가 두 눈을 부릅떴다.

"도정! 철도정의 동생이란 말입니까, 소저께서?"

유자추가 천만뜻밖이라는 듯 목소리를 높이며 철효민을 새삼 쳐다보는 순간 산모퉁이에서 인기척이 들리며 두어 마리 말과 몇 명의 사람들이 나타났다.

"여기에요, 용 아저씨!"

철효민이 손을 흔들자 중년인이 허겁지겁 달려왔다.

"아이구! 아가씨, 무사하셨군요! 이놈 십년감수했습니다! 천만다행입니다, 천만다행……."

다가온 중년 사내가 흠뻑 젖은 땀을 닦으며 안도의 한숨을 거듭 내쉬었다. 같이 온 젊은 무사 두 명도 안도의 빛이 도는 얼굴로 말에서 내렸다.

"그놈의 미친 말은 어떻게 되었습니까?"

중년 사내가 주위를 두리번거렸다.

"여기서 걸려 넘어져 저 아래 벼랑으로 추락했어요."

철효민이 다시 생각하기도 싫다는 표정으로 설명했다.

"아이구! 천지신명이여……! 어디 다친 데는 없는지요, 아가씨?"

"네, 마침 근처에 계시던 이분 공자님께서 비호처럼 날아와서 구해 주셨어요."

철효민이 수줍은 얼굴로 유자추를 일행에게 소개했다. 엉겁결에 낯선 남자 품에 덥석 안겨 버린 아까의 일을 생각하며 옥용을 물들였다.

"고맙습니다… 고맙습니다, 공자님! 천금 같은 우리 아가씨 생명의 은인이시군요."

중년인이 유자추의 손을 잡고 굽신거렸다.

"이젠 이 공자님께서 우리를 오라버니 있는 곳까지 안내해 주실 겁니다. 그러니 더 이상 고생은 안 해도 되겠어요."

철효민이 중년 사내를 보고 안도한 표정을 지었다.

"예? 그럼 이분 공자님이 도정 공자님 계신 곳을 안단 말입니까?"

"아참! 소개드려야겠군요. 이분은 점창의 유자추 공자님이십니다."

철효민의 설명과 함께 뒤쪽에 서 있던 두 명의 호위 무사인 듯한 사내들이 움찔하며 눈빛을 빛냈다. 그들 역시 유자추란 이름을 알고 있는 듯했다. 그러고 보면 온 무림에 자신들 이름이 널리 퍼져 있다고 한 철효민의 설명이 턱없는 과장은 아닌 모양이었다.

유자추는 내심 그런 생각을 하며 입맛을 다셨다. 소문이란 원래가 과장되기 마련이고 경우에 따라서는 산적 두목에다 머리 뿔 달린 괴물로 묘사될지도 모르는 일이다. 두령의 별호도 지옥마도와 암흑대제로

둘 다 지독하기 그지없다. 다시 한 번 입맛을 다신 유자추가 걸음을 옮겼다.

"도정을 만나러 왔다면 따라오시오. 안내해 드리겠소."

성큼 등을 돌려 걸어가는 유자추를 철효민이 붙잡을 듯이 쪼르르 뒤따랐고 세 명의 남자들도 천천히 산을 향했다.

유자추와 함께 아침부터 찾아온 예상 밖의 손님들로 흑수채는 잠시 술렁임이 일었다. 이런 곳에 산채의 사람들이 아닌 다른 사람들이 찾아온다는 것은 극히 드문 일이었다. 게다가 눈까지 내린 아침녘에 찾아온 사람들이기에 호기심이 더 가중되었다. 근처에 있던 모든 산적들이 힐끔힐끔 철효민에게 시선을 던졌고 유자추가 눈을 부라렸다.

"야! 너희들은 철도정 공자를 깨워와!"

유자추가 고함을 치자 몇 명의 사내가 안채로 뛰어들었다. 잠시 후 반쯤 끌려 나오다시피 한 철도정이 술이 아직 덜 깬 모습으로 부스스 눈을 비비며 역정을 부렸다.

"이놈들이 뭘 잘못 먹었나! 왜 꼭두새벽부터 난리야! 자청해서 훈련이라도 받겠다는 거야, 뭐야?"

철도정의 모습을 발견한 철효민 일행은 너무 반갑고도 감개가 무량하여 잠시 어쩔 줄 몰라 멍하니 철도정만 쳐다보며 서 있었다. 비슷한 모습으로 철도정을 쳐다보던 철효민이 한 방울 눈물을 흘리다 얼른 닦아내고 가슴을 쳤다.

"어휴! 저 인간을 그냥!"

아직 낯선 사람들이 눈에 들어오지 않았는지 앞가슴을 풀어헤치고 털썩 바닥에 주저앉아 연신 투덜거리며 눈을 비비는 모습이 영락없는 산적이었다.

"야, 도정. 누가 널 찾아왔다. 그만 정신 차려라."

유자추가 철도정의 어깨를 잡아 일으켰다.

"뭐야? 뭐가 찾아와? 아침부터 무슨 봉창 두드리는 소리냐?"

철도정이 천천히 일어서서 고개를 돌리다 낯선 사람들을 발견했다. 풀린 눈으로 한참 동안 바라보던 철도정의 입이 벌어졌다.

"아니, 이게 누구야? 용덕수(龍德壽) 아저씨… 그리고 넌… 넌 효민이 아니냐?"

철도정이 고함을 지르며 철효민 일행을 향해 뛰어갔다.

"아이구! 이 백여우, 몰라보겠구나! 아이쿠……!"

양팔을 벌리고 뛰어가던 철도정이 철효민에게 정강이를 걷어차이고 깡총깡총 뛰었다.

"야, 이 말코야! 내가 너 때문에 얼마나 고생을 했는지 알아!"

철효민이 콧김을 내뿜으며 쌍심지를 돋우었다.

"오빠라고 하나 있는 게 일생에 도움이 안 되고 시종일관 원수 짓만 하고 있어! 죽었다고 생각하고 온 가족이 얼마나 비통에 잠겼는지 알기나 해! 살아 있었으면 제일 먼저 가족을 찾아 얼굴이라도 보여주어야 할 거 아니야! 달랑 서신 한 장 보내놓고 이곳에서 팔자 늘어지게 자고 있는 거야, 지금!"

철효민이 고래고래 악을 쓰며 반가움에서인지 원통해서인지 모를 눈물을 흘렸다.

"나도 그러고 싶었지만 무림의 안위가 경각에 달렸는데 혼자만 편하자고 몸을 뺄 수가 있어야지."

철도정이 걷어차인 정강이를 주무르며 주절거렸다.

"얼씨구!"

밖의 소란에 모습을 나타낸 형일비가 철도정의 대답에 코웃음을 쳤다.

"시끄러, 이 웬수야! 너 보고 싶어 할머니가 병이 다 나셨단 말이야! 그러다 돌아가시기라도 하면 어떡할 거야!"

"야! 야! 그런 소리 말아라! 우리 할머닌 너 시집가서 애 다섯 낳을 때까지도 정정하실 거다!"

철도정의 말에 철효민이 말채찍을 들어 때리려는 시늉을 했다.

"이놈의 기집애는 나이를 먹으나 안 먹으나 오빠를 깔고 앉으려 하는구나!"

철도정이 얼른 몸을 피하며 고함을 질렀다.

"한 번이라도 오빠답게 행동을 좀 해봐라, 왜 내가 오빠 대접을 안 해주나!"

철효민이 씩씩거리며 잡아먹을 듯이 철도정을 쏘아보았다.

"아이구, 내 팔자야……! 그건 그렇고 연락할 일이 있으면 서찰을 띄울 일이지 이 눈길에 어찌 여기까지 온 것이냐?"

철도정이 의외라는 표정을 지었다.

"이게 다 잘난 장손을 끔찍이 챙기는 할머니 때문이지, 니가 보고 싶어 온 줄 알아?"

"하여간 이놈의 기집애 말버릇하고는… 쯧쯧……."

철도정이 고개를 흔들었다.

"이거나 받아!"

철효민이 말 등에 싣고 있던 상자를 풀어 철도정에게 던지듯이 건넸다.

"이게 뭐냐?"

철도정이 멀뚱거리며 상자를 쳐다보았다.

"오빠 생일이 언제야?"

"내 생일? 그러고 보니 다 된 것 같은데…… 그게 언제더라? 동짓달 하고도… 열하룬가 이틀인가?"

한참 생각하던 철도정이 고개를 흔들었다.

"모르겠다, 모르겠어. 낳은 사람이 알지 내가 어떻게 아냐?"

"아이구, 이 화상!"

철효민이 다시 한 번 발길질을 했고 얼른 피한 철도정이 눈을 부라렸다.

"바로 오늘이잖아, 이 말코야! 할머니께서 올해 생일상은 꼭 차려주어야 한다고 얼마나 성화를 부리시는지 온 집안 여자들이 경을 쳤단 말이야! 그래서 근 보름이 넘는 길을 제대로 쉬지도 못하고 달려왔어. 그리고 오늘 아침에는 하마터면 세상을 하직할 뻔했고."

그동안의 고생을 전부 철도정에게 쏟아 붓던 철효민이 상자를 가리켰다.

"그 안에 생일상 차림 음식 재료들이 들어 있으니 챙겨 먹든 말든 알아서 해!"

철효민이 더 이상 내 알 바 아니라는 듯 팔짱을 꼈다.

"아이고, 우리 할머니! 날 생각해 주는 사람은 역시 할머니뿐이서."

철효민이 잡아먹을 상을 하든 말든 철도정은 상자를 풀어헤치며 너스레를 떨었다.

"손님이 오셨군요?"

소식을 전해 들은 소혜와 능소빈이 다른 사람들과 함께 바깥채 마당으로 나왔다.

　간단한 인사들이 끝나고 소혜의 안내로 먼 길을 달려온 철효민 일행이 여장을 풀고 안채로 향했다.

　해가 완전히 중천으로 떠오른 시간에 철도정의 생일상이 아침과 점심을 겸해 차려졌다. 지난밤의 술판으로 인해 모두들 아침 생각이 없었는지라 철효민과 진소혜는 산채의 몇몇 여자들과 함께 천천히 생일상을 준비했다. 부엌에서 음식을 준비하며 두 여자는 금방 말을 트며 친해졌다.

　처음 봤을 때 자기 오빠에게 발길질을 해대며 펄펄 뛰는 모습과는 달리 오빠의 생일상을 준비하는 철효민의 손끝은 빈틈이 없었다. 집에서 준비한 것이 아니고 어제저녁쯤 근처에서 준비한 음식 재료일 텐데 한 가지도 빠뜨림이 없이 짜임새있게 준비가 되어 있었고, 음식을 만들고 차림에 있어서도 조금도 한쪽으로 치우치거나 허술하지 않게 완벽한 균형을 이루게 했다.

　"대가댁 아가씨께서 언제 이런 솜씨를 익혔을까?"

　음식 만드는 데는 별 소질이 없는 조화영과 진소혜가 감탄을 하며 철효민을 칭찬했다.

　사대세가의 한곳인 철가장의 귀한 아가씨라면 손끝에 물도 묻히지 않을 줄 알았는데 앞치마를 야무지게 둘러매고 음식을 하나하나 만들어가는 솜씨가 몇십 년을 주방에서만 살아온 찬모를 무색하게 했다.

　"어렸을 적부터 할머니, 어머니로부터 회초리 맞아가며 배운 솜씨랍니다. 우리 집안 여자들은 음식 못하면 아예 시집갈 생각을 말아야 해요."

철효민이 소매 끝으로 이마의 땀을 닦으며 생긋 웃었다.

"그러고 보니 철가장의 위명은 남자들이 아니라 여자들로부터 지켜 진다는 말을 들은 적이 있는 것 같아요."

능소빈이 고개를 끄덕였다.

"자, 이제 다 되었으니 들여가요."

철도정의 생일상과 함께 아침 겸 점심이 들어가자 잔뜩 기대하고 있던 남자들의 눈이 휘둥그레졌다. 몇 년 만에 처음 보는 진수성찬이었다. 진소혜와 조화영, 능소빈은 물론이고 산채에서 산적들과 함께 기거하는 여자들 대부분도 제대로 된 음식을 만들 줄 몰랐다. 그래서 이런 음식은 성내 고급 주루가 아니면 구경할 수 없었던 것이다. 산채 식탁에 이런 음식들이 차려질 줄 몰랐던 사내들은 한동안 숨도 쉬지 않고 멀뚱히 쳐다보기만 했다.

"우와……!"

"이거 정말 먹어도 되는 거냐?"

"아깝다, 아까워!"

다들 한마디씩 하면서 음식 가까이로 다가가 이리저리 고개를 돌려 가며 냄새를 맡아보고 감상하기에 여념이 없었다.

"야, 뭣들 하는 거야? 먹으라고 차린 거지 구경만 하라고 차린 게 아니다!"

철도정이 먼저 한술 떠서 입에 넣었다.

"으음… 일품이다!"

눈을 지그시 감은 철도정이 감탄사를 내지르며 엄지손가락을 치켜 올렸다.

"저 백여우가 음식 솜씨 하나는 알아준단 말이야."

철도정이 한입 음식을 넣고 우물거리며 철효민을 바라보다 도끼눈을 한 동생을 보고 얼른 고개를 돌리며 고함을 질렀다.

"자, 자, 식기 전에 어서들 들자구!"

"어쨌든 축하한다! 네놈 덕에 오랜만에 생각도 못한 진미를 맛보게 생겼구나!"

"축하한다, 이 불곰아!"

한마디씩 축하 인사를 하며 식탁에 둘러앉았다.

"두령, 속도 쓰릴 텐데 우선 이 감주(甘酒) 한 잔 받으시지요."

철도정이 장천호에게 감주를 따라주는 순간 철효민이 깜짝 놀라며 고개를 들었다.

"왜 그러는 거니?"

소혜가 철효민을 의아하게 쳐다보았다. 갑작스럽게 놀라는 모습이 이제까지의 그녀답지 않았다.

"그럼, 저 사람이 암흑대제 장천호 공자란 말이야?"

잠시 뒤 마음을 진정시킨 철효민이 믿기지 않는다는 소리로 말했다.

"그래, 저 사람이야."

소혜가 짤막하게 대답하며 철효민의 표정을 살폈다.

"세상에!"

"왜 그러는데? 예전에 본 적이라도 있는 사람이야?"

"아니, 그런 게 아니라……."

"그럼?"

"난 그냥 이곳 하인인 줄 알았어."

"……"

"깔깔깔깔!"

갑작스레 소혜가 배를 잡고 주저앉았고 음식을 한 점 입에 넣고 음미하던 사람들이 눈이 휘둥그레지며 삼키지도 못하고 온통 시선을 소혜에게로 돌렸다.

포복절도할 듯이 웃던 소혜가 눈물을 찍어내며 일어섰다.

"니가 보기에도 이곳에서 제일 볼품없지?"

"아니, 아니, 그런 뜻이 아니고……!"

온 시선이 자신들에게로 모여지고 방금 한 소혜의 말 때문에 무슨 일인지 모두들 짐작이 간다는 표정으로 바뀌자 철효민이 당황하며 손을 내저었다.

"나, 난 암흑대제라면 눈에서 혈광이 뿜어져 나오고 피부는 온통 까마귀색이나 뭐 그런 줄 알았어… 미, 미안해…….''

이곳저곳에서 킥킥거리는 소리가 터져 나오며 두령이라는 사람도 수줍게 웃으며 자신을 쳐다보자 철효민은 울상이 되어갔다.

"괜찮아, 괜찮아, 누가 봐도 너 같은 생각을 해. 우리들도 같은 생각이고. 그러니 아무 신경 쓰지 말고 음식이나 들어, 배고플 텐데."

소혜가 얼른 철효민을 자리에 앉히고 음식을 먹기 시작했다. 음식을 먹으면서도 소혜는 간간이 웃음을 참느라 킥킥거렸다. 그런 소혜의 모습을 보고 철효민은 힐끔힐끔 천호의 눈치를 살피며 당황한 표정을 감추지 못했다.

이곳으로 출발하기 전에 집안 어른들에게서 암흑대제 장천호에게 감사의 뜻을 전하라는 신신당부를 받았다. 혼자 한 건 아니지만 제왕성과 혈영의 마수에서 무림을 구한 사람이 암흑대제였고, 그 이전에 철가장의 장남이자 장손인 오빠의 생명을 구한 은인이다. 아침에 겪었던 사고와 생일상을 차리느라 경황 중이어서 따로 그런 인사를 차릴 겨를

이 없었다. 그러면서도 문득문득 이곳에서 가장 우두머리 역할을 하는 사람이 누구일까 지켜보았지만 자기 오라버니나 또는 다른 후기지수들이 하는 행동으로 봐서는 딱히 눈에 들어오지 않았는데 하인으로 착각이 들 정도로 평범한 저 사내가 암흑대제일 줄이야! 그나마도 그런 자신의 생각이 얼떨결에 모두에게 알려져 버렸으니 민망하기 짝이 없는 일이었다.

"신경 쓰지 말고 음식이나 먹으라니까."

소혜가 철효민의 심경을 헤아리듯 옆구리를 쿡 찌르며 웃음을 참았다.

'이 기집애는… 지 신랑감을 하인 취급하는데 뭐가 좋다고 박장대소를 하는 거야! 그 바람에 속마음도 들통나고… 모르겠다! 배고픈데 우선 먹고 보자! 매를 맞든 벌을 서든 먹고 나서 할 일이다!'

고개를 흔든 철효민이 만사 제쳐 놓고 음식을 먹기 시작했다.

제33장
아름다운 이별

첫눈이 녹고 날씨가 좋아지자 제일 먼저 흑수채를 떠나게 된 사람은 은의소소와 주은비였다.

하루가 다르게 은의소소의 상태가 호전되고 이젠 집 안에서만 생활하는 데는 누구의 도움 없이도 불편함이 없을 정도가 되었다. 그동안 한 가지 염원이었던 통천문에 이르는 무공을 천호에게 전해주고 나서는 추위가 더 깊어지기 전에 살던 곳으로 떠나고 싶은 마음이 간절하였으나 딸에 대한 유자추의 마음을 잘 알고 있었기에 차마 말을 못하고 차일피일 미루게 된 것이 첫눈을 맞이하게 되었다. 은의소소의 그런 마음을 알게 된 유자추가 천호와 능소빈, 소혜 등과 함께 의논한 후 며칠 동안 조용히 준비를 하였고 흑수채의 장정들 몇 명을 대동시켜 올 때 타고 왔던 마차와 함께 두 사람을 떠나보내고 있는 것이다.

"이 돈이면 대장간 하나는 차릴 수 있을 것이오. 바우라는 사람 솜씨가 무척 뛰어나던데 그 솜씨로 열심히 일한다면 머지않아 부자가 될 거요."

유자추가 주은비에게 전표와 작은 보퉁이를 내밀었다.

"아니에요, 유 공자님. 지금까지 받은 은혜만도 태산과 같은데 어찌 또 그런 은혜를……."

주은비가 화들짝 놀라며 손을 내저었다.

"받으시오, 주 소저. 이건 내가 주는 것이 아니고 두령과 진 소저가 주는 것이오. 소저의 효심이 하늘에 닿아 얻게 된 결과이니 아무 부담 갖지 마시오."

유자추가 전표를 주은비의 손에 쥐어주고는 보퉁이에 눈길을 돌렸다.

"그리고 이 보퉁이에는 소저 어머님께 다려드릴 약초를 조금 담았소. 집에 도착하거든 다려드리시오. 기력을 북돋우는 데 도움이 될 것이오."

"공자님……!"

주은비가 양손에 들린 전표와 약초 보퉁이를 번갈아 바라보며 눈물을 글썽거렸다. 그동안 유자추가 흑수채 근처 온 산을 헤집고 다닌 것을 알고 있었다. 무당산 혈투에도 유자추만은 이곳에 남아 있었다. 그것은 자신들 모녀를 보살피기 위함이었으리라.

"이만 떠나보시오. 회자정리(會者定離) 거자필반(去者必反)이라 하지 않았소? 만남이 있었으니 헤어짐이 있는 것이고 헤어짐이 있으니 또 만나게 될 것이오."

유자추가 빙긋 웃으며 태연한 척 문자를 읊었지만 그의 눈빛에는 말로 형용할 수 없는 외로움이 녹아 있었다.

"흑흑… 공자님!"

주은비가 고개를 숙이고 눈물만 흘리다가 마차 쪽으로 몸을 돌려 걸어갔다. 마차 안에서는 은의소소도 눈을 질끈 감은 채 하염없는 눈물을 흘리고 있었다. 마차 위로 한 발을 올리려던 주은비가 우뚝 움직임을 멈추었다. 그리고 피를 토하는 듯한 음성이 울렸다.

"공자님의 마음을 몰랐던 건 아니에요! 제가 짐승이 아닌 이상 어떻게 유 공자님의 눈빛을 모를 수가 있겠어요! 하지만… 하지만 제가 유 공자님 품에 안긴다면 바우 오라버니가 너무 불쌍해요! 그래서 지금까지 애써 아무것도 모른 척했답니다! 흑흑……."

주은비가 마차를 잡고 오열했다. 그동안 주은비의 효성에 감복하고 유자추의 사내다움에 탄복한 산채의 모든 무리들이 두 사람의 별리를 지켜보며 눈시울을 붉혔다.

"속 깊고 사려 깊은 소저의 마음을 내 어찌 모르겠소. 다 알기 때문에 이렇게 기쁜 마음으로 떠나보낼 수 있는 것이오. 단란한 가정을 꾸리고 행복하게 사시오. 그것이 우리 모두의 바램이오."

유자추가 손짓을 하자 마부석에 앉은 사내가 고삐를 흔들었고 마차가 천천히 움직이기 시작했다. 마차가 산을 내려가고 모퉁이를 돌아서 보이지 않을 때까지도 석상처럼 서서 움직일 줄 모르는 유자추의 곁에서 다른 사람들도 꼼짝도 하지 못하고 서 있었다.

"병신! 머저리 자식! 죽 쒀서 개 줘라!"

철도정이 괜한 고함을 지르며 제일 먼저 땅을 걷어차고 안채로 들어갔다. 그것을 신호로 한 사람 두 사람 소리없이 흩어졌다.

"그만 들어가요, 유 공자."

조화영이 유자추의 팔을 다정스럽게 끌며 다독거리듯이 말했다.

"그렇게 가슴이 아플 거면서 왜 보내요? 유 공자가 절대로 못 보내 주겠다고 했으면 주 소저도 처음에는 바우란 사람 때문에 가슴이 아프 겠지만 결국 유 공자 사람이 됐을 거잖아요."

조화영이 안타까운 눈빛으로 유자추를 바라보았다.

"칼을 들고 피보라를 뒤집어쓰는 나보다는 바우라는 사람이 훨씬 더 주 소저 어머님을 잘 돌볼 것이오. 그런 사람 품에서라야만이 주 소저 는 행복을 느낄 겁니다. 내 곁에 있다면 평생 노심초사하며 살게 될 것 이오. 그리고 내년 봄 이후에도 이렇게 멀쩡히 살아 있다는 보장도 없 고……."

유자추의 얼굴에 웃음이 떠올랐다.

"자신들의 대장간을 차려서 행복하게 잘 살겠지요? 그렇지요, 누 님?"

"그럼요. 그렇지 않는다면 누가 하늘을 우러러보겠어요. 유 공자의 이런 마음은 저 하늘을 통해서 고스란히 주 소저에게로 전해져서 주 소저를 지켜줄 거예요."

조화영이 하늘을 올려다보았고 처절한 고독을 가슴속으로 갈무리한 채 연인의 진정한 행복을 찾아주고 한 치의 흐트러짐 없는 유자추의 모습을 옆에서 넋을 잃고 바라보던 철효민은 아찔한 현기증을 느꼈다.

주은비 모녀가 떠난 후 두 번째로 흑수채를 떠날 준비를 하고 있는 사람은 조화영과 한영이었다. 물론 모든 계획과 준비는 진소혜와 능소 빈이 맡고 있었다. 임신 중인 조화영이 긴 여정에 무리함이 없도록 하 기 위해 세심하게 신경을 써서 준비하고, 만약의 경우에 대비해서 보수 를 두둑히 주고 근처의 의원도 한 명 대동하기로 했다. 이런 세심하고 사려 깊은 준비에 조화영은 몇 번씩이나 눈물을 흘리다 소혜에게 핀잔을 듣고 눈물을 그쳤고 한영도 깊숙한 눈빛으로 소혜와 능소빈의 준비를 거들었다.

"이젠 준비도 다 끝났으니 여기 걱정은 조금도 하지 말고 두령과 소혜도 이참에 동정호 구경이나 실컷 하고 돌아오세요."

능소빈이 준비를 끝내고 홀가분한 표정으로 두 사람을 보고 말했다.

"무슨 말을 하는 거야, 언니! 꼭 남 말하듯 하고 있어!"

"으응? 내가 뭘?"

소혜가 꽥 하고 고함을 지르자 능소빈이 왜 그러냐는 듯 소혜를 바라보았다.

"우리 둘만 갔다 오라니! 그게 말이 돼? 우리가 가는 곳이면 언니도 같이 가야지!"

"소혜 집에… 나까지 간단 말이야?"

능소빈이 더듬거리며 말했다.

"당연히 그래야지! 아버지도 만나보고 같이 동정호도 구경하고 맛있는 것도 많이 사 먹고."

"그래도 어떻게… 이번에는 그냥 두 사람만 갔다 와."

"말도 안 되는 소리 하지 마! 언니 안 가면 나도 안 가! 천호 오라버니 혼자 다녀오라고 해요!"

소혜가 단호하게 말을 맺었다.

"그렇게 해요, 능 소저. 소혜 성격 잘 알잖아요. 능 소저가 안 가면 정말 안 갈 거예요. 그럼 우리라고 어찌 갈 수 있겠어요."

조화영이 미소를 머금고 거들자 능소빈이 아무 말 못하고 천호의 눈치를 살폈다.

"아유, 언니. 그 멋대가리없는 사람 쳐다보면 무슨 떡이라도 하나 던져 줄 것 같아요? 아무 생각 말고 같이 가요."

그렇게 해서 조화영의 악양행 준비도 끝나갔다.

"우리도 이참에 사문과 집에 한번 다녀와야 할 것 같소, 두령."

화천옥과 신도기문, 정휴가 겨울이 더 깊어지기 전에 여행의 뜻을 밝혔다.

"그렇게들 하시오. 모두들 궁금해할 것이오."

천호가 고개를 끄덕거렸다.

"철 공자는 어떻게 할 생각이오? 동생 분도 오셨으니 같이 떠나는 게 좋지 않겠소?"

천호가 철도정과 철효민을 바라보고 의향을 묻자 철도정의 얼굴이 구겨졌다.

"나보다도 너희 둘은 어쩔 거야?"

구겨진 얼굴로 핑곗거리를 찾던 철도정이 유자추와 형일비를 바라보았다.

"네놈 집에 가는 일이 우리와 무슨 상관이 있다고 우릴 걸고 넘어지느냐? 우리야 어떻게 하든 네놈 일은 네놈이 알아서 할 일이지."

형일비가 어이없는 표정으로 대꾸했다.

한곳에 틀어박혀 있는 것을 죽도록 싫어하고, 이곳 흑수채에서 제 맘대로 술 퍼마시고 늦잠 자는 생활이 몸에 익은 철도정은 엄격한 자기 가문의 법도를 따라 생활하는 것이 생각만 해도 끔찍스러운 것이다. 그래서 온갖 궁리를 하고 있는 중이다. 그것을 알아챈 유자추가 빙그레 미소를 지었다.

"너도 알다시피 점창과 공동은 여기서 너무 멀다. 가는 데만도 한 달이 넘게 걸리고 도중에 폭설이라도 만난다면 도착해서 인사만 드리고 와도 내년 봄이다. 그러니 여기서 겨울을 나고 내년 봄에 무슨 사단이 나도 날 테니 그때 합류할 생각이다."

유자추가 시종 미소를 지으며 철도정의 표정을 살폈다. 유자추의 말과 함께 구겨졌던 철도정의 표정이 시시각각으로 펴지며 완전히 득의에 찬 표정이 되었다.

"그렇지? 아무래도 그러는 게 낫겠지?"

"그러든 말든 그게 네놈과 무슨 상관이냔 말이다."

형일비도 철도정의 의중을 짐작하고 어떻게 나오나 장단을 맞춰주었다.

"이놈들아, 내가 네놈 둘만 이곳에 남겨두고 마음이 안 놓여 어떻게 발길이 떨어진단 말이냐? 그새 무슨 일이 일어나기라도 하면 네놈들 같이 고지식한 놈들이 무슨 수로 대처를 하겠느냐! 당연히 이 형님이 남아서 너희 두 놈을 보살펴야지!"

철도정이 청산유수처럼 내뱉었다.

"기도 안 차는군!"

형일비가 헛바람을 내쉬었다.

"누가 누굴 보살핀다는 거야, 지금! 여기서 오빠보다 더 모자란 사람이 누가 있다고 하는 소리야!"

철효민이 쌍심지를 돋우었다.

"어쨌든 난 못 간다! 백여우, 너는 두령 일행과 함께 내일 떠나라. 그리고 중도에서 헤어져 가문으로 돌아가라."

철도정이 팔을 내저으며 꽁지를 말았다.

"그러면 나도 안 가! 혼자 돌아갔다가 할머님 역성을 두고두고 무슨 수로 다 받아내란 말이야! 그러니 가든지 말든지 알아서 해!"

철효민이 씩씩거리며 고개를 돌렸다.

"이놈의 기집애가 어디서 죽치고 있겠다는 말이야! 잔소리 말고 넌 내일 떠나!"

"안 가!"

"떠나라니까!"

"안 간다니까!"

막상막하, 용호상박, 난형난제였다.

"어이구, 내 팔자야!"

한참을 실랑이하다 씨도 먹히지 않자 철도정의 화살이 과녁을 바꾸어 날아갔다.

"야, 이놈! 자추! 너, 내 동생 어쩔 거냐?"

"무슨 소리야?"

웃음을 참으며 한참 동안 철도정 남매의 대결을 지켜보던 유자추가 갑자기 날아오는 철도정의 뜬금없는 질문에 얼른 웃음을 지우고 답했다.

"너, 이놈! 며칠 전 내 생일날 아침에 우리 가문에서 불면 날아갈까 쥐면 부서질까 애지중지 키운 내 동생을 한참 동안이나 안고 서 있지 않았느냐?"

철도정의 한마디에 유자추와 철효민이 화들짝 놀라며 서로의 얼굴을 쳐다보다 다시 고개를 돌렸다.

"이 자식이! 지금 무슨 소리를 지껄이는 거야? 어디서 얼토당토않은 얘기를 퍼뜨리고 있어!"

유자추가 정색을 했다.

"흠흠! 그렇지? 얼토당토않고 일어나서는 안 되는 일이지?"
 철도정이 만면에 승리감이 가득한 웃음을 흘렸다.
 "이놈아! 그날 아침 망루에서 망을 보던 산적들이 모두 목격하고 온 흑수채가 다 아는 일이다! 오죽하면 내 귀에까지 들어오겠느냐? 그러니 이제 어떡할 작정이냐?"
 철도정이 짐짓 심각한 표정을 지었다. 그와 함께 유자추와 철효민이 날벼락을 맞은 듯 허둥거렸다.
 "그건 미쳐서 날뛰는 말에서 떨어지는 날 구해주려다 그런 거지 무슨……."
 말을 하던 철효민이 황급히 손을 들어 입술을 막았다. 엉겁결에 자기 입으로 모든 사실을 시인한 꼴이 되어버렸다.
 "어라? 난 그런 말은 못 들었는데? 망 보던 놈이 말하길 아침부터 깊은 산속에서 두 남녀가 다정하게 안고 있길래 유심히 봤더니 바로 너희들이라던데!"
 철도정이 악마 같은 미소를 지으며 계속해서 몰아붙이자 철효민이 기가 막혀 발을 굴렀다.
 '저 악머구리 자식!'
 형일비가 쓴웃음을 지으며 혀를 내둘렀지만 자신도 흥미진진하기는 남들과 마찬가지였다. 진소혜, 능소빈을 비롯한 다른 사람들도 형일비와 비슷한 표정으로 현재의 상황을 지켜보며 애타게 다음 상황을 기다렸다. 단지 조화영만이 웃음기가 전혀 없는 진지한 표정으로 눈빛을 빛내며 철효민과 유자추를 유심히 바라보았다.
 "이제 어쩔 거냐, 이놈아? 온 산채가 다 알고 내년 봄이면 구파일방과 사대세가도 다 아는 사실이 될 텐데 어쩔 거냔 말이다?"

이런 방면에 있어서는 천재적인 머리 회전을 하는 철도정을 유자추가 감당할 수가 없었다.

"난 몰라! 앙앙……!"

급기야 철효민이 밖으로 뛰쳐나가자 철도정이 의기양양하게 가슴을 쭉 폈다.

"십 년 먹은 체증이 쑤욱 내려가는군!"

철도정이 트림을 커억 했다.

"에라, 이 자식아!"

형일비가 철도정의 뒤통수를 냅다 갈겼고, 트림을 하다 목에 걸린 철도정이 캑캑거리며 기침을 했다.

"정말? 정말 그런 일이 있었단 말인가요, 도정 동생?"

조화영이 깊숙한 눈으로 철도정에게로 다가왔다.

"아까 본인이 직접 실토하지 않았습니까."

철도정이 덤덤히 말하다 무슨 낌새를 느꼈는지 얼른 고개를 들었다.

"왜 그러시오, 누님? 누님이… 누님이 월하노인 역을 해주시겠소? 아이고, 누님! 제발 좀 그렇게 해주시오! 그래서 저 기집애 누가 좀 업어가게 해주면 내 평생의 은인으로 모시겠소!"

철도정이 조화영의 손을 두 손으로 덥석 잡고 무릎을 꿇으며 조화영의 손에 고개를 파묻고 청승스럽게 주절거렸다.

퍽!

"나가 죽어라, 이놈아!"

이번에는 신도기문이 철도정의 어깨를 걷어찼다. 철도정이 털썩 옆으로 쓰러지면서도 하던 짓을 멈추지 않고 이번에는 조화영의 발끝을 잡고 다시 청승을 떨었다.

급기야 실내에 일장대소가 터졌고, 더 견디지 못한 유자추도 온통 얼굴을 찡그린 채 밖으로 나갔다.

안채에서 달려나와 뒤쪽 잡나무 숲에 당도한 철효민은 민망함과 부끄러움에 온통 얼굴을 붉게 물들이며 발을 동동 굴렸다. 두 사람만의 비밀이 될 줄 알았던 사실이 이제는 온 세상이 다 알게 되어버렸다. 그동안 흑수채에서 지내면서 그 사실을 떠올릴 때면 자신도 모르게 가슴이 뛰고 숨이 가빠왔다. 불가항력의 어쩔 수 없는 일이었지만 다 큰 처녀의 몸으로 사내의 가슴에 덥석 안겼으니 그 심정이 어찌 말로 형용할 수 있으랴!

언제나 품위를 잃지 않고 침착한 유자추를 볼 때마다 뛰는 가슴을 진정시키느라 고생이 심했지만 유자추는 그 일에 대해서는 까맣게 잊고 있는 듯 무심히 행동하여 야속한 마음이 들기도 했다. 그 이유가 주은비 소저 때문임을 알았을 땐 자기도 모르게 가슴 한쪽이 무너져 내림을 느끼고는 깜짝 놀라며 머리를 흔들었다. 그러다 며칠 전 사랑하는 그녀를 위하여 찢어지는 가슴을 묵묵히 다스리며 진정으로 그녀의 행복을 빌어주며 떠나보내는 그 사내의 모습을 보고 온통 마음을 빼앗겨 버렸다.

그 후로부터는 잠자리에 들 때면 말에서 떨어지기 직전 그 사내의 품에 안겼던 장면을 떠올리는 것이 은밀한 즐거움이었는데 원수 같은 오빠 때문에 그것마저 빼앗겨 버렸다. 이제부터 당장 그 사람과 얼굴을 마주하는 것조차 어색할 것이고, 짓궂은 눈초리로 자신들 두 사람의 일거수일투족을 지켜보는 시선들은 어쩌란 말인가!

'어이구, 웬수!'

철효민이 발을 구르다 옆에 있는 나무 둥치에 괜한 화풀이를 했다.
"빚은 꼭 갚아주고 말 거야, 이 원수덩어리!"
분을 삭이지 못하고 씩씩거리던 철효민이 나무숲 사이로 몸을 숨겼다.
자신이 나온 조금 후 안채에서 벌레 씹은 표정으로 나오고 있는 유자추의 모습이 눈에 들어왔던 것이다.
유자추 역시 난감한 표정으로 머리를 설레설레 흔들었다. 그렇게 잠시 안채를 돌아보며 머리를 흔들던 유자추가 천천히 걸음을 옮겼다. 며칠 전 주은비가 떠나가던 길목이 훤히 내려다보이는 바깥채 한쪽 바위 위에 앉은 유자추가 망연히 산 아래를 내려다보며 바위의 일부가 되어갔다. 필시 주은비를 생각하고 있음이리라!
사내의 뒷모습에서 피어나는 고독의 냄새가 멀리서 지켜보고 있는 철효민의 가슴에까지 생생히 전해졌다. 철효민의 가슴이 저미는 듯 아파왔다. 그 아픔이 저 사내의 마음을 헤아리고 그것이 안쓰러워서인지, 아니면 다른 여자를 생각하고 있는 저 사내를 지켜보는 자신이 안쓰러웠기 때문인지 알 수가 없었다.
"후우······."
긴 한숨을 내쉰 철효민이 바닥에 주저앉았다. 그리고 무릎 사이로 얼굴을 파묻었다.
'이런 것이 사랑일까?'
만약 자신이 저 사내를 사랑하고 있는 것이라면 앞으로 정말 힘든 나날이 될 것이다. 저런 사내는 쉽게 정을 주지도 않지만 또 쉽게 정을 끊지도 못한다. 어쩌면 평생을 가슴속에 그녀를 품고 살아갈지도 모른다. 그 속을 비집고 들어갈 틈이 있을까?

사대세가의 한곳에서 태어나 부러울 것 없이 자란 자신이 난생처음 주은비라는 그 아가씨가 한없이 부러워졌다.

내일 떠나는 두령 일행을 따라 떠나야겠다. 갈림길까지 열흘은 동행할 수 있다. 그동안 진소혜와 능소빈 두 여자에게서 남자를 진심으로 사랑하는 법을 배워야겠다. 그것은 할머니도 어머니도 가르쳐 주지 않았다. 지금으로썬 저 사내의 가슴을 눈곱만큼이라도 열 자신이 없다. 그러려고 했다간 오히려 저 사내의 가슴은 조가비처럼 완벽하게 닫혀버릴 것 같다. 내년 봄이 되면 다시 만나게 될 것이다. 그때쯤이면 많이 나아져 있겠지. 그때는 지금처럼 뒤에서 지켜만 보지 않을 것이다. 철가장의 위명은 여자들로부터라는 말을 절실히 실감하게 해줄 것이다!

철효민이 고개를 들었다.

여전히 바위처럼 굳은 유자추의 모습이 눈에 들어왔다.

"궁상은 내년 봄까지뿐이에요. 나는 당신처럼 그런 멍청한 사랑은 하지 않는답니다."

철효민이 입술을 깨물며 천천히 걸음을 옮겼다.

『두령』 제4권으로 이어집니다